믿음 소망 그리고 호랑이

# 믿음 소망 그리고 호랑이

박금산 지음

문학수첩

차례

**1부**
- 1장 — 9
- 2장 — 17
- 3장 — 53
- 4장 — 77
- 5장 — 92

**2부**
- 6장 — 127
- 7장 — 183

**3부**
- 8장 — 241
- 9장 — 267
- 10장 — 286

**4부**
- 11장 — 307
- 12장 — 377
- 13장 — 380

작가의 말 — 397
해설 — 400

# 1장

 나의 고조할머니는 폴란드에서 태어났다. 증조할머니는 우크라이나에서 태어났다. 그냥 할머니는 한국에서 태어났다. 엄마는 미국에서 태어났다. 나는 어디에서 태어났을까. 엄마가 말해 주지 않는다.

 할머니는 따로 살고 엄마와 내가 둘이 한집에서 살았다. 어느 날이었다. 엄마가 나에게 화를 냈다. 아빠가 누구냐고 묻지도 않았는데 화를 냈다.

 생각해 보면 알쏭달쏭하지만 분명히 화를 냈다. 내가 지나치게 예민하다는 것을 모르지 않는다. 하지만 내 기억이 틀리지 않았다는 것이 확실하다.

*

 그날 수업 시간표 같은 것은 생각나지 않는다. 생각이 나의 폐를 쿡, 쿡 찌른다.

\*

 자전거 탄 아이가 먼저 가고, 스케이트보드 탄 아이가 신나게 발을 구르고, 스쿨버스 타는 아이는 친구와 주차장 앞에서 기다리고, 할라와 나는 걸어간다. 날씨가 맑다. 어떤 손이 나타난다. 손이 달린 사람이 나타나 손을 뻗으며 할라의 등을 바라본다. 누가 보아도 만지려는 수작이다.

 "친구야!"

 내가 할라를 부른다. 할라가 옆을 본다. 손을 바라본다.

\*

 나는 지침을 떠올린다. 무조건 찌르기. 가방에서 전기충격기를 꺼낸다. 손이 달린 사람의 허벅지를 겨냥한다. 왜 이러느냐고, '왜'를 묻지 않는다.

 사람이 나의 뺨을 때리려 한다.

 나는 사람의 몸에 전기충격기를 가져간다.

 사람이 허벅지를 노린 내 움직임을 피한다. 민첩하게 뒤로 물러난다. 전기충격기의 전압 볼트가 굉장히 높다는 사실을 아는 것 같다. 엄마가 동굴 탐험 갈 때 어둠에서 급습해 올지 모르는 괴생명체를 기절시키기 위해 들고 다니는 호신 무기와 기종이 같다. 사람은 도망간다. 돌담 사이로 들어간 뱀처럼 자취를 감춘다. 나는 무기를 잡지 않은 손을 흔들며 할라에게 뻗는다. 할라에게 말한다.

 "뛰어갈까?"

할라가 손을 잡는다.

\*

할라와 뛴다. 할라의 집이 나의 집보다 가깝다. 할라의 집으로 들어간다.

\*

숨을 헐떡거리며 엄마에게 전화한다.
"엄마, 엄마, 엄마!"
암호를 들은 것처럼 엄마는 알아차린다.
"지금 어떠니? 괜찮니?"
"전기충격기로 혼냈어."
"괜찮니?"
"마음이 안 괜찮아."
통화를 하는데 뭔가 이상하다. 할라의 눈치가 이상하다.
나는 할라를 바라본다.
할라 옆에 아빠가 서 있다.

\*

할라의 아빠가 할라를 향해 희한한 말을 내뱉는다.
"어디까지 손댔어? 어떻게 생겼는지 말해 봐."
아빠가 누구에게 화를 내는 것인지 분간이 안 된다.

\*

너무 흔한 스테레오타입으로 보이겠지만 이것이 현실이다.

\*

할라의 아빠가 나에게 말한다.
"넌 봤지? 애가 어떻게 했기에 일을 당했는지 말해 봐. 너는 안 당했지?"
대답하기 싫다. 할라를 바라본다. 할라가 고개를 돌린다. 할라가 고개를 숙인다. 나는 안전하지 않다는 느낌이 점점 거대하게 자라는 것을 느낀다. 누군가 공격해 올 것 같다.

\*

"화장실 써도 돼?"
"응. 저쪽."
화장실에 들어간다. 전기충격기 전원을 켠다. 화장실 안에서 문고리를 단단히 잡은 채로 말한다.
"엄마, 나 집으로 가도 될까?"
통화가 연결된 상태이기 때문에 나는 말한다. 엄마에게. 매우 낮고 작은 소리로 묻는다.
엄마 역시 낮고 작은 소리로 말한다.
"전화를 끊지 않고 통화를 계속 하면서 걸을 수 있니?"
뱀처럼 자취를 감춘 인간 말종이 집으로 가는 길목에서 기다리는 상황을 염려하는 듯하다. 사람이 이번에는 총이나 칼이나 몽둥이를 손에 쥐고 공격할 것이다. 포획 그물을 던질지도 모른다. 나는 엄마를 이해한다. '할라의 아빠라는 사람도 난 무서워', 용기가 나지 않아서 이 말을 하지 못한다.

\*

화장실 문을 열고 나선다. 할라를 혼자 남겨 두고 싶지 않다. 할라에게 말한다.
"미안해. 나, 집으로 갈까 해. 함께 갈래?"
나는 무의식적으로 할라가 측은하다.

\*

전화기 속에서 엄마의 목소리가 새어 나온다. 뭐라고 말하는지 궁금하다. 나는 엄마의 목소리에 귀를 댄다. 엄마가 말한다.
"경찰에 연락했니?"
"아니."
"같은 일이 또 벌어지면 엄마한테보다 경찰한테 먼저 전화할 수 있겠니?"
나는 기분이 묘해진다.
이렇게 살지 마.
그런 것 같다.
이렇게 살지 말라고 꾸짖는 것 같다.
엄마가 서운하다. 꾸짖는 것이 서운하다.

\*

 엄마의 목소리에 티끌만큼이라도 짜증 비슷한 감정이 묻지 않았는지 되짚어 본다. 아닌 것 같다. 다행히. 엄마는 마음이 급할 뿐이다. 전화 통화로 들은 '경찰한테 먼저 전화할 수 있겠니?'라는 말은 은근히 해석하기 까다로운 물음표가 달렸다. 묻는 게 아니다. 좀 열 받는다.

\*

 시간이 지나면서 화가 난다.
 엄마! 다르게 말할 수 있었잖아. 띠발. 왜 꾸짖냐고!

\*

 옳다. 경찰에게 전화를 먼저 걸어야지 왜 엄마한테 먼저 전화를 걸었냐.
 미련하게. 왜 엄마한테. 경찰한테 했어야지.

\*

 경찰이 초인종을 누른다. 할라의 아빠가 경찰에게 묻는다.
 "무슨 일입니까?"
 경찰이 말한다.
 "저 친구를 집에까지 에스코트하려 합니다."
 내가 묻는다.
 "왜요?"

경찰이 말한다.

"엄마께서 부탁하셨어."

"어떻게요?"

"전화 통화로 대화했어."

나는 뭔가 불길하고 꺼림칙하다. 할라를 바라본다.

"같이 갈래?"

할라가 말한다.

"여기가 내 집이야. 네 집까지 데려다 달라는 말 아니지? 잘 가."

할라는 신을 원망하듯 하늘을 올려다본다.

할라의 눈빛이 가슴에 와 박힌다.

\*

철컥.

벽에 박는 스테이플러 심처럼.

눈빛이 가슴에 와서 소리를 내며 박힌다.

\*

이날부터 할라는 내가 늘 요술 램프에서 나온 지니처럼 소원을 들어 주는 천사 엄마를 곁에 두고 산다고 착각한다. 하와와 아담이 선악과를 먹은 후 서로 부끄러움을 가지게 되고 아내와 남편으로 확실히 역할을 나눠 가진 것처럼 나와 할라는 강제로 찢어진 부부처럼 서먹서먹해진다. 선악과를 먹기 전 하와는 이름이 없었고 하와와 아담은 두 사람이 한 몸이었으나 열매를 먹은 이후에는 하와가 이름을 얻었고 몸과 마음 모두 둘이 된다. 히브리어로 하와, 영어로 이브. 창세기 3장 20절. 아담이 여자의 몸에 하와라 이름 붙인다.

*

것 같다.
인 것 같다.

*

할라와 함께 있을 때 나는 하와인 것 같다.

*

화가 난다.

## 2장




화가 나면 걸을 수가 없다.

*

화가 나서 걸을 수 없고 견딜 수 없을 때 전화 걸 데가 없으면 더 화가 난다.

*

유진에게 전화를 걸지 않았더라면 호랑이고 뭐고 이럴 일 없을 텐데.

*

아니. 엄마가 입원하지 않았다면 이럴 일 없을 텐데.

*

아니. 아니. 아니. 아니.
내가 죽었으면 이럴 일 없을 텐데.

*

폐가 타 버렸으면 숨 쉬지 못했을 텐데.

*

끝내 버려.
새벽 2시.
화가 난다. 왜 전화도 스스로 못 해? 바보니? 지금이라도 전화 걸어! 용을 써야 할 것 아냐. 빨리 걸어! 사람은 혼자가 아니야. 엄마가 하는 말은 엄마의 말이 아니야. 마귀야. 내 안에 사는 다른 내가 전화 걸지 못하는 나를 때려눕히려 한다.

*

유진에게 전화를 걸었다.

*

유진은 목소리 주인이 나임을 확인한 후 이렇게 말한다.
"무슨 나쁜 일 있어? 엄마한테 무슨 일 생겼어?"
"죄송해요. 너무 오랜만인데 밤 깊은 시각에. 그냥 걸었어요. 잘 지내시는지."

"응급 상황처럼 보인다. 불안한 거 얘기해도 돼. 난 괜찮아. 아무렇지도 않아. 나는 지금 일하는 중이야. 잠 깨운 것 아니니까 안심해."

"가슴이 터질 것 같아요."

"혼자니?"

"혼자예요."

"엄마는?"

"엄마 때문에요."

"천천히 얘기해 볼래?"

"뒤죽박죽이에요."

\*

설명하기 힘들다. 공기가 얼마나 무겁고 냄새나고 뾰족한지 표현할 수 없다.

\*

"나가고 싶지만 나갈 수 없어요."

"지금은 밤이니까."

"러닝머신에서 뛰는데 유리칭 창틀이 점, 점, 점, 점 더 좁혀 들어와요. 쇠창살이 살갗을 파고드는데 너무너무 차가운 거예요. 갈빗대까지 들어와요. 이러다가 엄마가 되는 거 아닌가. 엄마처럼 숨 쉬는 시체가 되는거 아닌가."

"엄마가 다쳤니?"

유진의 목소리가 치솟는다.

"말이 안 돼요. 어떻게 동굴 전문가 집단이 화산 폭발을 모르냐고요! 마그마에 녹아들어간 거나 마찬가지야. 엄마는 심장만 뛰어요! 어떻게 이러죠?"

"힘들겠다. 외상은?"

"피부는 멀쩡해요."

"말은?"

"이상한 말만 해요. 눈도 못 떠요."

"심장이 뛴다는 게 살았다는 증거야. 힘들겠다. 많이 힘들지……."

"왜 나한테 이런 일이 생기나 몰라."

"너한테가 아니라 너의 엄마에게야."

"나한테야. 왜 나한테 이런 일이 생기죠? 러닝머신이 자동으로 도는 게 싫어요. 삑삑거리면서."

유진이 말한다.

"러닝머신을 치울까?"

"어떻게?"

"내가 도울게. 내가 갈게. 통화 끊지 않고 대화하면서 갈까?"

"아니에요. 괜찮아져요. 전화 끊고 기다릴게요."

"금방 갈게."

"고마워요."

내가 먼저 전화를 끊는다.

\*

10년만에 걸려온 전화를 받고 유진이 달려오고 있다.

\*

유진이 도착하기를 기다리면서 러닝머신 매뉴얼을 찾아 분해 방법을 연구한다. 공구함에서 도구를 꺼낸다. 느리게 흐르는 시간을 바라본다. 장갑 두 켤레를 스패너 옆에 놓는다.

병원을 떠올린다.

\*

엄마가 옹알이하듯 중얼거리다가 완전한 문장을 내뱉는다.
"요한나, 잘 지내니?"
나의 이름은 요한나다.
세상에······.
엄마는 듣지 못하면서 말을 중얼거린다.
"요한나, 내 옆에 있니? 엄마 보고 있니?"
의료진이 이해할 수 없는 현상이라면서 당황한다.
변화가 찾아오자 소식을 듣고, 엄마 회사 사람들도 엄청 몰려든다.
"안 돼! 안 돼!"
엄마가 소리친다.
자꾸 같은 말을 소리친다.

누가 목을 조르는 것 같다.
내가 말한다.
"엄마, 좀, 일어나 봐."

*

"안 돼! 안 돼!"

*

아기들은 말하기 전에 듣기를 먼저 시작하겠지? 배 속에서도 듣는다 하니까.

*

그런데 엄마는 거꾸로다. 듣지 못하고 말만 한다.

*

혹시 영매일까? 엄마의 말은 죽은 누군가의 영혼이 하는 말? 혹시?

*

이건 엄마가 아니잖아.

*

무섭다. 엄마한테 안 간다.

\*

빨리 오지 않았다고 유진에게 화내지 않는다.

"와 주셔서 정말 고마워요. 어떻게 지냈어요?"

"잘 지냈어. 우선 골칫거리부터 치울까?"

유진이 몸 쓰는 일을 먼저 끝내고 싶어 한다. 내가 고개를 끄덕인다. 준비해 둔 공구를 이용해 기계를 함께 해체한다. 내가 큰 것을 해체하고 유진이 작은 것을 추린다. 마당으로 옮기는 작업을 금방 끝낸다. 조각난 기계 부품이 달빛과 외등 빛을 받아 번뜩인다. 살려 달라고 신호를 보내는 생명체 같다. 집게발 잘린 전갈처럼. 나는 외면한다.

"요즘 무슨 일 하세요?"

"명함 보여 줄게. 이런 일 해."

유진이 명함을 내민다.

산책.

회사 이름이 단단하다. 로고는 하트의 윗부분을 자른 모양이다. 유진이 개 이야기를 시작한다.

"개의 귀를 형상화한 거야. 어때?"

"개? 귀엽네요."

"응, 귀. 동영상 보여 줄게."

유진이 영상을 재생한다. 개와 사람이 함께 걷는 장면이다. 사람의 산책 파트너가 재규어처럼 검고 날렵하다.

"밤에 함께 걷는군요."

"산책 가드를 서비스하는 일이야. 걷고 싶지만 못 걷는 사람에게."

\*

유진이 차린 회사는 밤이 무섭지만 밤 자체가 두려운 것이 아니라 어둠 속에 숨은, 마귀 같은 위험 요소가 두려워 걷기를 포기한 회원, 안전이 보장된다면 매일 어둠 속을 걸으며 건강을 회복하고 싶은 회원에게 서비스를 제공한다. 돈을 받는다.

\*

"와…… 기발하다."
"필요할 것 같아서."
"고객들 성별은 한쪽? 전용?"
"의도한 건 아닌데 한쪽 성별로 모이더라."
"왜까요?"
"남자도 밤 산책은 겁이 나지만, 상담소를 거쳐야 하니까 걸러지는 것 같아."
"어떤?"
"정신과 클리닉. 우린 개의 안전도 중요하니까. 회원제로 운영해."

\*

개의 안전을 고려한다는 유진의 말, 완전 감동적이다.

*

개를 통제하면서 개를 존중하는 사람이어야 회원이 된다. 협약을 맺은 병원 상담사가 지원자 성향을 파악한 후 산책 회사에 알린다. 아무에게나 개를 인도할 수 없다. 개를 학대하는 인간은 자격이 없다. 가드 대부분이 맹견이라 할지라도. 이건 완전히 나한테 필요한 서비스이다.

*

나는 로고를 가리키며 말한다.
"개의 귀가 아니라 토끼 이빨처럼 보여요."
"보는 사람에 따라 다르지. 선글라스 두 알처럼도 보이지. 멀리 보는 쌍안경처럼도 보이고. 나는 터널을 그린 거야. 네가 맥도날드 간판을 볼 때마다 터널이 떠오른다고 해서. 비장하게 기도했어. 매일매일 마주하는 진실처럼 안전하게 산책하기를 소망해."
"로고 보자마자 터널 생각했어요."
"귀랑 터널이 통할 수 있지."
"우리가 통했다니 정말 신기해요."
"지금은 새벽이고, 네가 전화했을 때 내기 받았잖아. 회사 로고를 만들면서 너도 장차 이용하겠구나 생각했지. 네가 어렸을 때 터널 많이 그렸잖아. 귀처럼 생긴."
"고마워요."
"엄마 소식은 정말 안타깝다. 많이 힘들지? 어느 병원에?"

"군인 병원에."

"군인?"

"전쟁에서 던진 폭탄이 동굴 안에서 터졌대요. 엄마 회사에서 소송을 걸었고 군인 병원이 엄마 치료를 전담하기로 했어요."

"전쟁이라니."

"황당해요."

"그렇네. 더 얘기해 줄래?"

나는 두서없이 말한다.

\*

고 한다.

\*

불발탄을 건드렸다고 한다.

\*

폭탄이 엄마 앞에서 터졌다면 엄마는 현장에서 돌아오지 못했을 것이라고 한다.

\*

엄마와 동료가 추락하는 장면이 영상 팀의 장비에 수신되었다고 한다.

\*

나는 엄마의 회사 사람이 보여 준 영상을 유진에게 설명한다.

엄마는 무동력 요트가 강풍에 휩쓸려 가듯 전속력으로 떨어진다. 어마어마하게 빠르다.

\*

믿기 힘들다. 상식적으로, 동굴 입구에서부터 공기가 뜨거웠을 것이 아닌가.

"사고입니다. 갑자기 생긴 싱크홀 때문에 마그마의 흐름이 바뀌었습니다. 마그마가 수맥에 침투해서 물을 밀고 들어왔습니다. 큰 폭발이 아니어서 이 정도에서 멈췄습니다. 화산은 활동 중이고, 사고가 더 커질 수 있었는데 그게 아니라서 우리 팀은 다행이었죠."

자문위원이 엄마의 생존을 진심으로 다행스러워하면서 말했다. 다행이라고? 이게? '다행'이라는 말을 여기서 쓰는 게 맞아?

하긴 재도 남기지 않고 타 버릴 뻔했으니까.

다행이라면 다행이지.

\*

폐가 매일매일 불에 탔다. 밤공기가 콜타르를 뒤집어쓴 듯 무겁고 냄새나고 답답했다. 어둠이 흑곰처럼 검었다. 멀리, 엄마가 입원한 병원 쪽에서부터 콜타르가 땅에 검은 흔적을 남기며 달려왔다. 가슴이 연자 맷돌에 눌린 것처럼 찌부러져서 견딜 수 없었다. 나는 인간이 아니었다. 오염된 기름에 덮인 바다 생명체였다. 수면 밖으로 고개를 들면 검은 기름이 줄줄 흘렀다. 귀 밑에 파여서 생긴 아가미로 검은 기름이 들어왔다. 숨이 막히고 자학 감정이 들었다.

*

내가 어둠 속에 혼자 있어서……. 엄마가 돌아올 기약이 없어서…….

*

걷고 싶었다. 현관문 앞에서 살짝 걸으면 그나마 좀 나았다.

*

"상담은 계속 받니?"
"좋아지다가 나빠지다가 그래요."
"내가 알던 상담사? 약은?"
"상담사도, 약도 여러 번 바뀌었어요. 잘 먹으려고 노력하는 편이에요. 밤에 바깥에서 걷고 싶어요. 나도 산책 이용할 수 있나요?"
"원한다면 협약 병원 정보를 전송해 줄게. 개인적 익스프레스는 안 하려고 해. 절차를 지키는 게 정확하니까."
"좋아요. 필요한 상담을 받을게요. 진행해 주시겠어요?"

"보내 줄게."

유진은 나에게 클리닉 상담사 정보를 전송한다. 나는 유진이 안내하는 대로 절차를 모두 밟아야 한다.

\*

릴리가 첫인상부터 너무 좋았던 것이 문제였을 수 있다.

\*

사실은 로고가 동굴을 떠올리게 했고 내가 로고를 보면서 무의식중에 목화밭을 떠올린 것이 문제였을 수 있다.

\*

의외.

\*

개가 햄버거에 꽂히다니. 릴리는 햄버거에 꽂힌 개였다. 조련사가 햄버거를 먹다가 알게 되었다고 한다. 개가 햄버거 먹는 조련사의 입술을 동경하는 것 같았다고……. 새를 보면 잡으리고 날뛰던 개였다. 다혈질이고 늑대 본성이 강했다. 보상으로 완제품 햄버거를 주면 최고로 좋아했다고 한다.

\*

그 개가 릴리이다.

\*

유진이 사용법 설명서를 읽듯 말한다.

\*

 "릴리는 심장 주파수로 감정 언어를 읽는다고 보면 돼. 우리가 좋은 마음을 먹으면 전달이 잘돼. 나쁜 마음을 먹으면 심장 주파수가 달라지잖아. 나쁜 마음을 먹고 목줄을 당기면 금방 저항해. 믿는다고, 주문처럼 외우는 게 좋아. 믿는다는 말. 릴리, 나는 너를 믿어. 너를 믿어. 사람이 입으로 하는 언어는 순식간에 바뀌지만 심장박동 빠르기는 진심에서 벗어나는 경우가 별로 없잖아. 연습이 필요할 거야. 심장으로 말해야 해."
 이 말이 심장박동을 거칠게 만든다. 릴리가 내 감정을 파악한다. 릴리가 내 심장을 읽는다고 생각하니 심장이 팔딱거린다. 심호흡을 한다.
 "맹견을 막무가내로 믿을 수 있나요?"
 "막무가내가 아니야. 릴리는 믿을 만해."

\*

 "목줄을 풀지 말아야 해. 제일 중요한 주의 사항이야. 목줄이 풀리면 대상을 가리지 않아. 난폭한 기질을 회복할 가능성이 커. 목줄을 푸는 건 공격당하는 것을 인정하는 셈이고 배상을 청구할 수 없음을 인정하는 표시야. 네가 풀지 않으면 저절로 풀릴 일은 없을 거야. 총이 제일 위험할 때는! 알지?"

"알죠. 자신을 해친다는 것. 남보다 쉽게."

"릴리도 총이야. 위험해. 목줄로 통제해야 해. 목에 전달되는 자극이 명령어가 되도록 훈련되었어."

"기억할게요."

나는 릴리의 얼굴 앞에 손등을 내민다. 릴리가 콧등으로 치며 친숙함을 표현한다.

*

유진의 지도를 받으며 릴리와 함께 걷는 산책 법을 익힌다.

릴리와 걷고 나면 사막 지역을 도보로 여행하고 돌아온 듯 자존감이 회복된다. 살았다. 생존했다는 실감으로 숨이 쉬어진다. 밤에 걷는 길의 종류를 늘려 가고 조금씩 숲에 다가간다.

*

산책이 가능해지니 유진에게 함께 살자고 말하고 싶은 순간이 쌓인다. 릴리를 데리고 유진과 함께 살고 싶다. 가지고 싶다. 임대가 아니라 소유. 욕심이 생긴다는 것, 욕심이 생긴다는 사실을 내가 자각한다는 것이 즐겁다. 그러나 말하지 못한다. 무엇이 유진에게 이 요청을 못 하게 하는지 알 수 없다. 거절당할 것이 두려운 걸까.

*

이맘때쯤 엄마한테도 반가운 변화가 찾아온다.

　병원에서 연락이 온다. 엄마와 대화가 가능해졌다고. 엄마가 들을 수 있게 되었다는 뜻이다.

*

"엄마. 누가 목을 졸랐어?"
"왜?"
"안 된다고 소리 질렀어. 엄마가."
"내가? 언제?"

*

무의식중에?

*

엄마는 답을 주지 않는다. 뭐가 안 된다는 것인지, 누가 목을 조르는 건지, 자기가 한 말을 모르는 척한다. 함구한다.

*

　매일 병원을 찾아간다. 병원에서 낮을 보내면서 엄마가 눈 뜨기를 기도한다. 도와주세요, 제발. 기도하느라 몸에서 기운이 바닥난다.

집 앞에서 산책 직원에게 릴리를 인계 받고 언덕을 향해 걷는다.

짙은 그늘을 피하고 밝은 가로등 아래에서 발을 움직인다. 하늘이 맑고 어둡다. 이런 날 비행기를 타면 야경 불빛이 선명하게 내려다보인다고 한다.

*

나는 엄마의 머릿속을 생각하며 산책한다. 어둡고 복잡하다. 반짝이는 것을 찾고 싶다. 하늘을 올려다본다. 달이 여린 손톱 모양이다. 바람이 폐부에 깊이 파고든다. 폐 벽에 달린 수억 개의 기포 주머니가 눈동자처럼 크고 둥글게 부푼다. 하나하나 모두 느껴진다. 엄마에게 신선함을 전해 주고 싶다. 대리 만족으로 가슴이 벅찬다. 하루 종일 몸무게를 버티느라 납작해진 발바닥의 감각세포가 도톨도톨 일어선다. 바람이 나뭇잎을 스친다. 사포처럼 사각거린다. 참 달콤하다. 보도블록의 이끼에게 충격을 주지 않으려고 느리게 걷는다.

릴리와 나란히 걸음을 맞춘다.

엄마 생각을 삼시 놓는다.

*

사람이 나타난다.

나는 외면한다.

\*

사람이 릴리에게 다가와 옆에서 걷는다.

\*

심장이 걷잡을 수 없이 뛴다.

아…… 왜 이런지 모르겠다. 사람이 허락도 없이 우리와 나란히, 열을 맞춘다. 옆에 온 것도 열 받는데 말까지 내 피부에 묻히려 한다.

\*

"만지면 무나요?"

\*

발걸음을 바꾼다. 주위가 어둡지만 사람의 눈알이 잘 보인다. 번뜩인다.

\*

"입마개를 해야 하지 않나?"
"필요해서 안 했어요. 늑대 본능이 강해서 잘 물어요. 위험합니다."

\*

필요 없는 대답을 하고 나니 심장이 갈비뼈를 열고 뛰어나올 것처럼 부푼다. 귀에서 심장이 뛴다. 릴리가 나의 기분을 읽고 이빨을 드러낸다. 사람을 향해 전진하려 한다.

\*

릴리의 목줄이 팽팽해진다.

\*

사람의 심장에서 이상한 냄새가 난다고 릴리가 목줄의 긴장감을 이용해서 말한다. 심장 주파수 그래프가 눈앞에 나타나는 것 같다. 더럽다. 릴리가 으르렁거리면서 경고를 날린다.
사람이 물러난다.
나는 걸음을 옮긴다. 짜증 나고 긴장된다. 폐가 아프다. 쭈그러들면서 통증이 시작된다. 달콤한 시간으로 도저히 돌아가지지 않는다. 걸음을 멈춘다. 릴리가 걱정스럽다는 표정으로 나를 바라본다.
사람이 물러난다.

\*

끝나는 것 같다.
걷는다.

\*

뒤가 고요하다.

그런 사람이 아니었나?

잠시 후 등 뒤에서 고요함을 밟고 오는 발자국 소리가 들린다.

신경을 거스르게 만드는 이 느낌은 뭐지?

뒤돌아보기 싫다.

뒷머리에 온몸의 핏줄이 화산 분화구처럼 한 가닥으로 모인다. 앞만 보면서 걷기가 왜 이렇게 힘드냐! 좀 내버려 둬!

물러난 것 맞나?

릴리에게 말한다.

"빠르게 걸을까, 릴리?"

우리는 뛰듯이 걷는다. 내가 속도를 높이자 릴리가 앞지른다. 내가 릴리에게 끌려서 간다. 화가 난다. 걸어지지 않는다. 발바닥이 땅에 붙는다. 꿀에 빠진 거미 같다. 릴리를 당긴다. 목줄을 당기면서 릴리에게 말한다.

"멈춰. 릴리야, 저 사람 나쁜 인간이니?"

릴리가 귀를 쫑긋 세운다. 고개를 돌린다.

릴리가 바라보는 쪽으로 고개를 돌린다. 어둠 속에서 발자국 소리가 따라온다.

휘파람 소리가 들린다.

사람이 숲 쪽으로 움푹 파여서 어둠이 진한 곳에 숨어서 휘파람을 분다.

털썩.

무언가 바닥에 떨어진다.

릴리가 다가간다. 릴리가 물건을 발로 친다. 소시지이다. 릴리는 꼬리를 들어 올리고 자세를 낮춘다. 단거리 달리기 선수 같은 출발 자세이다.

으르렁.

릴리가 공격을 준비한다.

\*

사람이 이번에는 다른 음식을 릴리 쪽으로 던진다. 사람이 입으로 소리를 낸다.

"먹어도 돼, 릴리. 너 햄버거 좋아하잖아."

\*

소름이 오싹 돋는다. 등골에서 땀이 흐른다.

\*

것 같다.

오래전에 계획한 것 같다. 햄버거를 준비하다니. 상상으로 많이 나를 짓밟았구나. 수많은 오늘을 머릿속으로 그렸구나. 나는 무릎을 굽힌다. 당할 수 없다. 릴리에게 몸을 붙인다. 손으로 목줄 고리를 푼다.

어둠 속에서 바람이 분다.

릴리가 뛴다. 돌진한다. 사람을 넘어뜨린다. 사람이 넘어진 자세로 칼을 꺼낸다. 릴리가 가슴을 문다. 옷을 찢은 후 더 맹렬해진다. 살에 넣은 송곳니를 빼지 않으려고 필사적으로 턱을 흔든다. 사람이 말한다.

"씨발, 미친 새끼야!"

누가 미쳤는지 모르겠다. 고함을 지른다. 나는 천천히 다가간다. 사람의 손을 바라본다. 칼을 쥔 손목을 지그시 밟는다. 릴리가 가슴을 물고 주둥이를 흔든다. 피가 보인다.

"릴리. 멈출래?"

릴리에게 묻는다. 릴리는 멈추지 못한다.

총을 꺼낸다. 사람을 쏘려다가 허공을 쏜다.

"핑!" 소리가 울린다. 밤이므로 소음기에 갇힌 총소리가 더 은밀하게 들린다.

릴리가 고개를 든다. 사태를 인식한 것 같다. 송곳니와 어금니를 거둔다. 사람의 목에서 피가 흐른다. 나는 사람의 얼굴을 보지 않으려고 노력한다.

수건을 꺼낸다. 릴리의 코와 입술에 묻은 피를 닦는다. 릴리가 이번에는 나를 공격하려고 준비한다. 폭력 관성을 멈추지 못하는 듯하다. 이를 드러내며 씩씩거린다.

나는 피를 닦다가 멈춘다.

내가 왜 이럴까.

수건을 바라본다.

꺼림칙하다.

수건을 멀리 던진다.

릴리가 놀잇감을 회수하듯 수건으로 다가가 입으로 물고

온다. 장차 수건이 나를 곤란에 빠뜨릴 증거물이 될 것이라는 현실감이 든다. 심장박동이 안정을 회복하는 것 같다. 가방에서 간식을 빠른 동작으로 꺼낸다. 릴리가 간식을 먹으려고 수건을 뱉는다.

릴리가 간식을 먹는 사이 땅에 떨어진 수건을 집어 올린다.

손에 잡힌 물건을 처리해야 한다. 배변 수거용 비닐 봉투에 넣는다. 그것을 가방에 넣고 지퍼를 잠근다.

릴리가 배회한다.

"갈까?"

릴리에게 말한다.

*

갈 곳이 집밖에 없는데 새로운 장소를 찾아야 하잖아.

*

언덕 정상에 서자 해안이 내려다보인다. 해안과 언덕 사이에서 빌딩 숲이 반짝인다. 해안의 요트 바닥에 부딪치는 파도 소리를 상상하며 릴리에게 말한다.

"이렇게 하면 어때?"

릴리가 나의 입술을 바라본다.

"일단 피하자."

심장 주파수를 생각하며 진심을 표현한다. 릴리는 인간의 언어를 발성하지 못한다. 보상을 원한다고 눈빛으로 말한다.

보상이 필요하다.

통조림 뚜껑을 연다. 조리된 고기 냄새가 일어난다.

릴리가 고기를 먹는다.

*

해안을 상상한다.

*

파도가 언덕에 오르려고 환하게 부서진다. 이슬 내린 이끼처럼 파닥거린다. 이끼가 파도처럼. 파도가 이끼처럼. 내 곁에 있는 비인간 릴리. 해안에서 눈길을 돌린다. 인간이 비인간에게 묻는다.

"갈까?"

릴리가 자리에서 일어난다.

몸을 일으키고 엉덩이를 턴다.

그리고

우리는 어둠 속을 걷는다.

*

운이 나쁜 게 아니라고 생각하자.

세상은 늘 이렇다고 생각하자.

지구의 나이 45억 년.

45억 년이 45억 번 바뀌면?

45억 년이 45억 번 바뀐 뒤에 내가 인간일까?

그건 그때 가서 확인하자.

자동차 불빛이 행렬을 이루어 빵빵거리며 흐른다. 고개를 들고 다리 위를 바라본다. 다리가 2층이다. 3층, 4층도 만들 수 있겠지. 인간은 참 위대하다.

*

강변을 걷는다. 가슴이 터질 것 같아서 말하고 만다.

"사무실로 가서 사실을 말하면 넌 안락사당하거나 문제견 감옥에 갇힐지 몰라. 사고 친 애들을 따로 모아 시설에 가둬 감시한다더라. 어떤 섬에. 죽을 때까지."

나는 '죽을 때까지'에 힘을 준다. 릴리는 걷는다. 나, 요한 나가 자기에게 말하는 것임을 모른다. 평소처럼 혼잣말을 중얼거린다고 생각한다. 마냥 걷는, 발랄한 스텝이 기분을 말해준다. 나는 무거운데.

*

강물에 발을 들인다.

으스스 차갑고 떨린다.

*

신발을 안 신은 게 아니지만, 발에 밟히는 파래 가닥이 몇 개인지 셀 수 있을 것처럼 감각이 예민해진다. 미끄럽고 차갑다. 떠오른다. 마스크 쓴 사람의 눈빛. 흔하디흔한. 어디에나 존재하는. 자갈 같은 눈알, 아니, 눈알 같은 자갈? 생각하지 말자. 밟고 걷자. 눈알을 밟아 버릴까? 발로 물을 밟는다. 지겹다, 정말! 넘어질 것 같아 멈춘다. 자잘한 굴곡이 느껴지더니 푹, 땅이 꺼진다. 온몸이 물에 빨려 들어간다. 얼굴까지 잠긴다.

하지만

릴리와 함께여서

화내지 않을 수 있다.

온몸을 침례교회 의식처럼 세례한다.

물을 움키고 얼굴을 바깥으로 꺼낸다.

말을 한다.

"릴리, 함께 가."

말을 한다.

*

릴리가 헤엄을 멈추고 나를 기다린다. 어두워서 잘 안 보인다. 주둥이 근처 피에 물든 털이 씻겼는지. 핏방울을 지웠는지. 물살로. 보고 싶다. 씻겼을 것이다. 믿고 싶다.

몸이 떨린다.

쏴 버릴걸.

죽었을까.

내가 왜 이 꼴을 당해야 해? 재수 없게.

아니야. 재수 없는 게 아니야. 늘 이래. 세상은.

하지만

자꾸 재수 타령이 나오려 한다.

막아야 한다.

나는 재수가 나빠서가 아니다.

누구나 이런 것이다.

힘내자. 살아남자.

헤엄을 친다.

\*

고수부지로 올라선다. 으슬으슬 떨린다. 땅이 밟힌다. 육지가 단단하다는 게 마음에 든다. 발을 구른다. 물이 떨어진다. 릴리에게 말한다.

"열을 내야겠어. 좀 뛸까?"

릴리가 앞장선다. 처음 가는 길을 매일 다닌 길처럼 안내한다.

뛴다.

가방이 등 뒤에서 털썩거린다.

\*

좀 살 것 같다.

\*

바스락 소리가 날 정도로 건조하다. 흙길을 걷는다. 도로변으로 걷다가 숲으로 오른다. 나무가 휘청거린다. 바람이 부나 보다. 그런데 불안증이 찾아온다. 이렇게 멀어지면 혼자 어떻게 집에 돌아갈까. 아, 아아! 아아악! 약속을 어겼어. 유진에게 도움을 요청할 수 없잖아. 몰라. 일단 걷자. 계획한 대로 행동하자. 길이 고요하다. 발자국 소리가 곡선으로 휘지 않고 직선으로 뻗는다. 동굴에 들어가면 메아리로 변할 것이다.

*

바위틈을 앞에 두고 릴리에게 말한다.
"목줄을 매야겠어. 동의하니?"
릴리가 물끄러미 나의 손을 바라본다. 가방에서 쇠줄을 꺼낸다.
"싫으면 거절해. 일단 묶을게. 그래도 돼?"
릴리가 긴장한다. 손으로 릴리의 목덜미 가죽을 잡는다. 릴리는 마음이 바뀌면 주둥이를 돌려 확, 물어 버린다. 조심해야 한다. 릴리가 순응한다.
"괜찮을 거야. 해치려는 것 아니야."
목줄 고리에 쇠줄을 연결한다.
불안이 실린다. 심장 주파수를 제어하기 힘들다. 배운 대로 주문을 건다. 속으로 말한다. 믿는다. 나의 선량함, 너에게 전달될 것이라고 믿는다. 나는 선량하다. 선량하다. 마음속으로 말하며 다짐한다. 나는 선량하다. 나는 선량하고 선량할 것이다. 심장박동이 가라앉는다. 릴리가 웃는다. 목줄을 자연스러워한다.

*

릴리의 등을 다독이며 천천히 말한다.
"목줄이 없으면 나가고 싶어질 거야. 채우면 단념하겠지? 그래서 채우자 했어. 도움이 된다면 좋겠어. 들어가자. 가서 물 마시자."
바위틈으로 들어간다. 동굴이 넓어진다.
샘 쪽을 향해 걷는다.
동굴은 바닥이 거칠다. 릴리가 경사로에서 미끄러진다. 몸을 바로잡는다.

*

똑. 똑. 똑.
낙수 소리가 들려온다.

*

랜턴을 비춘다.
샘물이 빛난다.
가까이 다가간다.
"여기에서 내가 음식 가져올 때까지 버텨 줘. 통조림은 아껴 먹어야 돼. 한꺼번에 다 먹어 버리지 마. 알았지? 햄버거도 꺼내 줄게."

말을 마치고 랜턴을 바닥에 놓는다.

*

강을 건널 때 햄버거가 젖었다는 사실을 깨닫는다. 열 받는다. 온몸이 젖었다. 가방이 물에 잠겼고 모든 게 젖었음을 이제야 인식한다. 내 잘못이 아닌데…….

*

스마트폰을 꺼낸다. 부재중 통화 목록이 나타난다. 창을 닫는다. 메시지 함을 연다.

-고객님, 복귀할 준비 되셨나요? 기다리고 있습니다. 언제 돌아오실 수 있나요?

문자가 반짝거린다. 답장하지 않는다. 동굴 속이라 연결이 불안정하다. 무심해야 하는데……. 생각하지 말아야 하는데……. 생각이 나려 한다. 메시지 함을 닫고 메모장을 펼친다. 할 일을 적듯 문장을 입력한다. '앞으로 이렇게 하기. 궁금해하지 말기. 절대로. 아무 일 없었다 생각하기.' 저장 버튼을 꾹 누른다.

*

릴리가 씩씩거린다.

*

섬뜩하다.

내가 뭘 잘못했지?

*

릴리가 말한다.
"통조림 안 줘?"
사람 목소리로 말하는 것 같다.
것 같다.

*

"미안해. 먹을 것 준다고 해 놓고 내가 딴짓했지? 햄버거 줄게."
햄버거는 젖고 으스러져 엉망이 되었다. 포장을 열어 릴리 앞에 놓는다.
"먹어도 돼."
목소리를 낮게 깐다.
릴리가 먹는다.
나는 먹는 릴리를 바라본다.
편히 먹도록 눈길을 돌린다.
통조림을 꺼낸다. 뚜껑을 딴다. 바위 홈에 배치한다. 릴리가 쏘아본다. 눈빛으로 병균을 소독하듯이 통조림을 뚫어지게 바라본다.
나는 릴리가 먹는 것에 집중하는 틈을 타고 돌아서려 한다.
발길이 얼어붙는다.

물 대신 피를 짜서 흘려주듯 결연하게 말한다.

"꼭 올게, 금방."

릴리가 고개를 갸웃거린다.

*

동굴에서 벗어난다.

혼자다.

어떻게 돌아가지?

밤에.

혼자.

검은 밤길을 걷는다.

걸어지지 않는다.

발바닥이 달라붙는다. 피 흘리는 사람의 형상이 눈앞을 가로막는다.

"아……. 왜 이래! 나한테 왜 이래!"

심장이 쪼그라든다. 생각하지 않기로 메모장에 입력한 다짐에 금방 금이 간다. 총을 꺼낸다.

"나와 봐! 곰이어도 좋아. 나와 봐!"

외친다. 입이 안 열리고 말이 가슴 속에서 뱅뱅 돈다.

"나와!"

외침이 불이 된다. 갈비뼈 울타리 안에서 불길이 번진다.

걸어지지 않는다.

폐가 뜨겁다. 심장 밑에서 타는 것 같다. 숨 쉬어지지 않는다. 무릎을 꿇는다. 폐를 꺼내 식히고 싶다. 몸을 움츠린다. 제발 타지 마. 덮어 줄게. 내가 내 몸으로 너를 덮어 줄게. 폐야, 살아나야 해. 손으로 폐를 주무른다.

*

괴물이 내 뒷덜미를 물어다 던졌을까?
어떻게 집에까지 오게 되었는지 기억나지 않는다.

*

몸을 일으킨다. 현관에서 바람이 들어온다. 문이 어째서 열려 있을까.
"옷은 또 왜 이래? 넝마를 걸쳤어?"
거울 앞에 선다.
옷이 찢기고 흙이 묻어 엉망이다. 권총의 무게감이 가방에서 느껴진다. 가방을 맨 채 쓰러졌나 보다. 가방을 풀어 던진다. 불길한 기운이 스멀스멀 가방 지퍼를 열고 나타난다. 눈을 감는다. 피에 더럽혀진 수건을 다시 보기 싫다. 동굴 속에 버리고 올걸.

*

거실을 서성인다. 마당을 바라본다. 러닝머신 부품이 외등 빛을 반사한다. 빛이 조각조각 깨진다. 커튼을 잡는다. 당긴다. 마당이 동굴 같다. 동굴로 가는 문을 닫는다. 커튼을 친다.

용기를 낸다. 유진에게 전화를 건다.

"미안해요. 실수를 했어요. 릴리를 잃었어요. 목줄을 놓고 함께 걸었거든요. 가끔 그랬어요. 줄을 잡으면 되니까. 이번에는 로켓처럼 갑자기 튀어 가서……. 재빠르게 멀리 가 버린 건 처음이에요. 이름을 부르고 간식으로 유인해도……. 아무리 해도…… 죄송해요. 찾느라 연락 못 했어요."

"지금 어디?"

"집."

"몸은 괜찮니? 혹시 다친 데는?"

"돌아오는 길이 너무 무서웠어요. 어떻게 걸었는지 기억나지 않아요. 릴리가 새를 사냥하러 간 것 같아요. 나무 밑에서 하늘을 보더니 확 달려갔어요."

"괜찮아. 방법이 있어."

"잠깐만요."

"그래."

나는 할 말을 찾는다.

\*

할 말이 없다.

\*

'릴리를 잃었어요.' 이것이 다다.

유진은 기다린다. 다정함이 고맙다.

*

심장이 벌컥벌컥 뛴다. 폐가 아프다. 호흡법으로 긴장을 푼다. 나는 선량하다. 주문을 건다. 선량하다고 주문을 건다. 그리고 입을 연다.

"할 말이 있었는데 잊었어요. 나중에 할게요."

"그래. 그럴 때가 있지. 집에 도착했다니 다행이다. 놀랐을 텐데 일단 사무실 입장을 말할게. 금전 문제야. 계약 맺을 때 보증금으로 선입금한 금액, 그걸 사무실에서 써야 해. 수색 경비를 고객이 충당하는 게 원칙이야. 계약서에 적힌 사항이고, 동의서에 이미 사인은 했고. 릴리는 우리가 찾을게. 이 정보가 너에게 도움이 된다면 좋겠다."

"그리고요?"

"그게 다야."

"그게 다라고요?"

"맞아. 안심해. 그게 다야."

"제가 앞으로 어떻게 노력할까요?"

"릴리가 스스로 복귀하기를 바라 주면 돼."

"진짜로 이게 다예요?"

"응. 계약서에 그렇게 돼 있으니까."

유진은 통화를 끝내고 싶어 하는 눈치다. 사무실이 바쁠 시각이다. 투정 부릴 수 없다. 여유가 생기면 유진이 먼저 전화를 걸어올 것이다. 믿자. 혼자 되는 게 억울하지만.

*

메모장에 적는다. 생각하지 말기. 관심 두지 않기. 아무 일 없었다고 생각하기.

*

사람이 어떻게 됐을까. 죽었을까. 아, 제발!

*

생각하지 말아야 해. 생각하지 말아야 해.

*

이러다 보니 아침이 온다. 커튼 너머 바깥이 밝아진다. 새들이 한꺼번에 소란스러워지는가 싶더니 참을 수 없게 날카로운 소리로 아침을 알린다.

큰일이다. 새가 밤에 잠을 자고 아침에 일어나는구나……. 아, 어쩐다. 릴리가 새를 잡으러 간 것 같다고 말했는데…… 낮에 움직이는 새를 생각했는데…… 어제는 밤이었어. 유진이 내 말을 의심할 거야.

## 3장

출근하고
퇴근하고
출근하고
퇴근한다.

새를 잡으러 간 것 같다고 말했는데…… 미안하고 두렵다. 아, 어쩐다. 새를 잡으러 튀어 갔다고 거짓말을 했어. 내가 왜?

문득 생각이 찾아온다.

세계는 단순하지 않아. 다양하고 복잡해. 새가 수면 장애를 앓는 것, 가능해. 불면증에 시달리는 새가 밤에 뭐 하겠어? 밤에 못 자는 새는 어둠 속을 날아다니며 바람을 만들어. 나뭇가지에 앉았다가 릴리의 시선을 잡아끈 거야.

밤에 잠을 못 자다 보니 이런 생각이 찾아온다.

*

기분이 점점 나아진다.

*

소문이 들린다. 가슴에 남은 이빨 자국으로 보아 개가 아닌 다른 동물이 물었을 것이라고 한다. 곰이나 호랑이가 가슴을 물어뜯은 것이라고.

새끼 곰, 새끼 사자, 새끼 호랑이.

새끼라면 릴리보다 이빨이 작다.

새끼를 말할 때 사람은 꼭 '새끼'를 붙인다.

할라를 말할 때 군인이라 하지 않고 '여군'이라 말하는 것처럼.

아마존을 전사라 하지 않고 '여전사'라 부르는 것처럼.

소문 속에 등장한 곰, 호랑이는 새끼가 아니다. 그냥 곰, 호랑이이다. 사람들은 성체 동물을 상상한다.

*

왜 사람이 이로 물어뜯었다는 가정은 소문에서 제외되었을까.

사람이 사람의 목을 이로 물어뜯는 상상, 충분히 개연성 강하잖아.

그랬거나 말았거나.

\*

또
출근하고
퇴근하고
출근하고
퇴근한다.
며칠이 지난다.

\*

소문이 이제 너무 없다.

\*

몽타주 전문가 앞에 앉은 사람을 상상한다. 나와 릴리를 실제 모습과 똑같게 그리도록 진술할 것이다. 릴리라는 이름을 알고 있으니 몽타주를 그릴 필요 없다고 말할 수도 있을 것이다. 그러나 나를 스토킹한 사실을 감추기 위해 릴리의 이름을 모르는 척, 우리를 어떤 모자 쓴 청년과 몸집 큰 개라 부를 것이다. 사람이 무슨 말을 할지 나는 정할 수 없다. 몽타주 전문가 앞에 앉는다는 것 자체가 익명 속에 숨는다는 것을 뜻한다. 나와 릴리를 모르는 척.

\*

것 같다.

확실한 게 없는 것 같다.

\*

확실한 것이 있긴 있다. 이것이다. 입을 물려 말할 수 없어졌다. 진술의 도구는 그림이나 글자이다. 진술을 하려면 글자를 쓰거나 그림을 그리거나 키보드를 두드려야 한다. 손은 멀쩡했을까?

\*

관심 없다.
관심 끄자.

\*

릴리, 내일 가면 괜찮을까? 수사관이 예의 주시한다면? 더 기다릴까? 중세 수도원의 금식기도 주간이라 생각하면 어때? 릴리는 명상에 들어간 종교인처럼 금식기도 중. 최면을 건다. 기도하는 자는 외롭지 않다. 배가 고플 뿐. 고난의 시기를 넘기면 릴리는 중세에서 현대로 넘어온다. 동굴은 중세이거나 고생대 과거처럼 비현실적이다.

계속 릴리를 생각하자. 입술 찢어진 사람에 대해 궁금증이 일지만 지속적으로 관심을 끄자. 하지만 생각이 난다. 자꾸.

\*

누구였을까.

\*

정신 차리자.

\*

어떤 인간인지 하나도 궁금하지 않아야 한다. 남자인지 여자인지, 인간인지 비인간인지 전혀 궁금하지 않아야 한다. 정신 차리자.

\*

그래야 세상이 변하니까. 우리 여태 나쁜 인간이 왜 그렇게 했는지, 어떻게 살았는지에 대해 너무 많이 말해 왔잖아. 그래서 그런 인간을 자꾸 만나게 되는 거잖아.

\*

릴리를 걱정하자. 동굴 속은 어둡다. 어둠 속에서 릴리가 운다. 울음소리가 귓속에서 공명한다. 소리 끝이 긴 자국을 남기며 뇌 속으로 파고든다. 우람한 개가 높은 낭떠러지 끝에서 달에게 구원 신호를 보내는 늑대의 감성으로 운다. 울음소리에 뇌가 찢어질 것 같다.

릴리, 조금만 더 버텨 줄래?

*

궁금해하지 말아야 하는데 궁금해진다.

궁금하다. 누구였을까.

*

일을 하자.

힘내.

스스로에게 말을 건넨다.

네가 살았다는 사실을 기억해.

이 도시 시민인지 아닌지, 비행기로 몇 시간 떨어진 타 지역 혹은 타 국가 출신인지 아닌지에 따라 당국의 수사 집중도가 달라질 것 같다. 관심이 끌린다. 관심 주지 않기로 결심한 다짐이 흔들린다.

손님들이 나누는 대화에서 소문이 햄버거 소스처럼 흘러나온다.

*

"신기해. 호랑이한테 물렸대."

"호랑이?"

"곰이거나. 둘 중 하나."

"곰이나 호랑이가 왜 그랬을까?"

"산책을 방해해서."

"산책? 겨우? 죽었?"

"곰이나 호랑이 산책을 방해하면 죽을 수밖에 없지 않겠어? 우리는 곰 같은 범죄자가 나올까 봐 밤에 밖에 못 나가잖아."

"동물원에서 나온 동물이었대?"

"모른대. 어디서 왔는지."

\*

흥분감이 치솟는다.

곰이나 호랑이의 산책을 방해하면 물릴 수밖에 없지. 물리면 죽음이고.

\*

소문은 아직도 곰이나 호랑이.

\*

동굴에 가도 될까?

릴리에게 가고 싶은 충동에 심장이 부푼다.

아직은 아닌 걸까?

\*

메시지 도착 신호가 울린다. 메시지 창을 연다.

-안녕하세요? 고객님, 문자메시지 가능하신지요?

문자 대화에서 유진은 극진히 깍듯하다.

릴리 때문이 아닐 수 없는 대화 요청에 어떻게 응해야 할지 계획을 세운다.

*

 숨기고 싶은 마음과 다 말해 버리고 싶은 마음이 뒤섞인다. 산책 회사를 돕고 싶어 동굴에 묶어 두었다고 말하고 싶다. 분위기를 살피기로 한다.
 유진의 말투로 응대한다.
 -안녕하세요, 매니저님. 대화 가능합니다. 무슨 일인지 여쭤도 될까요?
 -어떻게 지내시는지요? 혹시 릴리가 고객님을 찾아왔는지 여쭙고 싶습니다. 숙소로 스스로 복귀할 텐데 시간이 더 걸릴 건가 봐요.
 -아직 찾지 못하셨나요?
 -아직요.
 -기다리면 올까요?
 -그런 게 행운이죠. 사실은 호랑이가 출몰한다는 소식이 들려와서 걱정이에요.
 -호랑?
 타이핑하는 손가락이 미끄러진다. 물음표와 전송 버튼이 실수로 동시에 눌린다. 호랑이라니. 참 엉뚱하시네요, 라고 입력하려 했다. 이때만 해도 나는 호랑이가 나라는 인간 요한나를 따라다닌 줄을 상상도 하지 못했다. 나는 일하면서 들은 호랑이, 곰 이야기를 떠올렸다. 유진이 답한 메시지는 이렇다.

-요즘 몇몇 회원께서 산책하다가 호랑이를 스쳤다고 해요. 지난번 상해 사건 가해수(加害獸)로 의심하는 상황이에요.

 -비슷한 소문 도는 것 저도 들었어요. 호랑이로 좁혀졌을까요? 곰일 수도 있고 사자일 수도 있는데?

 -확실치 않아요. 본 게 아니라 스쳤다고 해요. 스치고 나서 생각해 보니까 호랑이인 것 같다고.

 -위험할까요?

 -어떤 호랑이인지에 따라 다르겠죠.

 역시…… 생각 전환의 마에스트로. 어떤 호랑이인지에 따라 위험도가 다르다고 말한다.

\*

 병든 호랑이는 보살펴야 한다.

\*

 원래 기본적으로 위험하지 않나? 유진은 다르다. 원래, 기본. 이런 것을 거부한다. 모든 호랑이가 위험한 것은 아니다.

\*

 솔직해지고 싶은 충동을 참는 것이 힘들다. 릴리를 두고 온 새벽, 무덤덤하게 통화를 끝낸 기억을 떠올리며 메시지를 입력한다.

 -릴리가 호랑이와 만났을까요? 싸웠을까요?

-확인된 내용이 아직 없어요.

-괜찮을 거예요. 똑똑하니까.

-맞아요, 똑똑하죠. 제보 주신 회원들께서 호랑이를 보았다는 곳이 고객님 댁 근처인 것 같고, 고객님 산책 루트가 생각났어요. 릴리가 호랑이처럼 덩치가 큰 친구라서 사람을 피해 다니다 보니 호랑이로 오해받았나 하는 짐작이 들었어요.

-죄송합니다. 제가 호랑이까지 끌어들였네요. 호랑이를 만나면 어떻게 해야 할지 생각해 두어야겠어요. 호랑이가 나타나면 제가 어떻게 하면 좋을까요? 지금 드릴 말은, 릴리가 저에게 오지 않았다, 입니다.

-호랑이를 만나면 어떻게 해야 할지는 저도 모르겠네요. 어떤 호랑이인지에 따라 다르니까. 요즘은 어떻게 지내시는지 여쭤도 될까요?

-카페에 손님이 많아요. 야근을 많이 해요.

-밤인데 퇴근길이 어렵지 않나요?

-차로 움직이니까 괜찮은 것 같아요. 엄청 밟고 와요. 주차장에서 주차장까지.

-활기가 느껴지네요. 릴리와 비슷한 성격의 가드를 추천해 드릴까요?

-감사하지만 괜찮은 것 같아요. 나중에 필요하면 요청할게요. 릴리가 복귀하면 다시 함께 산책할 수 있겠죠?

-돌아오면 상태를 진단한 다음 결정할게요. 괜찮으실까요?

-물론이죠. 치료하는 데에 비용이 발생한다거나 하면, 제가

책임을 다 지고 싶어요. 목줄을 잘 잡아야 했는데. 죄송해요.
-아닙니다. 고객님은 릴리의 보호를 받기 위해 서비스를 이용한 것이지 릴리를 위해 산책시키는 과제를 수행한 게 아니니까요. 상호 서비스가 아니잖아요. 자책하지 마세요. 수색에 고객님께서 보증금으로 예치한 금액을 모두 사용했으니까 지금까지의 책임은 다 지신 셈이에요.
-말씀해 주시니 감사해요. 릴리는 곧 돌아올 거예요.
-모두 같은 마음이에요.
-좋은 하루 보내세요.
-네. 고객님도요.
메시지 창을 닫는다.

\*

대화가 잔상을 끌어온다. 위험이 감지된다.

\*

호랑이라니.
유진이 의도를 가졌나.
떠보는 건가?
그럴 리가.

\*

동굴. 21일째.

아무것도 못 먹고.

이제 죽었을 거야.

릴리, 어떡하니. 내가 너에게 가지 못해서 네가 죽었니?

\*

손님이 매장에 들어선다. 손님은 키오스크로 햄버거를 주문하고 기다리면서 나의 표정을 살핀다. 목적의식을 가지고 바라보는 것 같다. "너 뭐야?" 하고 묻고 싶다.

윗입술에 케첩 얼룩이 묻어 있다.

햄버거에 꽂힌 릴리가 떠오른다. 기분이 시무룩해지려 한다. 릴리, 살아 있니? 어두워서 불편하지? 미안해. 얼마나 배가 고플까……. 햄버거를 가져다주고 싶은데……. 기다리는 걸 아는데……. 햄버거를 만들어 팔면서 햄버거 하나를 가져다주지 못하는구나.

\*

손님은 햄버거를 다 먹고 자리를 뜨지 않는다.

\*

내가 말한다.

"안녕하세요, 알려드리겠습니다. 마지막 주문 시각은 지났고 홀 이용 시간이 곧 종료됩니다. 제가 도와드릴 일이 있을까요?"

손님의 눈빛이 촘촘하다. 대답하지 않는다. 고개를 한 번 젓는다. 듣기만 한다. 목소리를 수집당한다는 느낌이 온다.

*

날짜가 바뀐다.

*

또 온다.
같은 손님이.

*

날짜가 또 바뀐다.

*

또 온다.
같은 손님.

*

또 온다.
같은 시각, 같은 자세, 같은 메뉴, 같은 손님.
마감 직전에.
언제나 마감 직전.
나의 퇴근길을 감시하러.

퇴근하고 동굴에 가면 쫓아오려고.

*

어둠 속에서 지켜볼 것 같다.
음습하고 짜증 나고 싫증 나는 분위기. 지긋지긋하다.

*

총을 들고 흔들리는 나의 마음을 바라본다. 끄나풀일까? 들이댈까? 막아야 한다. 궁금해하지 말자. 알 필요 없다. 끝까지 관심 두지 말자. 릴리가 입술을 문 인간은 나를 목표로 삼았고, 스토킹했고, 햄버거를 던졌고, 칼을 꺼냈다. 이 사실을 기억하자.

*

운전석에 몸을 앉힌다. 천천히 입 밖으로 말을 내뱉는다.
"릴리를 생각해, 릴리가 얼마나 힘들겠니. 아무것도 못 먹잖아. 샘물로 버티잖아. 손님은 햄버거를 먹으러 온 것일 뿐이야. 가해자랑 관계 지으려 하지 마. 네가 너 스스로 가스라이팅하지 마. 마음 쓰면 네 손해야."
총에 의지해 전진한다. 총을 눈에 보이는 곳에 둔다.

*

혹시, 엄마가 보낸 사람?

내가 면회를 안 가니까?

내가 어떻게 지내는지 보고 와서 알려 달라고?

*

망설이지 말고 전화를 걸자.

*

병원에 전화를 건다.

"안녕하세요. 저는 카렌 환자의 딸, 보호자 요한나입니다. 엄마한테 특이 사항이 생겼는지 확인하려고 전화했습니다."

"안녕하세요, 보호자님. 환자분 특이 사항은 없으십니다."

"내일 오전 10시에 면회 가능한지 여쭙고 싶습니다. 가능할까요?"

"가능합니다. 환자분께 말씀해 둘까요?"

"그렇게 해 주세요. 시간 맞춰서 가겠습니다."

병원은 엄마의 면회를 관리한다. 허락받아야 만날 수 있다. 엄마에게 말한다 했으니 엄마는 지금부터 나를 기다리기 시작할 것이다. 내일 오전 10시를.

*

내가 의사가 아니라는 건 누구나 안다. 의사가 아니어도 가설은 만들어 가질 수 있다. 엄마는 뇌 회로 중간에 이물질이 끼어서 정보 전달이 막힌 상태이고 이 부분을 뚫으면 금방 일어나서 뛸 것이라는 게 나의 가설이다.

*

이런 생각이 든다.

*

엄마는 일어나고 싶다. 일어나라는 신호를 근육에 보내는데 근육이 말을 안 듣는다. 근육이 일을 안 하니까 자꾸 말랑말랑해진다. 그리고 이렇다. 무언가 끼어들어 신호를 되돌린다. 신경을 타고 뇌에서 빠져나가야 하는 신호가 뇌 안에서 뱅뱅 돈다. 문 닫은 방에서 회전하는 에어컨 바람처럼. 엄마는 악수를 하고 싶다. 악수가 되려면 악수를 원한다는 뇌의 신호가 손으로 전달되어야 한다. 엄마는 총을 쏘고 싶다. 손끝이 신호를 받아야 한다. 방아쇠 앞에서 신호가 가로막힌다. 엄마 몸이 식어서 딱딱해진 것이라면 그래서 그런가 보다 할 것이다.

*

하지만

*

엄마 몸은 열을 가한 치즈 덩어리처럼 말랑말랑하다. 근육이 풀어져서 따뜻하다. 굳어 마비된 마른 가지가 아니다. 아장아장 걷고 말을 나중에 배운 어린아이 시절의 순서와 반대로 엄마는 말부터 하게 되었으니 뒤집기를 하고 일어서기에 성공해서 걸음마를 천천히 배워야 한다.

\*

 모든 아이가 그러는 건 아니지. 걷기 전에 말을 먼저 배운 아이도 있겠지. 모든이라니……. '모든'에 걸려들면 안 돼.

\*

 오전 10시가 되기 직전, 접수창구에서 신분증과 출입증을 교환한다. 직원의 안내를 받으며 엄마에게 간다. 엄마 회사 동료가 많이들 회복했다는데 엄마는 여전히…….

\*

"엄마, 오래 못 와서 미안해. 잘 있었어?"
"응. 악화되지 않으면 잘 있는 거지. 어떻게 지냈니?"
"카페 일이 바빠."
"기분 좋아 보인다."

\*

"아무리 생각해도 이해가 되지 않아. 뭔가 숨긴다는 게 느껴져."
"누가 뭘? 예를 들면?"

"호수 속에 괴물이 자란다거나, 잠수함과 부딪쳤다거나."

"탐험 간 거야. 화산 영상을 봤잖아."

"동굴 입구가 안 뜨거웠어?"

"안 뜨거웠어. 조사 기관 관계자들하고 대화 많이 했어. 설명 내용 여러 번 들었는데 내가 마지막에 눈으로 본 장면과 같아. 사실이야. 살았다는 게 기적이지."

"군대에서 치료를 책임지겠다고 한 게 이상해."

"폭탄 때문에 일어난 일이니까 당연히 군대가 치료해 줘야지."

"아니야. 뭔가 좀 이상해."

"뭐가 이상한데?"

"기분이 나빠. 엄마가 왜 거길 가냐고."

"먹고살아야 되잖니. 의심하면 손해야. 너만 힘들어."

"게다가 거기는 헬렌 할머니, 라헬 할머니가 사진을 찍은 곳이야. 데보라 할머니가 태어난 곳이고. 또 유진의 할머니가 태어난 곳. 어이없게도 내 친구 할라가 복무하는 곳. 엄청 이상하지 않아?"

"거기가 아니라 그 나라."

"어쨌든 거기."

"이상한 게 아니라 확률이 겹친 거야. 거긴 아직 전쟁 중이니까."

"아직 안 끝났어?"

"휴전 중이야. 아직 안 끝났어."

"엄마는 뭐 하러? 왜? 거기에 왜 가서 이 꼴?"

"따지려면 얘기 그만해. 우리 대화 녹음돼. 하고 싶은 말 다 할 수 없어."

*

엄마는 하고 싶은 말을 다 하지 못한다.

*

"릴리가 아무리 믿음직하다 해도 완전히 믿는 건 나쁠 것 같아. 개는 개니까. 가로등 밝은 곳으로만 걸어. 아니면 이참에 숲길 공원 밝은 아파트 단지로 이사를 할래?"

*

이사?
그럴까?
귀찮다.
괜찮아, 엄마. 걱정 마.

*

"일본어로 뭔지 아니?"
"뭐?"
"호랑이."
"갑자기 일본어를 왜?"

"우리 지역 뉴스 검색하니까 호랑이 얘기가 나오더라. 너도 산책 조심해야겠어."

"사람 물어뜯은 얘기? 호랑이가 어디 있다고 그래. 난 믿고 싶지 않아."

"너 오면 들려 주려고 검색했어. 재미있는 정보. 유대교 경전을 '토라'라고 부르잖니? 일본어로 호랑이더라. 토라가."

"재미있네."

"사실은 좀 섬뜩한 암호야. 하와이의 진주만 미군 기지에 폭탄을 떨어뜨리고 일본군 조종사가 본부 무전병한테 신호를 보냈어. 토라, 토라, 토라. 타닥, 타닥, 타닥. 모스부호를 보낸 거야. 시원하게 성공했다고. 다음 날은 필리핀의 마닐라 미군 기지에 폭탄을 떨어뜨리고 토라를 보냈어. 토라, 토라, 토라."

"사람이 많이 죽었겠지."

"메모를 할 수 없으니까 내 머리는 터질 듯이 뜨겁게 돈다. 생각하고 기억하고, 생각하고 기억하고, 반복이야. 잠을 자면 잊히고."

"버텨 줘. 엄마는 지금 말캉말캉하다는 내 말을 기억해."

"난 못 느껴."

"엄마는 못 느끼지만 엄청 말캉거려. 피가 잘 돈다는 뜻. 건강 상태가 나빠지면 현무암처럼 경직된대. 엄마는 부드러워. 경직된 부분이 없어. 말캉말캉이야."

나는 인터넷에 토라를 검색한다. 일본어 '토라'는 호랑이가 맞다. 팔레스타인에서 전쟁을 벌이는 유대교도가 생각난다. 호랑이가 불쌍하다. 일본에는 호랑이가 살지 않는다는 정보가 올라온다.

\*

엄마에게 고백한다.

\*

"나, 사고를 당했어."
"사고라니?"
"남자……."
"지금 어때?"
"괜찮아. 지금은."
"아픈 데는?"
"부상은 없어."
"어떻게 된 일인지 물어도 되니?"
"작정하고 덤비더라."

\*

"약속했잖아. 또 같은 일 당하면 쏴 버리자고."

\*

그래야 세상이 달라지니까. 한 사람이라도 덜 그럴 테니까.

또 안 그럴 테니까.

*

"언제?"
"한 달 전."

*

최대한 건조하게, 정말로 간단하게, 나는 릴리가 사람의 입술을 문 사연을 건넨다.

*

엄마가 말한다.
"우리 대화 녹음된다."
내가 말한다.
"상관없어."

*

"이사를 하면 어때?"

*

또 이사 이야기.
내가 왜?

\*

"얼마 전부터 어떤 사람이 나를 감시해."

"어떻게?"

"원하는 게 뭔지 모르겠어. 마감 시간에 와서 햄버거를 먹고 가만히 나를 바라보다 간단 말이야. 혹시 엄마가 사람 붙였어? 나, 잘 지내는지 확인해 달라고? 내가 면회 안 오니까?"

"아니야."

"확인하고 싶어. 불안해 죽겠는데 없던 변화가 생기니까."

"확인하러 온 건 잘한 일 같다. 누굴까? 왜 너를 눈여겨볼까?"

\*

생각 말아야 하는데 화가 난다.

\*

"엄마, 그때 진짜 나한테 화내지 않은 것 맞지?"

"얘야, 진심이다. 진짜로 너에게 화내지 않았어. 난 미래를 긱정하면서 너에게 말한 것뿐이야."

"믿을게. 띠발. 엄마를 믿지만 사꾸민 얽매인단 말이야."

"얽매이게 해서 미안하다. 하지만 화내지 않았던 게 맞아. 진심이야."

"그래서 엄마는 원인을 알 수 없는 화산 폭발에 질식당했고 국가가 지원하는 병원에 입원한 거야? 짐작할 수 없는 일급비밀 같은 것에 얽매여서?"

"계속 삐딱할 거면 면회 끝내자."

"내가 무섭다고 하는데도 나한테 화를 내놓고, 엄마가 먼저 나한테!"

"아니라 했잖아. 몇천 번을 말해야 하는 거니. 진심이야. 나 화내지 않았어."

"나는 마음이 아파. 엄마가 화를 내서."

"아니라니까!"

"띠발, 뭐가 뭔지 모르겠어. 인생이 왜 이래!"

악을 쓴다.

"일단 나가 줄래? 너, 엄마한테 이러면 안 돼."

## 4장

잠은 멀고 시각은 새벽 3시 몇 분을 향해 간다.

인터폰이 울린다.

웬 신호?

나는 매트리스에 등을 댄 채 고개를 모니터 쪽으로 돌린다. 수상한 물체가 희미하다. 자세히 보니 움직임이 눈에 잡힌다.

나는 속으로 말한다.

릴리니?

아니야. 아니겠지.

못 참고 왔어?

무슨 말이야. 릴리라니. 불가능해.

당연하지. 당연히 불가능해.

릴리가 아니면 누구?

나는 언어 교환이 가능한 인간 상대를 상상한다. "누구세요?"라고 말하려다 총을 잡는다.

*

거실 벽면 모니터 앞에 선다.

*

동물이다. 전체 모습이 눈앞에 드러난다. 무시무시하게 큰 호랑이. 몸집이 기차 왕복 선로를 한걸음에 훌쩍 뛰어넘을 듯 길쭉하다.

*

사람들이 보았다는 호랑이?

*

호랑이가 뒷걸음질을 치다가 계단 끝을 밟는다. 출렁, 몸체가 흔들린다. 곧장 균형을 바로잡는다. 걸음 방향을 바꾼다. 뒤로 걷다가 앞으로 걷는다. 몸통이 확대된다. 꼬리가 허공에서 너풀거린다. 호피 무늬가 와…… 넓은 갈색 모래사장에 파도로 검은 목탄 흔적을 그은 것처럼 터치감이 강하고 비현실적이다.

혀로 카메라 렌즈 유리를 핥는 것 같다. 모니터 속 시야가 어두워졌다가 밝아진다. 밝아진 모니터에 입과 코와 수염이 나타난다.

나는 바라본다.

*

나를 구원하러 천사가 왔다.
미쳤구나. 이러지 말자.
천사라니. 날개가 없잖아.
여기는 현실이다.
릴리가 안전할까?
릴리 걱정.
천사의 반대말 악마.
환희의 반대말 공포.
공포의 반대말 용기.
용기가 필요해.

*

호랑이는 얼룩진 입술을 가졌다. 얼룩이 붉음보다 검음에 더 가깝다.

*

릴리를 잡아먹고 일부러 남긴 핏자국? 쇠줄에 매여 사투를 벌이는 릴리가 떠오른다. 싸움에 지더라도 혼신을 다해 저항한다. 물고 늘어진다. 호랑이의 입가에 묻은 얼룩이 핏자국이라고 한다면 피는 릴리의 심장에서……. 나는 총을 쥔 손에 힘을 준다. 최후를 잡아먹힘으로 가정한 후 호랑이의 이빨에 걸려 찢어지는 개의 육체를 상상한 것 자체가 릴리에게 미안하다.

\*

시계를 본다.
새벽 3시 몇 분에서 다시 몇 분이 흐른 시각이다.

\*

호랑이는 윗입술이 인중을 중심으로 반으로 갈라졌다. 좌우 대칭인 윗입술과 화산 모양의 아랫입술이 셋으로 등분되었다. 고양잇과 동물의 특징이다. 사자, 호랑이, 고양이 모두 고양잇과 동물이다. 고양이의 입술은 샤워실 환풍기의 작은 프로펠러이고 호랑이의 입술은 산에 우뚝 솟은 산업용 풍력발전기의 날개이다. 풍력발전기의 기둥이 높고 우람한 것처럼 호랑이는 몸이 거대하다. 눈앞에서 무슨 일이 벌어지는지 혼란스럽다.

\*

호랑이 모형을 본떠 만든 마스크로 얼굴을 가린 인간이 아니다.
호랑이 자체이다.
손이 떨린다. 권총을 쥐지 않은 손으로 스마트폰을 연다.
상상 속에서 신고 이후의 장면이 펼쳐진다. 풀과 잔디가 심하게 흔들린다. 헬리콥터와 드론이 마당 위를 선회한다. 프로펠러가 바람을 흩뿌린다. 요란하게 창문이 흔들리고 호랑이가 위에서 내려온 포획 그물을 피하려고 뒷마당 쪽으로 점프했다가 프로펠러에 부딪쳐 몸이 산산조각으로 분쇄되고 피가 흙탕물처럼 튄다. 마당 잔디에 피가 떨어진다.

사람이라면 당연히, 이미 그랬지. 사람은 그렇지. 경찰을 불렀지.

*

호랑이는 사람이 아니잖아. 신고 안 하는 게 나아.

*

권총과 스마트폰을 쥔 손을 바라본다. 총을 쥔 손목은 상추처럼 나약하다. 스마트폰이 권총보다 더 강력하다. 복잡하면서 흥분된다. 심장박동이 빨라진다. 호랑이가 릴리처럼 심장박동 주파수를 해석한다고 생각하기로 한다. 좋은 생각을 하기로 한다. 주파수는 마음이다. 현실감이 강화된다.

*

언제였는지 모르게 완전히 복장을 갖췄다. 어깨에 가방을 걸쳤다. 뿐만이 아니다. 권총을 장전했고 호루라기를 목에 걸었다. 기적 같다. 바위틈에 몸을 숨긴 거미처럼 동작이 빨랐다. 자긍심이 인다. 권총을 휘리릭 돌린다.

모니터 앞으로 다가간다.

호랑이가 혼자인지 무리인지 궁금하다. 모니터를 살핀다.

호랑이는 혼자이다. 내가 무장을 하는 사이 표정을 바꾸었다. 꾹 다문 입술에서 힘을 풀었다. 아래턱을 벌리고 혀를 가볍게 늘어뜨린다. 릴리가 웃을 때처럼 다정한 관심을 요청하는 듯하다. 나는 입술을 바라본다. 개와 호랑이는 입술이 다르게 생겼다. 입술과 주둥이의 모양으로 따지면 개는 곰과 가깝다. 나는 릴리를 생각하면서 호랑이를 대형 고양이로 바라보려 한다.

*

고양잇과 동물은 먹이를 산 채로 끌고 다니는 습성이 있다. 먹잇감이 살려고 발버둥치는 것을 입으로 느끼며 물고 다니는 습성이 있다.

*

호랑이가 움직인다. 늑골과 골반 사이 숨통 가죽이 부풀었다 줄어들었다 편안하게 오르내린다. 화가 난 것이라면 호랑이는 어슬렁거리면서 콧바람을 휙휙 내뱉을 것이고 콧등에 주름이 잡힐 정도로 윗입술을 들어 올릴 것이다. 이런 동작을 하지 않은 것으로 보아 호랑이는 평온하다.

다시 릴리 생각이 찾아온다.

릴리가 강인하고 현명하게 대응했을 것이라 최면을 건다.

*

것 같다.

*

호랑이의 가죽에 릴리의 털이 섞인 것 같다.

아닌 것 같다. 안 섞인 것 같다.

빌딩처럼 큰 것 같다. 호랑이는 거대하다. 릴리는 어떤 모습으로 지낼까? 탈진했을까?

호랑이가 어슬렁거린다. 어깨와 등뼈가 산맥처럼 길고 높다. 무너지는 동굴에 들어가면 천장이 호랑이의 어깨에 부딪치고 강인함에 놀라 스스로 붕괴하기를 멈출 것 같다. 이상하게도 고원의 평야지대에 솟은 풍력발전기가 떠오른다. 쓸쓸하고 높다.

*

호랑이가 내 편이면 얼마나 좋을까.

*

총 때문에 경계심이 허물어진다. 안도감이 느껴진다.

안도감이라니!

호랑이를 향해 열리는 마음의 문을 닫는다.

언제든 문을 부수고 쳐들어오는 짐승이다.

인터폰 모니터에 집중한다. 호랑이는 현관의 자동 램프가

꺼지지 않도록 계속 배회한다.

*

　호랑이가 뒷다리로 몸의 무게를 지탱하고 서서 한쪽 앞발로 인터폰 버튼을 누른다. 발이 불쑥 모니터 속으로 들어온다. 발톱이 긁히는 소리가 들리는 듯하다.

　배를 보여 주려는 것 같다.

　아까도 이렇게 눌렀겠구나. 맹목적으로 찾아온 것이 아니다. 목적을 가지고 나를 부른다.

　걸음을 옮길 때마다 현관 바닥에 물 발자국이 찍힌다. 인터폰 버튼을 누른 비에 젖은 호랑이라니. 만약 몸을 부르르 진저리 친다면 빗물은 가볍게 떨어질 것이다. 호랑이는 느릿느릿 거닌다.

　인터폰 멜로디는 안에서도 울리고 밖에서도 울린다. 호랑이는 멜로디가 멈추자 인터폰의 카메라를 바라본다.

*

　젖어서 가죽에 달라붙은 털이 약간 애처롭다. 진저리를 친다면 물이 금방 떨어질 텐데……. 릴리라면 털 텐데.

　호랑이를 릴리와 동일시할 즈음에 호랑이가 몸을 부르르 떤다. 얼굴과 뱃살과 꼬리가 함께 흔들린다. 굉장히 많은 물방울이 튄다. 현관 바닥이 샤워기로 물을 뿌린 것처럼 흥건하다. 빗물 바닥에서 눈길을 돌린다. 이게 뭐야! 귀신이야? 정말로 귀신을 마주한 것 같은 일이 눈앞에 벌어진다.

*

웬 사람이 서 있다. 호랑이는 어디로 갔지? 이건 사람 맞나? 엉겁결에 말을 내뱉는다.

"어? 사람이에요?"

목소리가 거실에서 맴맴 돈다. 나의 성대에서 나온 소리가 거실을 돌아 나의 귓속으로 흡수된다. 목소리는 실내를 한 바퀴 뺑 돌고 귀에 들어왔다가 사라진다. 바깥으로 뻗어 나갈 가능성은 없을 것이다. 나는 모니터에 바짝 눈을 붙인다. 눈을 가까이 대고 바깥을 바라본다.

*

자세가 엄청나게 꼿꼿하다. 옷 따위는 필요하지 않다는 듯 자신만만하다. 당당하게 팔짱을 끼었다. 마음이 이상한 방향으로 이끌린다. 옷을 입지 않음이라는 원시성이 나를 평화로운 풍경으로 유인한다. 사막인데 꽃이 많은 평원이다. 이곳은 춥지 않다. 오히려 온화하다. 옷을 입지 않는 것이 안 부끄럽다. 부끄럽지 않다고 표현하는 자신감이 니로 하여금 말을 진 네게 만든다. 입을 열게 한다. 버튼을 눌러 마이크를 활성화한다. 이렇게 말한다.

"누구세요? 괜찮아요?"

목소리가 바깥으로 전달된다. 사람이 말한다.

"나, 나를, 알아보시겠어요?"

"누군지 모르겠지만, 옷을 입어야 안전할 것 같아요. 지금 당신은 안 괜찮아 보여요."

"걱정해 줘서 고맙습니다. 나는 괜찮아요."

*

정말로 사람이구나.

*

사람이 맞다고 감탄하는 순간 사람이 자신은 사람의 형상을 했으나 원래는 호랑이임을 기억하라는 듯 유유히 사람의 모습을 버리고 호랑이로 되돌아간다. 허물이 남아야 할 것 같은데……. 흔적이 없다.

*

옷 입지 않은 사람이 호랑이로 변하자 옷을 입지 않았다는 사실이 사라진다. 털이 단단하고 거칠다. 내가 호랑이의 털빛에 감탄하는 동안 호랑이는 인터폰을 정면으로 바라보며 두 발을 들어올린다. 카메라 기능을 잘 알고 자신의 몸을 나에게 보여 주는 데에 익숙하다. 가슴이 모니터에 가득 찬다. 유두가 햄버거빵 같다.

호랑이가 두 발을 내린다. 몸을 부르르 떤다. 털에 남은 빗물을 마저 털려는 몸짓이다. 빗물이 튄다. 더 이상 털에서 물이 떨어져 나오지 않을 때 호랑이는 사람이 된다. 나는 회전하는 탈수기 통을 들여다볼 때처럼 어지럽다.

*

털가죽이 남아야 할 것 같은데…….

*

흔적이 없다.
그냥 사람이다.
사람으로 변신하자 다시 강인함이 느껴진다. 옷을 입지 않음이 다른 모든 것을 앞지른다. 맨몸인 사람은 호랑이였든 고양이였든, 이제는 옷을 입지 않아서 측은한 사람이 되었다. 마음이 흔들린다. 인간이 된다는 것은 이렇게 작아지는 것이다. 호랑이는 노숙자처럼 불안하다. 이건 다만 나의 생각일 뿐 호랑이는 인간일 때에도 당당하고 건강하다. 호랑이는 변신을 반복한다. 호랑이였다가 사람이었다가, 사람이었다가 호랑이였다가…….

*

"호랑이에요, 사람이에요?"
"호랑이."
"왜 자꾸 변신하는 거죠?"
"이것이 나입니다."

즐겁다. 이 와중에.

즐거움이 거친 파도처럼 밀려온 듯 가슴이 벅차오르는가 하면 불안감이 바람 부는 해안에 매달린 연 꼬리처럼 팔랑거린다. 인터폰 모니터를 계속 바라본다. 사람 눈에서 호랑이의 눈빛이 나타난다. 밤이어서 더 빛난다.

*

얼굴이 익숙하다. 내가 아는 사람이다.

*

"마감 손님으로 오신 분이군요. 옷을 입지 않으니 알아보기 어렵습니다."

"지금은 옷이 없습니다."

"저에게 온 목적이 무엇인가요?"

"나중에 얘기해도 되나요?"

"비가 내려요. 혹시 어디 아파요?"

"아닙니다. 아프지 않습니다."

"원하는 게 무엇인가요?"

"나중에 얘기하겠습니다."

*

나는 갈림길 앞에 선다.

바깥의 동물은 맹수이고 맹수는 내가 카페에서 일한다는

것과 집 위치를 안다. 사람으로 따지면 기분 나쁜 스토커이다. 납치하러 온 것인가? 공포감에 기분이 들뜬다.

  옷 입지 않은 몸이 보여 준 성별에 안도해도 좋을까.

  여자라는 사실.

  남자가 아니어서 정말 고맙다.

*

  남자가 찾아와 하체를 드러냈다면 총을 쏘아야 견뎌지는 마음을 참기 어려웠을 것이다. 손으로 하체를 가리지 않았다면. 호랑이는 여자의 육체를 가졌다.

*

  엄마는 한 번도 안 보여 준 것을 호랑이는 만나자마자 그것부터 보여 준다. 나는 왜 엄마를 떠올리는 것일까.

*

  "무서워하는 크기만큼 수선하는 용기를 크게 가지면 좋다고 생각해요."

  "무슨 말이시죠?"

  "흔들린다는 것."

  "혹시 신이신가요? 신이 보냈나요?"

  "나는 호랑이이기도, 사람이기도 하지만 신은 아닙니다."

  "그럼 반말해도 돼?"

"좋아."

*

아무 말이나 해 버리자.

*

아무 말이나 하려 하니 제일 먼저 릴리가 물어뜯었고 입이 찢어진 채 널브러진 사람의 육체가 떠오른다. 도대체 어떤 인간이기에……. 어떻게 살았기에……. 궁금해하지 말기로 다짐한 인생 서사가 궁금해지려 한다. 관심 주지 말자고 나와 맺은 약속이 무너지려 한다. 관심 주지 말기로 했잖아. 손가락에서 땀이 난다.

*

"뭐니, 너?"
"나는 나."

*

호랑이가 뱉어 낸다.
사람을 뱉어 낸다.
아…… 보고 싶지 않다.
릴리가 물어뜯은 남자.
남자가 일어선다.

칼을 들고 일어선다.

*

"다시 먹어. 제발."

*

호랑이가 사람을 삼킨다.

*

"나한테 와서 왜 이래?"

*

내가 묻는다.
"너는 신이니?"

*

호랑이가 말한다.
"너는 네가 신이 아닌 것을 증명할 수 있니?"

## 5장

 호랑이 사람은 인터폰의 카메라 렌즈에서 멀어진다. 바깥에는 비가 내리고 호랑이 사람은 옷을 입지 않았다. 벗은 것이 아니라 처음부터 옷이 없다. 나의 가슴이 뛴다.

*

"혹시 릴리를 만나고 왔니?"
"네 짐작과 같아."
"잘 있어?"
"네 짐작과 같아."

*

꿈일 거야.

\*

나는 손에 쥔 총을 바라본다. 권총은 약하다. 약해 빠졌다. 호랑이와 맞장 뜨려면 탱크 잡는 박격포가 필요하다. 독일식 티거 전차나 일본식 저격용 비행기가 필요하다. 핵폭탄은 너무 거대하다.

\*

"죽이지 않아. 약속해."
"깨질 수 있는 것이 약속이야."
"약속 말고 우리가 뭘 할 수 있니?"

\*

약속 말고 할 수 있는 것.
거짓말.

\*

거짓말 말고 또 뭘 할 수 있을까.

\*

것 같다.

\*

문을 열어 주지 않는다면 동굴로 달려가 릴리를 잡아먹을 것 같다. 릴리가 죽지 않았음이 확실하다. 어차피 문을 열어야 한다. 진지해지지 말자. 릴리가 묶인 곳은 아직 어둡겠지. 하루하루 미루면서 쌓은 미안함이 동굴 벽의 딱딱한 화강석으로 바뀐 것 같다. 호랑이가 왔으니 용기를 내자. 내일 햄버거를 포장해서 찾아가자.

\*

"넌 너무 어려운 걸 하려 하고 있어."
호랑이가 말한다.

\*

"무엇?"
"그 사람이 어떤 사람인지 생각하지 말기로 하는 것."
"그게 왜 어렵지?"
"그건 너무 어려울 거야."
"무슨 말 하는 건지 모르겠네."

\*

나는 딴전을 피운다. 관심 없다는 듯. 호랑이 너의 말에 관심이 없다는 듯.

\*

딴전을 피우기 위해 할라를 끌어 온다.

"내 친구 이름은 할라이고, 군인이야. 나한테는 친구가 한 명밖에 없어서 걔를 친구라고 불렀어. '할라야' 하고 불러야 할 때 '친구야' 하고 불렀어. 걔는 싫다 했어. 이름 부르기 싫으면 별명으로 부르라고 했어. 하지만 난 친구가 좋으니까 계속 친구라 불렀지. 친구 할라. 해외에서 군복무 중이야. 할라는 잘 지낼까? 혹시 친구가 죽었음을 알리러 온 거니? 나를 할라한테 데려다줄래?"

"나는 신이 아니야."

"왜 이럴까. 난 네가 할라의 현재를 알 거란 생각이 들어."

"나는 신이 아니야."

\*

나는 모니터에서 물러난다. 거리를 두고 호랑이를 바라본다. 크게 가슴을 펴고 공기를 들이마신다.

\*

호랑이는 발 하나가 나의 얼굴처럼 크고 발걸음은 걸을 때마다 땅이 파일 듯이 둔중하다. 호랑이가 크게 입을 벌린다. 릴리가 입술 문 사람을 토해 내려는 것 같다.

\*

"토하지 마! 제발."

\*

　호랑이가 입을 다문다. 굉장히 견고한 창고의 쇠문이 닫히는 것 같다. 입술이 빈틈없이 닫힌다. 호랑이의 배 속에 사람이 산다.

\*

　호랑이가 했던 말이 문자가 되어 눈앞을 스친다. 너는 네가 신이 아닌 것을 증명할 수 있니?

\*

　내가 원래부터 사람인가? 내가 호랑이였던 것 아닌가? 변신 능력을 가졌지만 시도를 해 보지 않아서 사람으로만 사는 것 아닌가? 처음부터 사람으로 태어났다는 착각을 버리면 되는 것 아닌가? 변신을 시도하면 성공하는 것 아닌가? 황당하지만.

\*

　나는 호랑이처럼 몸을 부르르 진저리 친다. 바깥에서는 안을 볼 수 없으니 마음껏 진저리 친다. 땀이 날 때까지.

\*

　변화는 나타나지 않는다. 나는 웃음으로 황당함을 무마한다. 호랑이가 보지 못해 다행이다.

\*

나는 거울 속의 얼굴을 보며 생각을 잇는다. 기막힘과 황당함을 누군가랑 나누고 싶다. 엄마 말고 누가 말을 믿어 줄까. 엄마, 내 말을 들어 봐. 호랑이가 왔어. 가능해?

엄마가 웃을까, 짜증 낼까?

엄마한테 가고 싶다. 혹시 호랑이는 엄마가 보낸 메신저일까?

엄마가 죽었나? 심장이 멎었나?

저승사자?

엄마의 말캉한 뇌에 먹물 같은 어둠이 들어찼나?

\*

이러다 보니 아침이 온다.

\*

거울 앞 타이머가 소리를 울린다. 타이머가 울리면 거울 앞에서 물러나기로 나와 맺은 약속을 지킨다. 내 얼굴을 너무 오래 보지 않는다.

\*

거실 간이 탁자에 총을 놓는다.

맨손이 되니 가뿐하다.

\*

옷장에서 호랑이에게 줄 옷을 꺼낸다. 옷을 입으면 호랑이로 다시 돌아가지 못할 것이다. 옷을 입혀야 한다.

\*

출근은 안 해도 되지만 바깥에 나가고 싶다. 호랑이를 밀어 보고 싶다. 출근해야 하는 척하고……. 나가야 하니 비키라고 말해 볼까 한다.

모니터 영상으로 호랑이의 상황을 점검한다.

호랑이가 현관문에 머리와 어깨를 기대고 눈을 감는다.

\*

밀어 볼까.

문고리에 손을 얹는다. 심호흡을 한다. 심장이 벅차다. 문이 열리는 방향으로 몸무게를 싣는다. 호랑이의 체중이 느껴진다. 곧이어 호랑이가 물러나는 움직임이 느껴진다. 문에서 멀어지는 방향이다.

\*

호랑이는 나의 뜻을 안다는 듯 말없이 몸을 움직인다. 문이 열리도록 틈을 만든다. 나는 거실 간이 탁자에 총을 놓는 순간 이미 결정을 내렸다. 어차피 총으로는 호랑이를 이기지 못해. 이기지 못할 무기는 의미 없어.

*

이토록 쉽게 열리다니. 따뜻한 심장박동이 귀에서 울린다. 호랑이는 엄마 같다. 릴리 같다. 팔을 내밀어 호랑이의 목을 와락 끌어안고 싶다.

머릿속에서 가능한 환상은 현실에서 아주 멀다. 몸에서 산맥의 기운을 풍기는 동물은 개도 아니고 고양이도 아닌, 사람 하나 우습게 씹어 던지는 맹수이다.

잊지 말자.

하지만

마음이 편해진 상태다. 유리 주전자 속에서 끓는 물처럼 긍정적인 기포가 점점 늘었다가 줄지 않는다. 죽으면 죽지 뭐. 설마 죽이기야 하겠어? 죽이고 싶었다면 이미 죽였을 거야. 죽이기로 마음먹는다면 도망갈 데도 없어. 믿어야지. 호랑이를. 호랑이가 사람을 씹어 던지는 맹수임을 잊지 않은 상태에서 사람을 해치지 않을 거라는 믿음을 기억하기.

*

나는 호랑이를 믿기로 한 자신을 이해할 수 없고 이해하려고 시도하시 않는나. 그냥 믿는나. 릴리가 입을 허물어뜨린 사람이 어떤 인간인지 생각하지 말기로 허자는 목표처럼 자연스럽게.

\*

호랑이가 누워서 실눈을 뜬다. 나는 시선이 마주치지 않는 방향으로 고개를 돌린다.

\*

태양 빛이 눈꺼풀을 뚫고 날카롭게 파고든다. 나는 하늘을 바라본다. 밤을 새워 긴장한 탓에 시신경의 탄력이 약하다. 빛에 눈알이 찔린다. 아프다. 비가 그쳤다. 공기가 맑고 콧물이 흐른다. 강 건너 고층 건물의 옥상 위로 헬리콥터가 지나간다.

호랑이한테 무심하려 한다. 곁눈질로 살핀다. 호랑이와 눈길이 딱 부딪친다. 착각일까.

착각이다. 호랑이는 나보다 더 무심하다. 나의 눈길에 관심이 없다.

\*

무심한 호랑이의 마음을 생각하며 옷을 놓는다.

청바지와 티셔츠를 흘리듯 놓으며 속으로 말한다.

입으려면 입어.

\*

호랑이는 아침 햇살을 좋아하는 것 같다. 호랑이가 목을 가누지 못하는 신생아처럼 고개를 한껏 뒤로 젖힌다. 나도 고개를 젖힌다. 아침 공기가 갑자기 신선해진다. 콧속 세포가 살아나는 느낌이다. 폐가 공기를 끌어들인다. 폐에…… 폐에…… 처음 듣는 소리가 폐 속에서 들리는 듯하다.

\*

 버드나무에서 작은 새 집단이 분주하게 움직인다. 날갯짓이 소란하다. 새는 부리로 버드나무 줄기와 가지를 콕콕 찍는다. 버드나무 가지와 잎에 물기가 촉촉하다. 날벌레는 이슬 올가미에 걸려 날개가 묶였다. 날벌레를 먹는 새는 쉬지 않고 부리를 움직인다. 일찍 일어난 새가 먹이를 쉽게 잡는다. 날벌레에게 이슬은 물이면서 올가미이다.
 날개를 못 말린 날벌레는 이슬에 걸려 날개를 펴지 못한다.
 새는 가지에 앉아 벌레를 쪼아 먹는다. 새의 발톱에 이끼가 걸린다. 새가 날아가면 이끼도 날아갈 것이다. 이끼의 움직임은 새의 의지가 아니다. 새가 이끼 낀 가지를 그러잡고 벌레를 쪼아서 생긴 우연이다. 이끼는 발톱에 걸리거나 끼었다가 새가 앉는 다른 곳으로 서식지를 옮긴다. 이끼의 이동은 연역적이지 않다. 진화처럼 귀납적이다. 살아남기 위해 진화한 것이 아니라 살아남아서 신화가 되었다. 호랑이가 나를 찾아온 것처럼.
 새가 날벌레를 잡아먹는 분주한 동작을 바라보다가, 나는, 호랑이와 맞닥뜨린 상황을 퍼뜩 깨닫는다. 등골에서 식은땀이 흐른다. 호랑이가 허기를 느껴 맹수로 돌변한다면 나는 꼼

짝없이 잡아먹히는, 젖어서 날지 못하는 벌레처럼 속수무책. 상추처럼 나약한, 인간.

가자.

발자국 소리가 잠잠하다. 밤 산책 운동화는 소리가 작다. 구두가 더 솔직할 것이다. 딱딱한 굽 소리는 무서워하면서도 용기 내는 내 마음을 직설적으로 표현할 것이다.

\*

차에 올라 문을 닫는다. 정면에 도로가 보인다. 룸미러로 뒤를 살핀다. 호랑이가 시선을 당긴다. 움직이지 않는 것이 아쉽다. 차에서 이상한 냄새가 난다. 큼큼. 냄새의 입자를 코로 당겨 본다. 눈에 보이지 않는다. 이상한 냄새가 난다. 말도 안 돼! 완전히 압도당했다. 스쳤을 뿐임에도 불구하고 주변이 온통 호랑이 냄새로 가득하다. 룸미러를 다시 바라본다. 호랑이를 살핀다. 호랑이는 평온하다. 고양이처럼 현관 벽에 기대어 웅크렸다. 호랑이 냄새가 옷과 손에 뱄다.

호랑이는 계산이 많다. 집주인이 현관에 호랑이 인형 침구를 놓았다고 오해하도록 위장하는 것 같다. 지나가는 사람을 끈다. 끌면서 방심하게 만든다. 더 많은 사람을 잡아먹기 위해 덫을 놓은 호랑이일 것이라고 생각하니 머리카락이 쭈뼛 치솟는다. 나는 숨을 가늘고 길게 내뱉는다. 숨결 끝에서 휘파람 소리가 난다.

*

엑셀을 밟는다. 핸들을 조작하면서 2초에 한 번 정도 뒤를 살핀다.

*

따라오지 않는구나. 관심이 나와 다르다. 공격을 미룬 이유가 뭘까. 집 안의 어떤 물질이 필요한 걸까. 산 생명체는 집에 없다. 엄마가 병원에 입원해서 다행이다. 내 입에서 "들어가도 돼" 하는 말이 나올 때까지 기다릴 참인지 집 안으로 들어갈 마음이 없어 보인다.

*

무서우면서도 즐겁다. 창밖 풍경은 여느 날과 비슷하고 호랑이가 어딘가에서 내가 일하는 모습을 지켜볼 것 같다. 나는 틈틈이 창밖에 호랑이가 없음을 응시한다. 오늘도 어제와 같다면 호랑이는 마감 시간 직전에 어둠을 뚫고 와서 햄버거를 주문할 것이다. 배 속에 릴리에게 물린 사람을 넣고서.

손님은 대부분 여행객이다. 버드나무 가지에서 작은 새가 집단으로 소란스럽듯 세계 각지에서 몰려든 사람이 나뭇가지를 쪼는 새처럼 소리를 내뱉는다. 중국어, 태국어, 말레이시아어, 베트남어, 네델란드어, 덴마크어, 그리스어, 쿠웨이트어······.

\*

소나기가 내린다.

여행객이 빗물을 떨어뜨리며, 비를 피해 들어온다. 빗소리에 섞여 카페 안이 혼란스럽다. 간밤의 일이 꿈같다. 호랑이가 왔고 호랑이의 말을 통해 릴리의 안부를 확인했다. 꿈이어야 맞다. 릴리가 사람처럼 걸어오는 환상이 뒤섞인다.

호랑이가 찾아온 것이 현실이고 릴리가 다가오는 것이 환상이다.

현실과 환상을 섞지 말자.

\*

손님이 다가온다. 얼굴을 마주한다. 특징을 찾는다. 아마도. 유대교 예배당 시너고그에 출입할 것 같은 인상이다. 부모가 유대계일 듯하고 가족이 모두 유대교에 열심일 것 같다. 것 같다. 나는 모르니까. 것 같다. 유대신을 믿습니까. 묻는다면 잘못이다. 프랑스에서는 공적인 장소에서 종교를 표방하는 것이 범죄일 때도 있다. 표방하는 것이 범죄이면 묻는 것도 범죄일 것 같다. 것 같다. 존경스러운 것 같다. 것 같다. 프랑스인은 아니지만.

\*

것 같다.

엄마가 토라를 이야기해서 그런 것 같다.

\*

확실하다. 것 같다가 아니다. 모든 유대인이 고리대금업자이고 모든 유대인이 아인슈타인처럼 명석하며 모든 유대인이 오펜하이머처럼 일본에 떨어뜨린 핵폭탄 개발에 참여했다고 말하면 죄악이다. '모든'을 버려야 한다. 모든 유대인에게 적용되는 한결같음은 인간이라는 사실뿐이다. 이스라엘에는 전쟁광 유대인과 전쟁광 유대인을 혐오하는 유대인이 함께 산다. 모든 인간은 제각각이다. '모든'을 버려야 한다.

\*

것 같다. 모든 유대인이 유대교 신자라고 믿는 것은 어리석은 것 같다. 무종교인 유대인이 있을 것 같다. 무슬림 유대인이 있을 것 같다. 확실하다. 왜 없겠는가.

\*

얼굴에 나타난 인상착의와 채식주의자용 햄버거를 받아가는 표정을 혼합해서 혈통을 유대계로 짐작한 것이 비난을 받게 될까? 나는 인종차별주의자가 아닌데……. 손님이 유대교에 열심일 것 같다고 느낀 것이 무슨 잘못인가. "너 유대인?"이라고 말하지 않는다. 물으면 잘못이다. 채식주의자 햄버거 하나 가지고 달랑. 육식을 안 한다고 해서. 이번 한 번뿐일 수 있는데, 일탈적 취향일 수 있는데. 물은 것이 잘못인 사회에서는 생각한 것도 잘못이다. 버리자. 유대계로 짐작한 생각을 버리자. 릴리가 입술 문 사람이 어떤 인종이고 어떤 성별이고 어떤 지역 출신이고 어떤 유년을 어떻게 보냈는지 관심 갖지 않기로 한 것처럼.

\*

고 한다.

\*

유대교도는 노아의 홍수 이후에 신으로부터 육식을 허락받았다고 한다. 유대교도는 동물을 기를 때 사람이 먹기 전에 동물을 먼저 먹였고 채식을 선호했다고 한다. 율법에서는 살생과 사냥이 같다고 한다. 먹기 위해서만 죽여야 했다고 한다. 인간은 먹지 않을 것이면서 동족과 동물을 죽이는 습성이 있다고 한다.

사냥. 전쟁.

영토를 침범하면 먹을 목적이 아니어도, 먹기 싫더라도, 죽이는 것이 허락되었다고 한다.

\*

고 한다.

\*

채식하는 고양이는 제명에 못 죽는다고 한다. 개는 채식으로 버틸 수 있고 고양이는 육식을 해야 생명을 유지한다고 한다. 옛날 유대교는 비난받는다고 한다. 여자로 태어나지 않은 것에 감사드립니다. 유대교의 어떤 옛날 기도문에 있다고 한다. 이방인으로 태어나지 않게 해 줘서 감사합니다. 노예로 태어나지 않게 해 줘서 감사합니다. 여자로 태어나지 않게 해 줘서 감사합니다. 예수가 이것을 뒤집었다고 한다. 범사에 감사합시다. 이방인과 노예와 여자와 남자가 모두 하나입니다. 예수는 남자였다고 한다. 예수가 여자였다면 이 세계가 어떻게 달라졌을까. 어쨌거나 예수 이후에 유대교는 완전히 고립되었다고 한다. 예수를 미워해서 더 고립되었다고 한다. 유대교도 아닌 유대인은 유대신에게 기도하지 않는다고 한다.

\*

것 같다. 이번에도 것 같다. 음식을 집어 간 손님은 거구이기에 스칸디나비안 계열일 것 같다. 단이 높은 배식대를 밟고 선 나보다 머리 하나가 높을 정도로 키가 크다. 큰 키에 어깨가 넓어서 곰을 섬겼을 것 같은 조상의 후예로 보이는 것 같다.

\*

이런 생각 불순하다. 하지 말아야 한다.

\*

왜 이럴까. 호랑이를 만나기 전과 다르다. 음식을 옮기기만

하면 됐는데, 어제까지는. 왜 이럴까. 누가 더 힘이 센 인간인지 외모로 판단하고 싶다. 손님의 체형과 눈빛과 얼굴 형태에 눈이 간다. 호랑이가 기준이다. 호랑이보다 약하다. 호랑이를 보고 싶다. 함께 동굴에 가고 싶다. 동굴에 가서 릴리와 대화하고 싶다.

*

호랑이를 만나지 않았다면 이럴 일 없었을 텐데. 내가 사람을 삼키면 어떻게 될까. 나는 사람을 삼키고 싶은 것일까.

*

호랑이처럼 몸을 부르르 진저리 쳐 본다. 손등을 살핀다. 사람의 허물을 벗고 다른 종의 육체로 변신한 흔적을 찾는다. 헛된 망상이다. 손등은 그대로다. 거울에 얼굴을 비춘다. 얼굴도 그대로다. 몸을 흔들어서 모자가 흐트러졌을 뿐이다. 나는 모자를 바로잡는다.

현실과 비현실이 눈앞에서 뒤섞인다.

*

"띵!"

조리실에서 신호음이 울린다.

나는 햄버거와 음료를 옮긴다. 버튼을 눌러 손님을 부른다. 것 같다. 아시안인 것 같다. 아시안으로 보이는 손님이 음식을 집어 간다. 눈빛이 단단하고 몸이 날렵한 것 같다. 또 내가 인종 특성을 파악하려 나쁘게 마음먹는다. 아시안이 맞으면 뭘 어쩌려고?

*

기다리고 기다렸건만.
호랑이는 나타나지 않는다.

*

왜 이럴까.

*

지점장이 탈의실에 카메라를 달았을 것 같다.
매일매일 나를 보았을 것 같다.
징그럽다.
일할 수 없을 것 같다.

*

유니폼을 입은 채로 작별 없이 내장을 나선다. 내가 이 세상 사람이 아닌 것 같다.

*

자동차 시동을 건다. 와이퍼에 빗물이 쓸려 간다.

*

　가로수 잎이 푸르고 길이 매끄럽다. 다리 부근에서 강을 건너려는 차가 심하게 얽힌다. 푸른 나뭇잎 사이에 스민 구름 기운 같은 흰색 배경에 고층 빌딩이 서 있다. 것 같다. 햄버거를 배달하는 직원이 된 것 같다. 입술을 둥글게 모양을 만든다. 둥근 모양을 유지하며 입을 최대한 크게 벌린다. 가슴을 편다. 복부를 눌러 공기를 뱉는다. 성대로 소리를 만든다. 아. 에. 이. 오. 우. 발성을 연습한다. 발음에 든 이응 동그라미를 질소 풍선처럼 둥그렇게 하늘로 올려 보낸다. 거품 뱉는 물고기가 된 것 같다. 것 같다. 성대와 입술로 소리를 내며 혀의 움직임을 허공에 그림으로 그린다. 새는 물을 쪼아 마실 때 혀를 어떻게 사용할까? 상상한다. 새는 혀가 짧고 뾰족하다.

*

　나를 먹어 버려. 호랑이한테 부탁할까. 나를 삼키고 어딘가로 가 줘.

*

　아니야. 배 속에 있는 사람이 소화액에 완전히 녹았음을 먼저 보여 줘. 그런 다음 나를 먹어 버려. 네 안에 들어가 그 사람을 만나면 지옥이야. 너의 배 속에 지옥을 만들고 싶지 않아.

지난번 상담을 떠올린다.

*

"억울해요, 정말."
"뭐가요?"
"억울함이 안 지워져요. 새 세상일 거라 기대하면서 다시 태어났는데 세상이 똑같이 지옥일 것 같아요."
"우물에서 물이 넘치면 울타리를 만들어 가두려고 애쓸 필요 없어요. 걔는 우리 몸의 일부이니까 안전한 곳으로 흘러가도록 길을 터주는 게 방법이에요. 언젠가는 돌아온다는 사실을 기억하면서. 집 나간 반려동물이 언젠가는 돌아올 거라 기다리는 것처럼. 흘러가도록 길을 트고 보내세요. 되도록이면 멀리."
"걔가 집 나간 폭력 남편이나 아내처럼 영원히 안 돌아오면 좋겠네요."
"다음이 중요해요. 돌아오는 중간 단계를 극복하면 기다려도 오지 않는 단계가 와요."
"어떻게 할까요?"
"걔를 자립시키면 어떨까요? 우리를 뜯어먹고 살지 않고 스스로 살도록."
"어떻게 그러죠? 저는 총을 쏴서 죽여 버리고 싶어요. 걔가 생명체라면."

"생명체가 아니라 어려운 것 같아요. 가해자는 생명체일 것 같지만 트라우마는 생명체가 아닌 것처럼 가해자도 아니에요."

"가해자가 아니라고요?"

"가해자가 아니라 우리 자신이에요. 우리 몸의 일부. 상담사인 저와, 내담자이신 요한나님."

*

트라우마 기억은 생명체가 아니다. 가해자가 아니다. 트라우마 기억은 나를 괴롭히지만 트라우마 기억은 폭력 가해자가 아니다. 바깥의 가해자가 아니라 안쪽에 들러붙은 내 몸이다. 내가 움직이면 저절로 나를 따라 이동해 있는 내 몸의 일부. 죽일 것은 트라우마가 아니라 폭력 가해자라는 사실……. 트라우마는 나를 가해하지만 가해자가 아니라 나 자신. 나, 바로 나.

*

엑셀을 밟는다. 속도가 높아진다. 터널이 자동차를 끌어당긴다. 나는 터널 속으로 빨려 들어간다.

마음은 릴리에게로 가고 몸은 호랑이에게 간다.

몸이 마음을 이긴다.

*

집 앞 도로에 차를 세운다.

호랑이는 태연하다.

거대한 침구 같다.

움직임이 없다.

엑셀을 밟아 엔진 소음으로 신호를 보낸다. 호랑이는 반응하지 않는다.

죽었어?

아니지?

차에서 나간다. 고양이를 부르듯 호랑이를 부른다.

"헤이!"

호랑이가 벌떡 일어난다. 아름드리 버드나무를 한 방에 쓰러뜨릴 듯 묵직한 발로 천천히 움직인다. 다가오려는 것 같다.

\*

나는 최선을 다해 후퇴한다. 빠른 속도로 운전석으로 숨는다. 호랑이의 눈빛이 이글거린다. 아침에 헤어진 호랑이가 아니다. 호랑이가 다른 호랑이를 불렀다? 호랑이 자리에 다른 호랑이가 들어섰다? 심장이 터질 듯이 부푼다. 폐가 아프다. 쪼그라든다. 문을 잠근다. 심장 뛰는 소리가 차를 가득 메운다. 운전대를 꽉 쥔다. 폐야 타지 마. 몸을 웅크리고 호흡으로 폐에 바람을 넣는다.

창문을 다시 한 번 더 끝까지 올린다.

시동을 확인한다. 호랑이를 이길 힘은 자동차의 엔진에 달렸다. 엔진이 말을 듣지 않는다면 나는 컵에 든 케이크, 사막에 심겨진 상추. 호랑이 앞에서는 거미처럼 작아져야 갈등하지 않으며 살아가겠다는 생각이 든다.

이중적인 마음이 찾아온다. 호랑이와 함께 지내려면 차종을 대형으로 바꾸고 집에 들어가면 가장 먼저 호랑이 발에 밟히는 물건이 없도록 치워야겠다. 제정신이야? 이빨 하나가 주먹처럼 큰 호랑이를 집에 들여서 어쩌잔 말인가. 호랑이가 나의 마음을 알았다는 듯 진저리 친다. 몸을 인간으로 바꾼다.

*

내 몸에서 긴장이 녹는다. 고체였던 피가 액체로 바뀐다. 검은색 혈관이 붉은색으로 바뀐다.

*

호랑이는 옷이 필요한 사람이 되었다. 사람이 되어서 작아졌다.

*

하늘은 흐리고 우편함은 이웃집과 비슷하다. 호랑이 사람의 허리와 배를 유심히 살핀다. 근육이 단단하다. 릴리가 입을 문 사람은 배 속에 있지 않다. 호랑이 사람이 내가 아침에 출근하면서 떨어뜨린 청바지와 티셔츠 곁으로 다가간다. 나는 아침의 마음을 불러온다. 침착. 침착하자고 속으로 말한다. 심장 주파수를 생각한다. 주문을 건다. 나는 선량하다. 나는 선량하고 선량하다. 아침에 나는 거울 앞에서 총을 놓듯 가볍게 툭, 필요하면 입어도 돼, 마음속으로 말하며 외출복을 떨어뜨렸다. 입으라고 강요하지 않았다. 호랑이는 입지 않았다. 옷을 입고 카페에 오기를 나는 기다렸다. 호랑이는 오지 않았다.

*

호랑이가 오지 않아서 지점장이 탈의실에 카메라를 단 것 같다고 생각한 것 같다.

*

것 같다.

*

옷을 입으려는 것 같다. 것 같다.
나는 기다린다.
호랑이가 나를 바라본다.
"이 옷 입어도 되니?"
이 말이 어째서 감동적일까.

*

나 없을 때 입어도 됐을 텐데.

*

호랑이가 내 반응을 기다린다.

옷에 손을 대지 않는다. 말로 먼저 묻고 말로 대답이 오길 기다린다.

내가 대답한다.

"응. 그러면 내 마음이 좋겠어."

호랑이가 옷에 손을 뻗는다.

호랑이가 청바지와 셔츠를 입는다.

옷을 입은 호랑이는 나와 쌍둥이 자매처럼 보인다.

\*

내가 나의 모습을 바라보는 것 같다.

\*

"낮에 어떻게 지냈니?"

"동굴에 다녀왔어."

"릴리는 어때?"

"쥐를 잡아먹었어."

"목줄을 매달고 쥐를 잡아?"

"배가 고프지. 네가 햄버거를 가져다주지 않으니까."

"개가 쥐를 잡다니 놀랍다."

"네가 처음 놓아둔 간식이 미끼가 되었어. 통조림 냄새를 맡고 쥐가 모여."

"고마워. 릴리 안부를 얘기해 줘서."

"고맙다고 말해 줘서 고마워."

"생각해 봤어."

"뭘?"

"내가 신이 아니라는 증거."

"뭐인 것 같아?"

"죽음."

"그런가?"

"내가 죽어야 증명이 될 텐데. 내가 죽어서 증명하면 부활시켜 줄 수 있니?"

"나는 신이 아니야. 자청비가 할 수 있어, 그건. 부활꽃으로."

"자청비?"

"신의 이름이야. 스스로 여자가 되었다는 뜻."

\*

호랑이가 말을 시작한다. 섬에 이야기가 전해진다. 신은 스스로 자신을 여자라 불렀다. 신은 인간 중에서 가장 뛰어났고 남자 옷을 입어야 능력이 인정되었다. 신은 남자의 옷을 입고 남자로 살다가 여자와 결혼도 했다. 결혼과 상관없이 대부분 여자로 살았는데 남자 노예가 여자 몸을 한 신을 성적으로 학대했다. 신은 참지 않았다. 귀를 파 주겠다고 무릎을 베고 눕게 한 후 귀를 찔러 죽였다. 신의 부모는 일 잘하는 노예를 죽였다고 신을 꾸짖었다. 신은 혼나는 게 싫었다. 서쪽 하늘 꽃밭에 가서 부활꽃과 파괴꽃을 가져왔다. 부활꽃은 죽은 생명을 살리는 꽃이고 파괴꽃은 원하는 대로 생명을 도륙하는 꽃이었다. 신은 죽은 남자 노예를 되살렸고, 독살당한 애인을 되살렸고, 천상으로 날아가 종족 전쟁에서 파괴꽃으로 적을 물리쳤다. 태어나기는 인간이었는데 뜻하는 바가 있어 신이 되었다. 호랑이가 말을 끝낸다.

*

것 같다.
나는 언젠가 말하게 될 것 같다.
부활꽃으로 엄마를 살려 줄래?

*

"햄버거 포장해 왔어. 먹을래? 배고플까 봐 걱정됐어."
"고마워. 주면 먹을게."

*

호랑이가 손가락을 움직인다. 종이 포장지를 벗긴 다음 소스가 흐르지 않도록 뒤집는다. 호랑이가 입을 벌린다. 소스가 묻지 않도록 조신하게 먹는다. 카페에서 이미 여러 번 봤다. 호랑이는 햄버거를 먹을 때 정성을 들인다. 왜 현관에 서서 먹게 하는 거냐는 식의 불평을 표시할 법도 하건만 호랑이는 나의 마음을 정성껏 응대한다는 듯 상추까지 완벽하게 먹는다. 나는 호랑이 인간의 손등에 호랑이를 증명하는 털 같은 것이 하나라도 솟았는지 관찰한다. 털이 없다. 호랑이는 인간이다. 햄버거를 다 먹는다. 포장지를 들고 말한다.

"어디에다 버릴까?"

나는 호랑이가 손에 든 포장지를 바라본다.

\*

"이리 줄래? 내가 버릴게."

"고마워."

"악수하고 싶은데 괜찮을까?"

"네가 날 만지면 나는 호랑이로 돌아가게 돼. 인간의 온기가 닿으면 호랑이로 변해. 해 볼래?"

"날 물지 않는다고 말해 준다면 용기를 내겠어."

"좋아. 나는 너를 물지 않아."

"옷은 어떻게 되니? 호랑이로 변신하면 몸이 커지는데."

"찢어지겠지. 원한다면 내가 옷을 벗을게. 벗고 변할게. 옷이 살아남을 거야."

\*

마음의 영토에서 호랑이의 자리가 점점 커진다. 원한다면 옷을 벗겠다는 말이 진심을 쌓아 만든 고백으로 들린다. 땅이 흔들리듯 전율이 확대된다. 나는 호랑이의 고백에 무너지고 넘어가 버린다.

무심결에 환영하는 악수를 청한다.

호랑이가 손을 맞잡는다.

　　　　　　　　＊

것 같다.

　　　　　　　　＊

 호랑이의 몸이 찢어지는 것 같다. 옷이 터진다. 손을 놓았는데도 호랑이는 멈추지 못한다. 옷이 바닥에 떨어진다. 찢어져서 엉망이 된 옷. 호랑이가 풍력발전기처럼 커진다. 나는 움찔하며 물러난다.

　　　　　　　　＊

"이게 나야."
"미안해. 잠깐 허물어졌어. 나도 모르게 손을 내밀었어."
"나도 호기심에 넘어갔어. 옷을 망쳤네."
"괜찮아. 돌아와. 사람으로. 다른 옷을 또 줄게."
"돌아오라고?"
"응. 돌아와."

　　　　　　　　＊

"내가 원래 사람이니? 돌아가야 하니? 사람으로?"
"화 내지 마. 그런 뜻 아니야."
"명령하는구나. 인간 아닌 동물이라고."
"아니야. 그런 것."
"부인하는구나. 자꾸만. 명령하고 부정하고. 너의 실체구나."

"미안해. 아니야."

*

"아니라는 말 하지 마. 난 너를 물지 않아. 지금처럼. 호랑이인 나를 믿겠니?"
"믿을게."

*

호랑이가 사람을 뱉어 낸다.
사람이 일어난다. 호랑이 배 속에서 치유를 받았는지 입술이 제대로다.
말을 할 것 같다.
이번에는 칼을 쥐지 않았다.
손이 제대로다.
내 몸에 손댈 것 같다.
일어서서 나한테 오는 것 같다.

*

나는 기절한다.

*

심장이 뛴다.

꿈이었나.

*

무언가에 이끌려 일어난다. 호랑이가 나를 물고 이리저리 굴리다가 툭 던진 것 같다. 기절한 쥐를 고양이가 이리 던지고 저리 던지다가 앞발로 꽉 누르는 것처럼.

*

눈을 크게 뜨고 정신을 차린다. 릴리가 물어뜯은 사람이 서 있다. 물방울에 갇힌 먼지 같다. 움직이지 못한다. 나는 얼굴을 보고 싶지 않다. 고개를 돌린다.

*

심장이 벌컥거린다. 겁이 난다.
"다시 삼켜 줘."
호랑이에게 말한다. 호랑이가 사람을 삼킨다.
다시 호랑이에게 말한다.
"혹시 버튼 있니?"
"무슨?"
"내가 너를 사람으로 변신시키는 방법이 무엇인지 궁금해. 사람일 때 네 손을 잡으면 호랑이로 돌아가잖아. 반대로 호랑이가 된 너를 사람으로 바꾸는 방법이 무엇인지."

"그건 없어."

\*

"있을 것 같아."
"없어."
"알려 주면 함께 사는 걸 허락할게. 보여 줄래?"
"없어."
"있을 것 같아."

\*

 호랑이가 고개를 돌린다. 도로 쪽을 보더니 몸통을 돌린다. 알 수 없는 일이 일어난다. 호랑이가 걷는다. 타박타박 발을 디딘다. 도로를 향해 나아간다. 조금씩 내게서 멀어진다. 어디 가는 거야? 등지고 떠난 할라의 뒷모습 같다. 멀어질수록 호랑이가 돌아오지 않을 거라는 생각이 든다. 호랑이는 밤 산책자처럼 좌우를 둘러보며 걷는다. 뒤는 돌아보지 않는다. 엉덩이가 뒤뚱거린다. 꼬리는 공중에서 흔들린다.

 야, 어디 가······.

\*

돌아와!
돌아와!
돌아와!

\*

호랑이가 전속력으로 달려온다.

"돌아오라고?"

목소리에 화를 가득 실었다.

심장이 쪼그라든다. 목소리가 나올 듯 말 듯하다. 겨우 묻는다.

"왜 그래?"

\*

"지긋지긋한 인간. 돌아오라니? 돌아와! 원래 여기가 내 자리인 것처럼."

"돌아오라는 말이 너를 힘들게 하는 줄 몰랐어……."

"돌아와, 돌아와, 돌아와, 돌아와, 돌아와……. 돌아오라고?"

"미안해. 그럼 돌아가. 너희 나라로. 나한테 와서 왜 이래!"

"지겹다, 정말. 짜증 난다, 정말."

호랑이는 아까처럼 타박타박 걸음을 디딘다. 마을 입구에 선 나무 아래로 이어진 길을 걷는다.

\*

나도 짜증을 낸다.

"나한테 와서 왜 이래!"

## 6장

나무 밑에서 호랑이는 단호하다. 머뭇거리지 않고 뒤돌지 않는다.

야, 어디 가…….

속으로 말한다.

*

돌아오라고 외치고 싶은 나의 마음을 알고 의도적으로 외면하는 티가 나는 것 같다.

*

것 같다.

*

돌아올 것 같다. 돌아오라는 말 이외의 말을 나는 창작하지 못할 것 같다. 뭐라고 말해야 하나. 돌아오라는 말 대신 뭐라고.

\*

짜증 난다.
야! 뭐라고 말하라는 거야! 어디 가냐고!
말을 잇고 싶다.
안 돌아올 거니?
입술이 안 움직인다.
미안해.
나오지 않는다.
호랑이는 이름이 곰처럼 크고 눈에는 보이지 않는 물속 벌레 물곰보다 작은 모습을 남기고 사라진다.
안 돌아온다.
나는 목청을 가다듬으며 나무 그림자를 바라본다. 돌아서, 다시, 와. 마음속으로 외친다.

\*

빗물이 떨어진다. 나뭇잎이 가로등 불빛에 반짝거린다.
가로등이 키 큰 나무 전체를 비춘다.
호랑이가 사라진 자리에서 유독 신비롭게 물기가 반짝인다.
인간도 아닌 게. 가르치려고 들어.

\*

에라, 모르겠다.

\*

릴리가 입술 문 인간을 어딘가에 뱉어 놓고 갔을 것 같다. 어떡하지?

\*

집에 들어가려고 몸을 튼다. 눈길이 바닥으로 이끌린다.

악수해서 헤어진 자리, 어떤 물건이 시선을 잡아끈다. 찢긴 옷. 비에 젖는다. 손을 뻗는다. 손등에 비가 떨어진다. 옷이 찢어지다니. 내가, 산책하다가, 이렇게 찢길 뻔했다. 이제서야 땀이 난다. 죽을 뻔한 일이 떠오른다. 남자가, 그 사람이, 호랑이 배 속에 들어 있다. 지금 이 순간 또 다른 폭력범이 나를 노릴지 모른다. 호랑이한테 짜증 낼 때가 아니다. 위험이 어둠 속에 우글거린다.

\*

뱉어 놓고 갔으면 어떡해······.

\*

내가 이렇게 될 뻔한, 찢어진 헝겊을 집어 든다. 호랑이 냄새가 난다. 코끝이 시큰하다.

\*

현관문을 향해 걷는다.
찢어진 옷을 들고
거실로 들어간다.

\*

호랑이가 없다. 전등 불빛에 호랑이가 없음이 환하게 드러난다. 불을 하나 더 켠다. 호랑이를 찾는다. 없다는 게 확실하다. 호랑이와 실랑이 할 때는 혼자인 게 안 무서웠다. 호랑이가 분을 풀려고 물어뜯으러 오면 어떡하지? 창문을 부수고 들어오면? 잘못했다고 빨리 사과해야겠어. 사과하면 받아 줄까?
미안해.
이 말이 최선인가.

\*

진심으로 미안해. 진심으로, 진심으로, 진심으로 미안해.

\*

현관문으로 돌아간다. 걸쇠가 잘 잠겼는지 확인한다. 바깥에서 열 수 없음을 재차 확인한다.

\*

내 온기가 너의 살갗에 닿으면 호랑이로 변하는 너. 악수하자고 손 내밀어 미안해. 나도 모르게 그랬어. 미안해. 나만 잘못한 거 아니야. 너도 악수에 응했다가 깜짝 놀랐잖아. 책임의 절반은 너잖아.

아, 미안해.

뒤집어씌우고 싶은 지금의 이 마음, 이것 미안해.

사람의 온기가 닿으면 호랑이로 변한다는 말이 진짜인 걸 보면서 당황했고 너를 빨리 사람으로 작게 만들고 싶었어. 사람일 때 안전하니까.

그래서 원했어. 버튼 같은 것.

*

미안해.

*

없다고 말할 때 믿지 않고 두 번이나 물어서 미안해.

*

세 번, 네 번 묻고 싶은 게 내 속마음이야. 그것이 있어야 안전해. 너는 나를 물지 않겠다고 약속했지만 약속은 끝이 늘 비극이니까. 피의 맛을 아는 동물은 결국 반려 인간의 피를 먹게 된다는 게 제일 높은 가능성이니까. 넌 안 먹는다고 했지만. 햄버거면 충분하다고 말하는 것 같았지만. 배 속에 인간을 넣고. 네가 나를 삼키면 나는 너의 배 속에서 그 사람을 만나게 되잖아.

*

내가 준 햄버거를 먹은 존재가 혹시 너 아니고 배 속의, 그, 인간?

*

노란색은 노란색을 의미하고, 파란색은 파란색을 의미해.
당연함을 알면서도 나는.
인정할게. 노란색을 파란색으로 바꾸는 버튼을 원했던 거야.
필요해서.
호랑이를 사람으로 바꾸는 버튼이 내겐 필요해서.
너는 호랑이.

*

사람으로 변해야, 네가, 배 속에 든 그 사람을 사라지게 할 수 있잖아.
호랑이일 때는 배 속에 그 사람이 들어 있잖아.
사람으로 변하면 그 사람이 사라지잖아.

*

빨리 소화시켜 버려. 녹여 버려. 위액 같은 걸로. 시큼한 소화액 같은 걸로 녹여 버려.

*

찢긴 옷에서 물이 떨어진다.

물방울이 바닥에서 튄다. 발목에 꽂힌다. 차가움이 느껴진다. 차갑다는 사실이 새롭다. 물의 파편이 따갑다.

총을 둔 곳으로 걷는다. 호랑이가 공격한다면 이것밖에 없다. 죽어도 좋다는 각오로 총을 버렸다. 달라졌다. 호랑이는 떠났고 나는 죽고 싶지 않다. 찢어지고 싶지 않다. 호랑이로부터. 총을 집는다.

내 심장의 언어는 공포이다. 분노이다. 수치이다. 욕지기이다. 울분이다. 띠발이다.

신이라니.

호랑이일 뿐.

사람으로 변신할 뿐.

나는 눈을 크게 뜬다.

*

거울을 바라본다.

*

찢긴 옷을 책상 위에 올린다. 원래 나의 옷이었다가 호랑이의 몸을 거쳐 옷이라 부를 수 없게 찢긴 헝겊 조각이 사람의 온기가 닿은 적 없는 겨울의 허물처럼 차갑다. 내 몸이 이럴 뻔했다. 코를 댄다. 호랑이 냄새가 쿰쿰하다. 셔츠 소매 부분에서 냄새가 강해진다. 기다란 털이 냄새를 뿜는다. 손가락을 뻗는다.

털이 장미 넝쿨처럼 거칠다.

와……

호랑이구나.

털이 이 정도로 단단한데 원래 단단한 이빨과 발톱은 이보다 얼마나 더 강하고 날카로울까. 이것이 현실이란 거. 호랑이는 총알도 씹어 먹을 동물. 겨루어 이기려면 연발로 발사해야 한다. 명중시켜야 한다. 몇 방? 모른다.

*

총을 처음 샀을 땐 쏘기만 하면 죽는다고 착각했다. 총을 쏘면서 알게 됐다. 사람은 한 방으로 끝나지 않는다. 급소를 명중해야 끝난다.

*

자살도 사살도 공평하게. 급소를. 서툴면 여러 방. 그래야 세상이 달라지니까.

*

나도 모르게 털을 입술에 넣는다. 털끝이 칫솔모처럼 단단하다. 총을 먹는 것 같다. 혀가 굳고 소름이 돋는다. 털로 이마를 쓴다. 잡생각이 사라진다. 머릿속 주름진 뇌 골짜기에

낀 상상의 오물이 치워지는 듯 시원하다.

*

것 같다.

*

호랑이 털은 마술사의 깃털인 것 같다. 난초 잎인 것 같다.
눈을 바라본다. 거울 속의 내 눈은 홍채가 노란 것 같다. 전등 색깔과 붉은 셔츠가 홍채를 갈색으로 보이게 만드는 것 같다. 태양이 흰색에서 노란색, 붉은색, 검은색으로까지 달라지는 것처럼 홍채가 무지개처럼 퍼지는 것 같다. 홍채에 싸인 검은 동공은 네모가 되는 것 같다. 거울이 네모이고 거울에 비친 빛이 동공을 네모 모양으로 각을 내는 것 같다. 동그랗지 않은 것 같다.

*

빨대로 바람을 넣듯 볼을 부풀리고 눈에 힘을 준다.
책상에 앉아 영상 파일을 재생한다.

*

낮에 현관 시시티브이로부터 수신된 영상이다.

\*

 영상 속에서 호랑이가 누워서 고개를 움직인다. 호랑이는 하늘을 자주 본다. 혀로 앞다리 털을 핥는다. 혀가 길고 붉고 거대하다. 침이 떨어진다. 호랑이가 일어선다. 어슬렁거린다. 순식간에 사라진다.
 한동안 호랑이 없이 빈 화면이 굴러간다.
 화면을 빠르게 돌린다. 배달원이 물건을 내려놓고 돌아간다. 외부인은 배달원이 끝이다.

\*

다음 영상.

\*

 오후 잔잔한 햇빛이 화면에 담긴다. 호랑이가 나타난다. 주변을 살피면서 현관 앞에 눕는다. 내가 카페에서 출발한 무렵인 것 같다. 동굴에 가서 릴리를 보고 왔다고 호랑이는 말했다. 파일들을 복사한다. 저장소로 옮긴다.

\*

 호랑이가 내 집 앞을 배회하는 영상이 돈이 될까?
 사람으로 마구 변신하는 영상은?
 사람을 뱉어 내는 영상은?
 사람을 삼키는 영상은?

헬렌, 라헬 할머니가 떠올라서 호랑이를 돈으로 연결한다. 어쩌면 큰돈이 될지 모르지.

사람으로 변했을 때 드러나는 나체가 마음에 걸린다. 옷을 입지 않음이 너무나 마음에 걸린다. 누드 영상을 인터넷에 내놓을 수는 없다.

*

그 남자 얼굴을 볼까?

*

호랑이가 사람 뱉는 화면을 찾는다.

*

보기 싫어!

*

내가 왜 봐?

*

닫는다. 보지 않는다.

*

데보라 할머니에게서 받아 온 라헬 할머니의 비망록을 연다.

0000년 00월 00일 00:00

스미스 부대 대위를 만났다. 〈사진1〉에 대해 설명했다. 대위는 실물 사진을 보자 했다.

0000년 00월 00일 00:00

스미스 부대 대위가 상급자 중령을 데리고 왔다. 중령이 〈사진1〉 복사본을 보더니 원하는 게 무엇인지 말해 보라 했다. 돈이나 집을 주면 내가 받고 끝낼 것이라고 생각하는 듯했다. 베팅을 뒤로 미뤘다. 〈사진2〉에 대해 추가적으로 설명하는 것으로 뜸을 들였다. 대위와 중령의 관심을 끄는 데에 성공했다. 〈사진1〉을 처음 설명할 때 그랬던 것처럼 실물 〈사진2〉를 보자고 했다. 다음에 보여 준다고 했다. 약속을 잡았다. 장소를 내가 엔지오 본부 로비로 정했다. 기자를 부를 생각이다. 〈사진1〉, 〈사진2〉의 가격을 따로 매길 생각이다.

0000년 00월 00일 00:00

군부대 요원이 미행하는 것을 확인했다. 미셸에게 연락했다. 미셸이 사진으로 시민권을 걸어도 통할 것 같다고 했다. 오키나와 전투와 제주 메이데이 때 우리가 군대에 적극 협조했다고 문서를 만들어 줄 수 있다고 했다. 고무적이다. 시민권 보증서를 받은 느낌이다. 그러나 시민권이 전부는 아니다. 데보라와 함께 안착하려면 주택이 필요하다. 육군에서 한 방에 해결해 줄 실력

자를 찾아야 한다. 요원이 미행한다는 것은 나와 데보라가 위험에 빠질 수 있음을 뜻한다. 이 비망록이 나를 지키게 되기를. 대위 이름 0000. 중령 이름 0000.

0000년 00월 00:00

루터교회 목사님과 대화했다. 목사님은 걱정이 많았다. 정부에서 시민권을 그런 식으로는 발급하지 않을 것이라고 염려했다. 평안을 위해 기도했다. 정부는 뭐든 한다. 성사시키면 된다. 더 높은 실권자를 만나야 한다. 유채꽃 마크가 우리 사진임을 증명한다.

*

비망록을 덮는다.

*

오랜만에 사진 앨범을 연다. 비극이지만 남의 비극이라 보고 있자면 심리적으로 안정되는 감이 있다. 이 사진들로 라헬 할머니는 시민권과 집과 연금을 얻어 냈다고 한다. 나의 증조할머니이자 데보라 할머니의 엄마이자 엄마 카렌의 할머니.

*

사진을 본다. 원본은 국가기록원에 보관 중이다. 이것은 사본이다.

*

여름이 무덥다.

하수도관을 매설하는 공사 현장처럼 보인다.

널브러진 사람의 신체가 많다. 숨이 멎었을 것이다. 시체라고 하자니 너무 암울하다.

불교 승려가 기도한다. 목탁을 두드린다. 고개를 들고 눈을 감았다.

기독교 수사가 기도한다. 고개를 숙였다. 아마도 눈을 감았을 것이다. 두 손을 모았다.

두 성직자가 서서 기도한다.

바닥은 피투성이이다.

무릎 꿇고 기도하면 바지가 피에 젖는다.

죄수로 보이는 사람이 반바지 차림으로 무릎을 꿇었다.

한국의 군인, 한국의 경찰이 무릎 꿇은 한국의 시민 뒤통수에 총 끝을 겨눈다. 무릎 꿇은 한국의 시민이 서서 총을 겨눈 한국의 군인과 한국의 경찰을 올려다본다. 한여름의 땀방울이 바위를 뚫을 듯 턱끝에서 떨어진다.

총을 멘 사람이 아래를 내려다본다.

구덩이가 길쭉하다.

사람이 빠지면 허리를 숙이고 손을 내밀어야 구출할 정도로 깊다.

강가에 길게 늘어서서 그물을 당기는 공동 어장 어부처럼. 깊고 길쭉한 구덩이를 따라 무릎 꿇은 죄수와 서서 소총을 사선으로 겨눈 군인과 경찰이 열을 지었다.

 군복을 입은 지휘관 장교가 담배를 피운다. 눈을 모자챙으로 가렸다. 담배 피우는 장교 옆에서 사진병이 지휘자의 시선으로 사진을 찍는다. 사진병이 찍는 사진에는 한국인이 자발적으로 한국인을 사살하는 처형 장면이 담겼을 것 같다. 사진병은 미군을 프레임 바깥으로 빼낸다. 사진병의 사진에서는 사진을 찍는 미군이 사라진다. 지휘관이 사진병 뒤에 있기 때문에 살해를 누가 명령했는지도 감추어진다.

\*

 미군을 일부러 미군이라 불러 본다.

\*

 나는 바라본다. 기도하는 사람, 죽임당하는 사람, 죽이는 사람, 죽임을 지휘하는 사람, 지휘자의 시선으로 현장을 찍는 사진병이 모두 담긴 사진을 바라본다. 프레임에 프레임이 담긴 사진.

 구덩이 옆에서 불교 승려와 기독교 수사가 기도를 하고, 미군이 지휘하고 미군 사진병이 현장을 촬영했다. 누군가 그 모습을 큰 틀에 넣고 찍었다.

고 한다.

*

증조할머니 라헬과 고조할머니 헬렌이 함께 찍었다고 한다. 두 할머니는 사진을 찍으러 일부러 한국에 간 것이 아니라 어쩌다 보니 한국에 도착했다고 한다. 엄마 카렌이 동굴 탐험을 떠나면 나는 혼자 있기 싫어 종종 데보라 할머니 집에 갔다. 내가 못 가면 할머니가 우리 집에 왔다. 데보라 할머니를 통해 이런 저런 얘기를 들었다. 데보라 할머니가 말하길, 그랬다고, 한다.

*

엄마가 그 나라에 간 건 우연이 아니지만 할머니들이 간 건 우연이었다고 한다.

*

사진을 바라본다.

*

자청비 신이 산다는 나라. 호랑이가 이곳에서 왔을까?

\*

데보라 할머니의 말이 떠오른다.

"사진 찍으려고 높은 곳에 올라갔다가 죽지 않고 산 거야. 올라가니까 군인이 참호에서 윙크를 했어. 군인이 철길 다리를 향해 총을 쏘았어. 위에서 보니까 다리가 내려다보였어."

"총을 갑자기 쐈어?"

"갑자기."

"뭔가 이해가 좀 꼬이는 듯."

"전쟁이잖아. 말끔하게 이야기로 연결되지는 않아. 뒤죽박죽이야. 뒤죽박죽인 게 전쟁일걸? 이해 안 되는 것."

"할머니는 그 때 몇 살?"

"아마, 세 살?"

"세 살인데 기억나?"

"기억은 없지만. 사진을 보면 믿어져. 난 믿기로 했어, 내 엄마의 말. 할머니의 말. 들어서 알아."

"할머니가 지어낸 얘기지?"

"메모를 보기 전에는 나도 반만 믿었단다, 얘야."

데보라 할머니는 나에게 라헬 할머니가 남긴 비망록을 증거로 보여 줬다. 세 살 때 자기가 본 것을 어떻게 기억하셨는가. 믿고 싶은 장면을 지어서 만든 것일 수도.

\*

비망록을 보기 전에는 지어낸 끔찍한 이야기로 믿지 않으려고 했다.

*

비망록에는 라헬 할머니가 접촉한 사람의 이름과 장소와 대화 내용이 적혀 있다. 빽빽하다. 접선 기록이고 협상 기록이다. 과거 전쟁에서 겪은 일을 적은 일기장이 아니다. 전쟁에서 본 것은 사진으로만 남았다. 너무 끔찍해서 언어로 안 남긴 것 같다.

고조할머니 헬렌, 증조할머니 라헬, 친할머니 데보라, 엄마 카렌 그리고 나. 모계로 이어진 우리를 선으로 그리면 한 줄기 시냇물처럼 구불구불 흐른다. 냇물이 폴란드, 우크라이나, 중국, 일본, 한국, 미국, 이런 나라를 이으며 흘러 다닌다. 바르샤바, 오데사, 상하이, 나하, 제주, 대전 이런 도시를 잇는다.

*

라헬 할머니의 비망록이 이어진다.

*

0000년 00월 00:00
〈사진4〉에 대해 기자가 사본을 만들자 했다. 거절했다. 기자는 보관하는 것 자체가 위험하다고 을렀다. 쥐도 새도 모르게 죽임당한다고. 안전을 위해 보험용 사본을 만들어 놓자고. 자기가 신문사에 얘기해서 금고에 보관하겠다고. 위협하는 것 같았다.

허튼 수작이다. 언론 플레이로 돈을 만져 보려는 것 같다. 주도권을 내주면 망한다. 기자는 표정이든 말이든 뭐든 반만 믿어야 한다.

\*

〈사진4〉는 무엇일까. 라헬 할머니는 비망록에서 설명하지 않는다.

\*

데보라 할머니의 말이 떠오른다.
"일급비밀이 되는, 더 중요하고 끔찍한 사진은 어디 꽁꽁 숨겼을지 몰라."
"군인이 왜 총을 쐈을까. 민간인한테."
"모두 죽이라고 명령 받았으니까. 옷 속에 폭탄 감췄을까 봐."
"말이 안 되는 건 아니네."
"왜 그렇게 생각하니?"
"군인 입장에서는. 적군이 옷을 갈아입고 폭탄을 품에 넣었다면, 충분히. 전쟁이니까."
"피해자 유족이 들고 일어났을 때 가해국 정부가 그렇게 말하고 빠져나가려 했지. 전쟁 중 작전이었다. 잘못 없다. 머문 사실도 없다. 어떤 장교가 공군 장교한테 비행기에서 사격을 해 달라고 요청했어. 이 내용이 적힌 메모가 발견됐어. 기밀 해제된 문서에서 툭 튀어나왔어. 철길 위의 피난민이 모두 비무장 민간인이라는 걸 알고서 총을 쐈어. 피난민이 다리 밑으로 피해 들어가니까 가둬 놓고 소총을 쏘고 기관총을 쏘고 박격포를 쐈어. 박격포는 탱크를 박살 내는 무기야. 할머니들이 사진 찍었어."

"사진으로 거래를 한 거고."

"50년 지나면 복사할 수 있다고, 비망록에 적혀 있어. 안 믿었는데 진짜더라. 50년 지난 해에 국가기록원이 비밀문서 봉인을 풀었어. 신문에 사진이 막 돌았어. 할머니들이 찍은 사진이. 비밀이 50년 지나면 일반인한테 풀리는 게 법이래."

"정부가 군대에 불리할 게 너무 분명한 증거를 뭐 하러 공개했을까? 자기들한테 불리하다는 것 너무 빤하잖아."

"원칙이니까."

"참 대단하다."

"할머니들만 찍은 게 아니었나 봐. 유채꽃 마크 없는 사진도 엄청 많아. 사진 찍은 사람이 한둘이 아니었다는 뜻이야. 안 찾았으면 묻혔을 거야. 끈질기게 쓰레기 더미를 뒤져서 결정적 증거를 찾아낸 시민이 대단하지."

"한국 시민?"

"응. 피해국 시민. 쓰레기 산처럼 쌓인 비밀 해제된 문서 속에서 찾았어."

"그렇다면 정말 대단하다."

\*

눈을 책상 위로 돌린다. 찢어진 옷이 눈에 들어온다. 호랑이가 입었던 옷. 마르지 않았다. 축축하다.

\*

옷 위에 놓인 털.

\*

털을 손가락으로 집는다.
단단하다.
손가락에 침을 묻혀 코끝에 바른다. 털을 붙인다. 거울을 본다. 얼굴에 큰 웃음이 어린다. 벼랑에서 자라는 한 그루 대나무 같다. 검은색 수염을 단 릴리의 얼굴이 떠오른다. 코끝에 붙인 털에서 파동이 느껴진다.
털을 코끝에서 뗀다. 귀에 붙인다. 얼굴에 또 웃음이 어린다.

\*

"너 왜 웃니?"
"털이 귀를 길쭉하게 자라노록 삽아끄는 느낌이 드니까 웃는다! 왜?"

\*

거울을 본다. 환상 그림 속에 내가 산다고 생각하려다

가…… 현실을 받아들이기로 한다.

*

뱉어 놓았으면 어떡하지? 그 사람이 걸어올 텐데.
호랑이가 내게 실망해서 사람을 뱉어 놓았다면…….

*

집이 불안하다.

*

집에 있다가 죽을 것 같다.

*

집에 있으면 죽을 것 같다.

*

호랑이가 릴리가 문 사람을 집 안에 뱉어 놓았을 것 같다.

*

옷장을 연다. 호랑이에게 어울릴 옷을 고른다.
숲에서 쉽게 입으려면 통이 넓어야 좋겠지.
통 넓은 옷을 꺼내 가방에 넣는다.

\*

모자를 쓴다.

비옷을 입는다.

총을 챙긴다.

현관문을 열고 밖으로 나간다.

호랑이가 사라진 자리가 눈에 들어온다.

마을 입구의 나무가 흔들린다. 힘 센 동물이 줄기 밑동을 잡고 세차게 흔드는 것 같다. 나무가 흔들리면서 주변의 공기를 회전시키는가 보다. 가로등 불빛이 멀리로 번져 간다.

성큼 걸음을 내디딘다.

밤인데 혼자 걷는다, 내가.

\*

기억난다.

\*

어떤 날 할라가 집에 왔다.

"어? 친구야! 웬일?"

"응. 그냥 왔어. 살 있는지."

"잘 왔어. 잘 있는지 나도 궁금했어."

"엄마는?"

"출장 갔어."

"어디로?"

"태평양 쪽. 일본 오키나와, 필리핀 루손."

"언제 와?"

"빠르면 일주일 후. 돌아올 때까지 나랑 같이 지낼래?"

"봐서."

"뭘?"

"이것저것."

할라가 두루뭉술하게 말한 이것저것이 무엇일지 궁금했다. 나는 할라를 위해 빵을 데우고 햄버거를 만들었다.

*

우리는 한 침대에서 잤다.

*

할라가 말했다.

"미안해."

"뭐가?"

"네 아빠를 이제야 알겠어."

나는 웃었다.

"원래부터 없는 아빠를 알았다고 말하니까 좀 웃겨."

"친구한테 원래부터 아빠가 없었다는 사실을 인정하는 게 쉬운 일은 아니야."

"내가 만날 얘기했잖아. 원래 없다고. 인정 못 한다더니 어떻게 해서 인정하게 됐어?"

"흔적이 한두 가지는 보일 거라 생각했어. 아빠라는, 빈자리. 근데, 없네? 완벽해. 피의 흔적도 없고 마음의 흔적도 없어. 어떻게 이러지?"

"몰라. 태어나 보니까 없었어."

"엄마는 있었고?"

"엄마는 있었지."

"봤니?"

"뭘?"

"엄마가 있는 걸."

"야…… 이러지 마. 엄마가 있는 건 당연한 거야."

"오케이. 그리고 미안해. 아빠 일 이제야 인정하게 돼서."

"난 옛날이야기가 좋더라. 어떤 이야기에는 허벅지를 찢고 근육 사이에서 아기를 꺼내는 장면이 나와. 어떤 이야기에는 아버지의 두개골을 열고 딸이 탄생해. 요나는 고래 배 속에 들어갔다가 나오면서 완전히 새사람이 되었지. 난 아버지가 궁금하지 않아."

"남자가 애 낳은 얘기 아니니?"

"아니. 한쪽 성별로 애를 낳은 이야기."

"그런가?"

"몰라. 아무튼."

"미안해. 몰라, 아무튼이어서. 나도 아이를 낳으면 남자 없이 낳을 거야. 아마조네스처럼 남자를 납치해서 임신한 다음 죽이거나."

"아마조네스가 뭐야?"

"아마존이 만든 부족 이름. 남자가 없고 여자로만 이뤄졌어. 오른손잡이는 왼쪽 가슴이 없고 왼손잡이는 오른쪽 가슴이 없어. 왜인 줄 알아?"

"신기하다. 알려 줄래?"

"활을 잘 쏘려고 도려냈대. 가슴이 걸려서. 멋지지?"

"좀 멋있는 듯. 있잖아, 목장에서 이제 소, 돼지, 말 교미를 더 이상 시키지 않는대."

"그럼?"

"주사를 놓는대. 인공수정."

"원할 때 임신하겠다. 여자한테 최고네."

"사람도 그렇게 한대. 어딘가에서."

\*

나는 가슴이 벅차올라 숨을 쉬기 어려웠다. 할라가 나랑 아이를 함께 낳자고 유인하는 것 같았다. 인공수정으로. 아버지, 없이.

\*

집에 없는 아버지의 빈자리는 바이러스도 살지 않는 진공이어서 인간의 눈에 안 보인다. 45억 년 전 지구가 기원한 이래로 나에게는 아버지가 없다. 햄, 빵, 상추, 소스, 피클······ 이런 햄버거 재료는 많지만 아버지는 없다.

\*

없는 자리를 왜 빈자리라 말하는 걸까. 뒤통수에 눈이 없다고 해서 뒤통수를 눈의 빈자리라고 말하지 않는데.

\*

"할머니 사진 같은 건?"
"많지. 엄청. 고조할머니, 증조할머니가 사진으로 구원을 받으셨지."
"어떻게?"
"얘기하려면 길어. 확실치도 않고."
 나는 자부심이 일지만 할라 앞에서는 왠지 꺼림칙했다. 시민권을 암거래했다는 것이. 암거래의 어두움이 나를 난민으로 만드는 것 같았다. 불법 체류자로 만드는 것 같았다. 증조할머니 때의 이야기였음에도 불구하고. 그렇지만 할라니까, 조금씩, 미음을 떠먹이듯 정보를 흘렸다. 모두 남편이 없었다. 헬렌 할머니도, 라헬 할머니도, 데보라 할머니도, 엄마 카렌도. 찾으려면 찾겠지만 전해져 내려오는 이야기에는 생략되었다. 엄마의 남편은 딸에게 아빠인데. 나는 아빠가 안 궁금하다. 없는 것은 없앨 수 없다. 있는 것은 없앨 수 있지만 없는 것은 없다는 것을 인정만 해야 한다. 없앨 수 없다. 엄마는 묻지도 못하게 한다. 혼자 나를 낳은 것이냐고 묻고 싶은데.

\*

나는 사진 속에서 기도하는 기독교 수도사의 기도문을 상상하고 또 상상한다.

\*

것 같다.

\*

것 같다.
없을 것 같다.
신이시여 뜻대로 하옵소서. 우리 모두를 구원하소서.
구덩이 앞에서 할 수 있는 기도.
뜻대로 하옵소서.
상상력이 부족하다.
신이시여. 도와주소서.
이것 아닌 청원 기도문을 창작할 수 없을 것 같다.

\*

세계는 폭력으로 가득하다.

\*

사랑이거나 유희거나 폭력이거나. 나는 사랑의 결과로 태어난 것이 아님이 분명하다. 만약 아빠가 있다면. 엄마와 아빠를 이은 것은 사랑, 유희, 폭력 중 사랑 아닌 것임이 분명하다. 그러니까 무엇이었을지 궁금해할 필요 없다. 나를 위해 애써 사랑이었다고 말할 필요 없다. 유희, 폭력.

*

데보라 할머니는 노근리굴을 뒤늦게 발견한 영국 기자를 이야기했다.

기자는 영국에서 태어나 영국에서 살다가 영국을 떠나 중국에서 특파원을 지냈다. 중국에서 한국전쟁이 터졌다는 소식을 들었다. 기자는 특종을 잡으러 중국에서 나왔다. 북한군의 침투 경로를 따라 한국전쟁을 쫓아갔다.

영국 기자가 대전 외곽 현장에 도착했을 때 처형은 끝나 있었다. 시체의 일부인 손과 발이 사막의 선인장처럼 땅 위로 솟았다. 흙이 얇게 덮여 있었다.

영국 기자는 처형장에서 미국의 흔적을 발견했다. 현장에 남은 미국산 담배 갑과 총알 상자를 가해자의 국적을 증명하는 증거물로 수집했다. 현장을 감독하면서 담배 피우는 장교.

구덩이가 하수관 공사 현장처럼 깊었는데…… 기자는 죽음이 몇 겹으로 매설되었는지 흙을 뒤적여서 확인했다. 기사를 썼다. 미군이 '순수한 나치 정신'으로 비무장 시민을 무참히 죽였다고 썼다. 기자는 나치가 소련을 침공할 때 전투부대를 따라가며 시민 사이에서 유대인을 색출해 구덩이에 묻고 총을 쏘고 가스 트럭에 태워 죽인 이동학살부대, 아인자츠그루펜을 떠올렸다 했다.

   기자에게 대전과 노근리굴은 같은 곳이었다.

   기자가 쓴 기사는 사실이지만 미군은 가짜 뉴스라고 반박했다.

   기자는 공산주의자로 몰렸다.

   북한군 편에서 기사를 쓴다고 공격받았다.

   파견 근무 기간이 끝났을 때 본국으로 돌아가지 못했다. 영국 정부는 런던 공항에서 기자를 막았다. 기자는 중국으로 되돌아갔다. 기자는 중국에서 살다가 중국에서 죽었다. 미국을 흠집 내면 그것이 바로 공산주의자라는 증거였다. 기자는 공산주의자가 되었다. 가끔 국가는 이러지도 못하고 저러지도 못하는 척 국민을 추방한 후 내버려둔다. 국가가 이러지도 못하고 저러지도 못할 경우란 없다. 척하는 순간이 있을 뿐. 영국 정부는 암살 대원을 파견해서 기자의 입을 없앨 수도 있었다. 하지만 그렇게 하지 않았다. 일부러 기자를 살려 뒀다. 기자는 공산국가에서 살다가 공산국가에서 죽었다. 사람은 언젠가 죽는다. 끝까지 죽지 않는다면 언젠가 입국 허락이 승인된다. 동굴이 막혔을 때 손톱으로 바위를 긁어 출구를 만들면 언젠가 구조되듯이. 기자는 죽었다. 미군은 대전 사건과 노근리굴 사건을 역사 속에 파묻었다.

*

   현주 할머니가 이 역사에 등장한다.

\*

 "운이 좋았습니다. 우리 방 사람은 정말 큰 은혜를 입었어요. 누가 살렸는지 모르는데 바깥사람이 감방 자물쇠를 풀어 놨거든요. 알아서 살라고. 트럭이 모자라서 우린 죽음을 기다리는 상황이었거든요. 트럭에 타면 실려가 산 채로 묻힌다고 했어요. 문을 밀었더니 스르르 열린 겁니다. 감옥 정문도 열렸고요. 나는 어딘지도 모르고 달렸어요. 섬에서 살다가 대전이 처음이잖아요. 육지에서 가본 데는 감옥밖에 없어요. 멀리 피난 가는 사람을 보니까 힘이 났어요. 따라붙어서 섞이니까 노근리 철길이었던 거예요."

 현주는 말을 이었다. 철길이 뜨거웠다. 비행기가 오더니 낮게 날다가 돌아갔다. 고막이 찢어질 것 같았다. 비행기 굉음이 다시 들렸다. 현주는 피할 곳을 찾았다. 섬에서 본 미군 공격기였다. 고향에서 경찰과 군인이 산으로 올라가 마지막 한 사람까지 죽였다는 소식을 현주는 감옥에서 들었다. 설마……. 쏘지 마, 제발……. 총알이 날아오기 시작했다. 행렬의 분위기를 살폈다. 눈치 **빠른** 피난민이 비행기 폭격을 피하려고 철로 아래로 튀었다. 아이가 걸음을 멈췄다. 어리둥절 하늘을 바라보았다. 소의 어깨가 찢어졌다. 다리뼈가 부러지고 푹 쓰러졌다. 총알은 눈에 보이지 않았다. 기관총 소리가 울렸다.

현주 할머니는 라헬 할머니보다 약간 어렸다.

*

사람이 굴속에 점점 많이 모였다. 바깥이 조용했다. 군인이 굴속에서 밖으로 나오면 죽인다고 외쳤다. 사람이 굴 가운데로 모였다. 귀에 서로의 심장 소리가 들릴 정도로 몸을 가까이 붙였다. 현주는 찢어진 옷자락을 묶었다.

시간이 흘렀다.

지루함이 찾아왔다.

목소리가 나뒹굴었다.

"북한 비행기였을까요?"

"당연하지 않겠어요?"

"북한 비행기였으면 군인을 먼저 쏘지 않았을까? 군인한테는 안 쏘고 우리한테만 쐈잖아."

"군인은 비행기가 날아오기 전에 철길에서 피했잖아."

"군인과 같은 편? 어느 쪽? 우리 쪽?"

"설마 우리 쪽일라고. 우리 쪽이 우리를 왜?"

"군인은 전쟁을 아니까 비행기 날아올 걸 미리 알고 피했겠지. 우리랑 같겠어?"

"여기서 나가면 피난을 아예 섬으로 가야 하겠네. 섬에 폭도들 토벌하러 간 사람을 아는데 거기가 제일 안전하겠어."

어떤 남자가 말했다.

\*

 현주는 폐가 굳었다. 토벌대원 출신을 안다는 사람을 육지에서 만나게 될 줄은 상상도 하지 못했다. 자기가 토벌대원이었다고 자기 입으로 말하는 것처럼 들렸다. 대전경찰대가 섬에 들어가 토벌대를 지원한다고 했다. 대전 사람이 모두 나쁜 것이 아니었다. 모두 그런 것이 아니었다. 감방 자물쇠를 풀어 준 선량한 교도관도 대전 사람이었다. 현주는 온몸이 굳었다. '토벌'이라고 발음하는 남자의 말이 피부에 달라붙어서 떨어지지 않았다. 얼굴에, 가슴에, 허벅지에.

\*

 쌍굴 그늘로 바람이 들어왔다. 현주는 바람이 시원한 것이 싫었다. 시원해서 마음이 가벼워진다는 사실이 괴로웠다. 감옥에서는 섬에서 겪은 일을 말할 수 있었지만 굴속에서는 아무 말도 할 수 없었다. 토벌대로 징집된 사람을 안다는 남자가 자기를 공산주의자, 소련군 잔당, 섬의 폭도로 낙인찍고 죽일 것 같았다. 현주는 왜 교회에 나가지 않고 중산간 지역에 있는 절에 다니느냐고 다그치는 고문을 받았다. 중산간 출입이 금지되고 해안이 봉쇄된 뒤로는 절에 가지도 않았다. 그런데 잡아갔다. 원래 불교 신자였다고 말하자 육지의 형무소로 보냈다. 섬에는 형무소가 없었다.

 밤이 찾아왔다. 바깥을 살피던 남자가 몸을 일으켰다. 굴 바깥의 어둠을 향해 뛰었다. 다른 사람이 먼저 간 남자의 뒤를 따랐다.

현주는 남자가 자기에게서 멀어져 시원했다. 그리고 절망했다. 낮에 다리에 총을 맞았다. 뛸 수 없었다. 굴에서 빠져나갈 수 없었다.

총성이 울렸다. 굴에서 빠져나간 사람을 쫓는 것 같았다.

이 와중에 현주는 남자가 죽지 않기를 바랐다.

잠시 후 굴 벽에서 돌가루가 튀었다. 매서운 총소리가 터졌다.

설마…….

총알이 사람을 향해 날아왔다.

콘크리트 벽은 단단했다. 총알이 튕겨 나왔다. 총알보다 더 큰 박격포 탄두도 튕겨 나왔다. 튕겨 나오지 않은 탄두는 콘크리트 피부에 박혔다.

입구에서 가까운 순서로 총을 맞았다. 사람이 악을 쓰며 총알을 막았다. 죽은 가족의 시체를 쌓아 울을 쳤다.

조용했다.

아침에 미군 의무병이 굴 안으로 들어갔다. 부상자의 상처를 치료했다. 현주는 총 맞은 허벅지에 묶은 헝겊을 풀었다. 발가락 끝에 피를 보냈다. 의무병이 핀셋으로 다리에서 탄두를 뺐다. 찢긴 옷을 기우듯 피부를 바느질했다. 의무병이 돌아갔다. 끝난 줄 알았건만, 언덕에서 또 총알이 날아왔다. 낮이었다. 이젠 낮에도 총알이 날아왔다. 아이가 울었다. 아이의 보호자가 굴속이 조용하면 총을 쏘지 않을 것이라고 겁먹고 아이를 물속에……. 총알이 날아와 아이의 보호자 몸에 박혔다.

\*

다시 정적.

\*

현주가 유진의 할머니이다. 유진이 언젠가 들려준 자기 할머니 이야기였다. 유진의 가족과 나의 가족이 이렇게 딱 만난다. 우연에 가까울 수 있겠지만 달에서 보면 우연이 아니다. 지구에서 벌어지는 작은 필연이다.

\*

현주가 섬에서 겪은 것은 섬 사건이고 노근리굴에서 겪은 사건은 남한과 북한의 사건이다. 현주는 섬 사건에서도, 남한과 북한의 사건에서도 총성을 들었다.

\*

세 살 데보라가 노근리굴 앞으로 내려간다. 성인 라헬이 소리친다.
"멈춰! 멈춰! 돌아와!"
방금 전 라헬은 멀리 갔다. 군인이 쫓아올까 두려웠다. 잽싸게 볼일을 봤다. 진지로 돌아갔다. 데보라가 보이지 않았다. 무의식중에 굴을 내려다보았다. 데보라가 굴 앞으로 걸었다. 라헬이 외쳤다.

"제발 쏘지 마세요. 기다려 주세요!"

라헬은 데보라를 데리러 갔다. 굴속은 죽음이다. 무덤으로 들어가기 전에. 혼이 빠져나갈 지경이었다. 라헬은 뛰었다. 나뭇가지에 바지가 걸렸다. 넘어졌다. 일어났다.

"천천히 가도 돼요."

군인이 말했다. 라헬은 화가 났다. 친절한 말을 듣고 감격해서 웃음을 흘리는 내가 인간이냐.

데보라가 물에서 첨벙거렸다. 굴다리 아래 개천에 물이 흘렀다. 녹슨 물처럼, 피가 가득했다. 물에 섞인 피가 데보라의 발과 손에 닿았다. 언덕 진지는 군인의 표정이 보일 정도로 가까웠다. 라헬은 데보라를 목말 태웠다. 릴리가 햄버거를 좋아하듯 데보라는 목말 타기를 좋아했다. 라헬은 물이 뚝뚝 떨어지는 아이를 목에 걸고 언덕으로 올라갔다.

*

사진에 이야기가 담겼다. 라헬이 데보라를 잡으러 뛰어갔을 때 군인이 찍었다. 라헬이 놓고 간 카메라로 군인이 장난을 쳤다. 라헬은 나중에 필름을 인화하고 사진을 현상하면서 자기를 보고 깜짝 놀랐다. 자기 얼굴에서 미소가 보이는 것이 너무나 징글징글하고 어색했다.

\*

헬렌의 심장이 아파 병원에 가던 길이었다. 전쟁에 막혔다. 섬 사건이 끝나고 육지에 들어갔더니 한국전쟁이 벌어진 것이다.

\*

헬렌, 라헬, 데보라는 노근리굴에서 미군이 떠난 뒤 현주를 부축했다.

"집이 어디예요?"

"제주섬입니다."

"세상에, 어떻게 이런 우연이 있을까."

헬렌, 라헬은 현주와 함께 섬으로 발길을 돌렸다.

\*

가까스로 다시 섬 집에 도착했다.

목사와 신부가 같은 내용의 소식을 전했다.

상상이 되지 않았다.

현주 할머니가 노근리굴에 갇히고, 데보라 할머니가 굴 앞에 내려간 닐, 군인이 대전형무소 수감자를 사실한 빙식으로 섬 시민을 학살했다. 토벌대가 산에 올라간 사람을 추적해서 살해한 작전과 달랐다. 간첩을 처단한다는 예비검속 명목으로 시민을 경찰서 유치장과 공장 창고에 가뒀다. 간첩이 아닌 시민을 가둔 뒤 간첩으로 낙인찍었다. 연좌제로 작성한 가족

명단을 살생부로 만들었다. 현주의 가족 이름이 현주가 감옥에 있다는 이유로 명단에 올랐다. 군인이 시민을 겨울 산에서처럼 집단으로 사살했다. 파도 부서지는 암반 위에서 수백 명이 죽었다. 가족의 시신을 찾으러 간 시민이 죽임을 당했다. 바다에 던져졌다. 바다로 이어진 비행장에서 다른 수백 명이 죽임을 당했다. 이들은 활주로 아래에 파묻혔다.

\*

나는 영상을 본다.

\*

어? 이건 뭐지?

\*

영상물 녹화 정보를 분필로 적은 딱따기 슬레이트에 이런 글자가 찍혔다. 'DATE : 5/1/48  UNIT : FEC SIGNAL CORPS SCENE: CHEJU-DO MAYDAY ROLL: CAMERAMAN : SHAY.' 날짜부터 내 의견을 말하자면 1948년 5월 1일에 극동사령부 통신부대 소속 카메라맨 셰이가 영화 〈제주도 메이데이〉를 녹화한다고 풀이된다.

\*

몇 번째 롤인지 롤 번호 적는 칸이 비었다. 마지막 딱따기

판에 적힌 녹화 날짜는 5월 4일이고 롤 번호가 13이다. 부대 이름과 카메라맨의 이름이 같다. 같은 부대, 같은 카메라맨이 계속 영상을 찍었다는 뜻이다. 셰이가 전담하여 열세 개의 롤로 〈제주도 메이데이〉를 녹화했다.

4월 30일 녹화 영상도 메이데이 제목 밑에 들었다.

\*

4월 30일은 5월 1일도 아니면서 메이데이이다. 5월 1일을 하루 앞두었기에? 다른 의미로 보아야 할 것 같다.

\*

검색한다.

\*

메이데이는 프랑스어로 '나를 구해 줘'이다. 긴급 비상 상황을 뜻하는 항공기 조종사 암호이다. 날짜는 5월과 상관없다. 2001년 9월 11일에 벌어진 뉴욕 세계무역센터 테러 사건에도 메이데이가 등장한다. 유나이티드항공사 기장이 자신이 통제하는 비행기가 테러범에게 납치된 사실을 인지한 뒤 관제탑에 "메이데이, 메이데이" 신호를 보냈다. '구해 줘. 구해 줘.' 메시지가 음성으로 남았다. 항공기는 들판으로 떨어졌다. 9·11 테러 사건이 벌어진 2001년은 1월에 미국 대통령이 한국의 노근리 사건이 미군의 전쟁범죄로 일어났음을 인정한

해이다.

\*

〈제주도 메이데이〉 다큐멘터리 필름은 보관이 잘되었다. 미국 국가기록원이 원본을 공개했다. 누구나 볼 수 있도록 허락했다. 영화는 시각 자료만 녹화된 무성영화이다. 시간상으로 마을 주민이 단체로 한 명의 장례식을 치르기 위해 나무판자로 관을 짜는 장면이 처음이다. 관에 들어간 시신의 성별은 여자이다.

이 마을에 불이 난다. 날짜가 우연히 진짜 메이데이인 5월 1일과 겹친다. 카메라맨은 불타는 마을을 여러 각도에서 찍었다. 비행기에서도 찍었다.

누가 불을 질렀는지 화면에 나타나지 않는다.

정부군이 일사분란하게 마을을 옹호하기 위해 진입하는 장면이 이어서 나타난다.

\*

고 한다.

\*

미군은 산에서 내려온 무장 시민이 음식을 빼앗고 집에 불을 지른 후 산으로 도망갔다고 발표했다고 한다. 차후에 있을 무장 시민의 공격으로부터 마을을 보호하기 위해 군대를 투

입했다고 한다.

 마을에 불을 지른 무장 시민은 없었다고 한다.

 무장을 해제하기로 완전히 약속한 무장대 대표와 정부군 장교 사이의 협약은 메이데이 사건으로 인해 완전히, 완전히 무효가 되었다고 한다.

 군대가 무장 시민을 잡으러 산으로 올라가기 시작했다고 한다.

 '킬 뎀 올.'

 모두 죽여라가 시작되었다고 한다.

\*

 불이 나기 전에 미군은 상황을 메이데이라고 명명했다. 카메라맨 셰이는 분필로 명령자의 언어를 받아 적었을 것이다. 녹화를 시작하기 전에 제목을 적고 카메라를 들었을 것이다.

\*

 이 영상 어딘가에 헬렌 할머니와 라헬 할머니가 있을 것 같은데······.

\*

 국가기록원이 자료 접근을 허락했다. 기밀 유지 기간이 50년이고 이 기간이 지났기에 비밀을 해제한다는 원칙을 지켰다. 한국의 시민이 비행기를 탔다. 해안가에서 가족을 잃은 사람의 후손이었다. 국가기록원 문서 창고로 들어갔다. 기밀이 해제된 문서와 사진을 열람했다.

쓰레기 산처럼 많은 정보 속에서 시민이 찾았다.

헬렌 할머니, 라헬 할머니가 찍은 대전 사진이 시민의 눈에 발견되었다.

시민은 사진을 복사했다. 미군에게 지휘 책임이 있다는 영국 기자의 기사가 사실이 아닐 수 없음이 밝혀졌다. 우연히 신문기사를 보고 데보라 할머니가 마음 놓고 앨범을 펼쳤다. 기밀이 아니니까 이제. 가족 사진첩에 든 유채꽃 마크가 군사기밀문서 사진 속에 들어 있었다. 1950년으로부터 50년이 지나면 헬렌마크가 찍힌 사진이 국가기록원에서 발견될 거라는 라헬 할머니의 유언이 사실로 밝혀졌다. 데보라 할머니가 사진을 나의 엄마 카렌에게 보여 주었다.

엄마가 사진을 처음 보았을 때

내가 엄마 배 속에 있었다.

엄마 카렌이 임신 중이었다.

\*

둥, 둥, 둥.

\*

엄마 심장이 북처럼 울리는 소리.

\*

내가 배 속에서 들은 것 같다. 그 소리.

\*

너무하네, 진짜.

\*

엄마가 말했을 것 같다.

\*

뭐가 너무하다는 걸까.
사진을 눈에 띄는 곳에 함부로 둔 데보라 할머니가 너무했다.
임신한 딸에 대한 배려가 이렇게 없어도 되는지.
사진 속에서 기도하는 승려가 너무했다.
죽임을 이렇게 내버려두어도 되는지.
기도하는 수사가 너무했다.
한 목숨이라도 살려 내려 애걸해야 되는 건 아닌지.

\*

할 말이 없어서 너무했다.

\*

너무하네, 진짜. 엄마가 배 속의 나에게 말한 것 같다.

*

것 같다.

*

엄마가 임신 사실을 안 알렸으니까 데보라 할머니가 몰랐던 거잖아, 그땐.

*

고 한다.

*

한국인 피해자 유가족이 진상 조사를 요구할 때 미군은 군사작전이었다고 변명했다고 한다. 전쟁 중에 일어난 군사작전에는 책임이 따르지 않는다는 것이 법이었다고 한다. 한국 정부가 법의 효력을 인정했다고 한다. 미국 정부의 의견에 찬성했다고 한다. 한국은 휴전 중이고 여전히 전쟁 가능 지역이라고 한다.

*

고 한다.

*

진상 조사를 시민이 진전시켰다고 한다. 한국계 미국인 기독교 단체가 백악관을 압박했다고 한다. 언론이 정부를 함께 압박했다고 한다. 한국 시민이 국가기록원 문서에서 이상한 군대 기록을 발견했다고 한다. 피난민을 향해 총알을 퍼부을 것. 어떤 생명체도 선을 넘지 못하도록. 가축일지라도. '킬 뎀 올.' 미 공군 사격수는 꽁무니를 쫓아오는 적군 전투기를 맞추기 위해 다연발 기관총을 전투기 후면에서 난사하듯 땅 위의 한국인 피난민을 향해 총알을 쏟아부었다고 한다.

\*

데보라 할머니가 말했다.

"우크라이나 내륙 루브니평원에 슬픈 사연이 있어. 유대인의 재앙인데, 나치의 이동학살부대가 유대인에게 유대인 거주 구역이 아닌 곳에서 살게 해 준다고 모이라고 했어. 천 명 정도가 모였어. 그리고 모인 사람을 모두……. 우크라이나가 소련일 때야. 독일이 우크라이나를 점령한 다음 그랬어."

"재앙이다."

"사진에 든 것은 노근리 사건이라 부르는데 미국이 이례적으로 사과했어. 대통령이 미국을 대표해서 사과한다고 성명서를 발표했어. 전 세계를 향해. 깊은 유감을 느낀다고."

"유감 느끼면 끝나나?"

"유감 느낀 대통령이 퇴임해서 미국은 관심이 없어졌어. 정부가 바뀌었어."

데보라 할머니는 미국이라 말한다. 미국을 미국이라고 말한다.

*

고 한다.

*

할머니는 세 살 때의 자기 모습을 기억해 내고 싶어서 현장에 갔다고 한다. 사진을 앨범 속에서만 보았을 때는 몰랐지만 사진이 알려졌으니 장소를 찾기 어렵지 않았다고 한다.

*

할머니는 노근리굴에서 콘크리트를 벗기는 시민을 만났다고 한다. 시민은 합성사진에서 각각의 원본을 분리하듯, 유화 그림에서 덧칠한 물감을 제거하듯, 유리창에 붙인 코팅 용지를 떼어 내듯, 정과 망치로 콘크리트를 벗겼다고 한다.

*

어쩌면 호랑이가 배 속에 든 사람을 토해 내듯. 호랑이와 사람을 분리하듯.

\*

시민이 말했다.

"진상조사를 위해서 제가 좀 거드는 겁니다. 전쟁범죄 현장 조사반이 미국에서 나온다고 하니까 총탄 자국을 없애려고 콘크리트를 발라 버린 거예요. 바르면 뭐 합니까. 떼어 내면 떨어지는데. 이게 진실이라는 거예요."

"이게 떨어지네요?"

"더 바짝 마르기 전에 작업해야죠."

"누가 발랐나요?"

"공사 인부 잘못이 아니지요. 철도시설관리 부서에서 보수공사를 하라고 하청을 줬다는데 윗선이 누구인지 뻔한 거 아닙니까?"

"미국?"

"미군이거나 한국 정부겠죠. 한국에 이런 곳이 300군데가 넘습니다. 여기는 뇌관인 거예요. 알려지면 골치 아프다 이거죠."

"폭파하지 않는 게 이상하네요. 감추고 싶으면 없애 버릴 수 있을 텐데."

"급했으니까 이런 기죠. 그리고 이 쌍굴이 너무 단단해서 폭파할 명분을 못 만들 겁니다. 일제 때 만든 건데 진짜 단단하고 튼튼하거든요."

"이곳 사람이신가요?"

"저는 사건 한참 후에 태어났어요. 어렸을 때부터 총알 자국을 보고 자랐어요."

 데보라 할머니는 사진을 찍었다고 한다. 총알 자국이 벌집 표면처럼 무성했다고 한다. 콘크리트를 벗겨 내자 드러났다고 한다.

\*

 듬성듬성 할라에게 이런 이야기를 들려주었다. 현주의 손녀 유진이 우리 집에 돌봄 노동자로 온 것은 어느 정도 필연이었다. 섬에 살던 현주가 노근리굴에 들어가서 총알을 피하게 된 것처럼. 우연이 억만 겹 겹쳐서 우리가 만났다.

\*

 함께 지낸 일주일 이후 할라는 육군에 입대 원서를 냈다.

\*

 감출 수 없다. 감추어지지 않는다. 한국의 아주 작은 굴이 전 세계에 알려지듯이.

\*

 나는 어떻게 해야 하나. 내가 릴리를 풀어 주었다는 사실은 감추어지지 않을 것이다. 노근리굴이 그랬듯이. 내가 당한 사실 역시.

\*

동굴 속 같다.

움집이나 무덤 속이 아닌 지하의 네트워크…… 자동차와 기차가 드나드는 터널이 아닌 마그마의 혈관 같은…… 거대한…… 동굴 속 길이 거미줄처럼 여러 갈래로 갈라진다. 세상 전체가 동굴 속이다.

\*

인내해야 한다.

\*

엄마. 난 누구야? 없는 걸 없애려고 혼자 물을 때가 있다. 없는 아빠를 없애려고.

\*

책상에 앉아 글을 쓰고 지우고 쓰고 지운다.

\*

글을 왜 씨?
응, 지우려고.

\*

것 같다.

\*

 동굴과 관련된 글이면 좋을 것 같다. 동굴 속 어둠에 대하여, 동굴에 파묻힌 동물의 뼈에 대하여, 석기시대의 벽화에 대하여, 어떤 사람이 남긴 사랑의 흔적에 대하여, 무덤에 대하여. 엄마의 사랑에 대하여. 지우기 위해 쓰면 좋을 것 같다.

\*

 사랑이었을까. 애증이 넘쳐서 존재 자체를 지운 것일까.

\*

 마법사의 등에 올라 구름 위를 날아가는 상상에 들어간다. 빗자루를 탄 마녀가 이럴 것이다. 나는 앞을 보던 눈을 뒤로 돌린다. 몸을 회전시킨다. 앞을 보는 자세에서 뒤를 보는 자세로 바꾼다. 그러자 앞으로 가던 몸이 전속력으로 뒤로 달린다. 앞과 뒤가 생각을 바꾸자 달라진다.

\*

 펜을 든다. 펜을 쥐고 글자를 적는다. ל, י, ל, י, ת. 소리 내어 읽는다. 릴, 리, 트. 어떤 신이 진흙으로 빚어 만든 최초의 여자의 이름. 글자를 적는 게 아니라 옮겨 그리는 수준이다. 이게 언어라고? 히브리어 알파벳이 낙타가 끌고 가는 행진 대열 같다. 사람의 이름이어서 설렌다. 걸어가다 문득 멈춘, 땅에 다리를 붙이고 서서 앞을 바라보는 자칼, 재규어, 고양이,

표범, 퓨마를 머릿속에서 지나 보낸다. 글자 모양 위에 덧씌운다. 인터폰 화면으로 본 호랑이의 뒷걸음질을 생각한다. 뒤로 되감기는 필름을 생각한다.

*

뒤로 돌아 방향을 바꾸어 뛰는 것 말고 앞을 보며 뒤로 달리는 동물, 뭐가 그럴까.

새가 상상 속에서 뒤로 난다. 하늘에서 뒤로 날아가는 새? 비행기가 앞으로만 날 듯 현실 세계의 조류는 한 방향으로 날아간다. 시간처럼. 바다의 해류처럼.

개? 호랑이? 말? 곰? 지네? 물곰?

비행기는 못한다.

말도 뒤로 못 달린다.

기계 생명체가 뒤로 뛴다. 사람이 만든 기계가 맹렬히 후진한다.

머릿속에서 시계가 맹렬히 뒤로 돈다.

*

생각을 바꾸자는 문장을 섞는다.

*

신이 자기의 형상으로, 곧 신의 형상으로 사람을 남자와 여자로 창조했다. 창세기 1장 27절. 하나님이 자기 형상 곧 하나님의 형상대로 사람을 창조하시되 남자와 여자를 창조하시고. 하와가 태어나기 이전의 일이다. 신은 아담과 릴리트를 창조했다.

*

진흙이 생명의 원료인 한 사람은 아담, 한 사람은 릴리트. 유대교 율법 해설서 《하가다》에 나온다. 릴리트가 아담을 피해 에덴 바깥으로 도망갔다고 한다. 내 생각은 이렇다. 도망이 아니었다고 생각한다. 릴리트는 자신의 세상을 찾아 에덴에서 나왔다. 만들어진 낙원을 박차고 진짜 세계로 나왔다. 릴리트는 사막의 도시를 포자처럼 아직도 혼자 옮겨 다닌다. 신을 인정하면서도 무종교를 선택한 유대인처럼.

어떤 현대 인간의 아버지, 할아버지, 할아버지의 아버지, 할아버지의 아버지의 아버지…… 아브라함…… 노아…… 아담! 시간을 계산한다. 최초까지 6천 년. 최초의 인간과 태초의 하늘이 만들어진 지 6천 년 됐다. 길다면 길고 짧다면 참 짧다. 최초의 남자 아담은 930세를 살고 죽었다고 계보 책에 쓰여 있지만 율법 기록자는 하와에 대해 말하지 않는다. 죽음이 없다. 아담의 장례식에 누가 참여했는지 기록하지 않는다. 릴리트와 하와, 두 여자는 참석하지 않았다. 두 여자는 죽음이 없다. 언제 죽었는지 모르고 무덤도 없다. 기록도 없고 무덤도 없으니까 하와는 아직 죽지 않았다. 릴리트도.

\*

나는 할라가 엄마와 함께 샤워하는 장면을 떠올린다. 함께 욕조에 들어가 서로 근육을 마사지하고 스트레스를 날린다 했다. 나는 할라가 집에 왔을 때 함께 샤워하면서 이 이야기를 들었다. 그리고 엄마와 딸처럼 함께 샤워했다. 모녀가 된 것처럼 내가 할라의 몸을 마사지했고 할라가 나의 몸을 마사지했다. 어쩌면 이것이 천국의 풍경이었다.

\*

나는 이 천국을 할라와 처음 가졌다.

\*

나는 할라에게 고백했다. 엄마와 함께 샤워한 적이 없어. 사는 동안 한 번도 옷을 입지 않은 엄마의 모습을 본 적이 없어. 할라가 스치듯, "네 엄마 남자야?" 하고 농담했다. "남자인가?" 하고 나도 농담으로 응했다.

\*

농담.

\*

어떤 날은 정말, 엄마가 남자일지 모른다는 생각이 들었다. 아무런 이유도, 근거도 없었다. 다만 할라가 한 농담이 한

번도 생각하지 못한 상상 너머여서 신선했기에. 남자였다 한들 무슨 상관. 엄마는 언제나 문을 걸었다. 사람의 공격을 받고 할라의 집으로 피신했다가 집에 흐르는 공기를 두려워하면서 화장실 문을 꼭꼭 잠근 뒤에도, 문이 밖에서 열릴까 봐 손잡이를 잡은 채 엄마와 통화한 내가 철저히 준비한 것처럼. 엄마는 집에서도 혼자 들어가 문을 꼭꼭 잠그고 샤워했다.

*

이제 안다. 엄마가 맨몸을 보여 주지 않은 것은 남자 사이에 섞여 지낸 것이 생활이고 삶의 지퍼가 벌어지지 않도록 언제나 꽉 잠그려고 노력한 결과였음을. 언제 어떻게 해서 지금의 앎에 도착했는지 아리송하다. 병원에 누운 엄마는 스스로 옷을 입을 수 없고 스스로 벗을 수 없다. 나는 마음껏 엄마의 성별을 본다.

*

언제였더라.
엄마 훈련에 따라가서 베이스캠프에서 야영한 날의 일이다.

*

산길을 걸을 때 얼음을 채운 스프라이트가 없다는 것만 빼면 그럭저럭 견딜 만했다. 저녁이 되자 몸이 힘들었다. 텐트를 치고 로프를 당기는 남자의 손이 무서웠다. 공기는 무겁고 습했다. 몸에 아스팔트 콜타르를 바른 것 같았다.

꿉꿉해서 견딜 수 없었다.

엄마는 샤워를 하지 않고 잘 견뎠다. 내 몸은 엄마의 몸이 어쨌거나 상관없이 혼자 괴로웠다.

엄마가 말했다.

"야생에서는 마른 이끼를 지혈 도구로 사용했어. 마른 이끼는 자기 몸무게의 스무 배까지 액체를 빨아들이거든. 급하면 이끼를 모아야 해. 건강에도 도움이 돼. 녹색 이끼가 많으면 곰과 마주칠 경우를 대비해야 해. 숲이 자연 상태로 오래되었다는 뜻이야. 곰만 사는 것이 아니겠지. 무서워할 것은 곰이라는 뜻이야. 몸에서 물질이 나올 때는 후각이 예민한 동물을 경계해야 해. 총을 쏠 때는 여러 방을 쏴야 해. 한 방으로 안 끝나. 한 방을 맞추기 위해 여러 방 쏘는 게 아니라 여러 방을 맞추려고 연사하는 거야. 정글 숲의 울창한 나무도 하늘에서 내려다보면 이끼처럼 푸르고 키가 작아."

*

"공격해 오면 왜 이러느냐고 묻지 마. 그냥 쏴 버려."

"왜?"

"그래야 세상이 달라질 테니까."

"죽으면?"

"어차피 한 방에 안 죽어."

\*

엄마는 그렇게 해. 나는 못 그러겠어.
그런 날이 오면 그렇게 하게 될 거야.

\*

나는 고개를 끄덕였다.

\*

할라가 그리워서 불편하다.

## 7장

집을 나선다.

호랑이가 사라진 나무 아래에서 걸음을 멈춘다. 나무에 열매가 맺혔는지 고개 들고 바라본다. 꽃이 하얗고 작게 피었고 열매는 아직 맺히지 않았다. 꽃이 진 자리에 열매가 열리고 열매 속에서 씨앗이 영글면 가을이 온다.

*

어둠이 가득하다.

밤인데 나왔구나.

밤이지만 혼자 나왔구나.

호랑이가 햄버거를 먹는 장면이 떠오른다.

아차.

릴리에게 줄 음식을 떠올린다. 잊고 왔다. 미안하다. 통조림을 잊다니. 릴리를 맞닥뜨린 이후에야 통조림이 없음을 깨달았다면 어쩔 뻔했나.

   몸을 돌린다. 방향을 튼다.

   집으로 되돌아간다.

*

선반에서 통조림을 꺼낸다.

가방에 넣는다.

피 묻은 수건이 한 달 동안 머문 자리.

릴리를 만나지 못한 한 달.

가방 속에서 한 달이 지났다.

기억을 지우고 싶다.

수건이 담긴 배변 봉투 끝을 잡는다. 가방에서 꺼낸다. 책상 위에 올린다.

*

불을 지르고 싶다.

*

그날 내가 어떻게 돌아왔을까.

혼자 내가 밤길을 어떻게 걸었을까.

호랑이가 물어다 준 것이라 믿고 싶어서 보고 또 보았다.

현관 시시티브이 기록을 보고 또 보았다.

중간에 기억이 없듯이 나를 물고 온 호랑이는 없었다.

\*

바닥에 배를 대고 기어와서 현관문을 여는 나의 신체가 영상에 담겼다.

"죽여 버릴 거야."

소리를 질렀다. 소리가 녹음되었다.

\*

엄마가 거부한 사람은 누구일까.

아마도 없는 아빠.

사랑이었을까, 폭력이었을까, 유희였을까. 둘의 관계는.

알아서 무엇 할까.

\*

호랑이 털을 팔에 감는다.

\*

걷는다.

가로등이 강변으로 이어진다.

강 건너 고층 건물 옥상에 있는 항공 안내 표시등이 붉은 새처럼 반짝거린다. 충돌 방지용 경계 등대이다. 테러리스트는 저 빛을 과녁으로 삼고 비행한다.

가스라이팅을 이겨 낸 하와를 생각한다. 신에게 맞서는 사람은 남자가 아니라 여자이다. 근육질의 여자. 하와의 초상을 그리려면 선악과를 먹고 신과 동급이 되려고 했던 하와의 자신감을 상상해야 한다.

신이 말한다.

"이 열매는 먹지 마. 먹으면 죽어."

하와는 용기를 낸다. 죽음을 무릅쓰고 열매를 먹는다. 열매는 달콤하다. 죽지 않는다. 더 이상 두려워하지 않는다. 하와는 공포와 헤어지려고 선악과를 먹는다. 하와는 굴레를 벗어난다. 공포를 깨뜨린다. 영생을 버린다.

이 세상 영원히 살아서 무엇 하나.

하와는 죽어 사라지는 몸을 얻는다.

죽음을 얻는다.

하와가 선악과를 먹지 않았다면 인류는 아담과 하와 세대에서 시간이 멈추었을 것이다. 하와가 없었다면 우리가 없다. 하와가 죄 지어서 우리가 있다. 죄 지어서 감사하다. 용기 내어 감사하다. 죽음이 있기에 인간이다. 내가 신이 아님을 증명할 수 있는 빠른 길은 죽음이다.

\*

할라 옆에 있을 때는 하와 같고 혼자 있을 때는 릴리트인 것 같다.

\*

밤길에 용기를 내자 생각이 많아진다. 엄마 생각. 호랑이 생각. 할라 생각. 하와 생각. 릴리트 생각. 데보라 할머니 생각. 돌아가신 라헬, 헬렌, 현주……. 릴리 생각. 내가 왜 현주까지…….

*

강변을 따라 걷는다.

포장 전문 햄버거 가게가 나타난다. 햄버거를 먹는 동물의 모습이 눈앞에 떠오른다. 다섯 개를 주문한다. 릴리는 두 개를 기본으로 먹는다. 양이 모자라지 않게 주문한다. 호랑이와 나눠 먹어야 한다. 호랑이는 비를 피해 동굴에 들어갔을 것이다.

햄버거를 가방에 넣고 걷는다.

비옷에서 사각사각 소리가 난다. 몸의 열기가 후텁지근하다. 안경에 김이 서린다.

*

숲.

이제부터 릴리의 귀에 내 발자국 소리가 들어갈 것이다. 동굴이 가까워진다.

숨을 고른다. 발을 멈추고 뒤를 바라본다.

왜 하필 밤일까.

산 아래의 도시 섬이 빌딩 빛으로 붉고 노랗고 하얗다.

빛은 밝고 가볍고 여러 색깔이다.

가자.

숲에 들어가자.

빗물에 길이 미끄럽다. 이끼가 밟히는 듯하다.

뱀에게 다리가 없듯이 이끼에게는 심장이 없다는 생각을 하는 찰나,

누가 따라온다.

총을 꺼낸다.

혹시 호랑이?

따라오는 것 같더니 앞에서 휙 스쳐간다.

눈동자가 빵처럼 크다.

사라진다.

*

총을 장전한다.

*

사람이 아니었어.

*

방금 눈앞을 스친 눈동자 색깔에 대한 궁금증이 빗방울처럼 탁, 탁 이마에 떨어진다. 스친 것이 호랑이라면 좋겠다. 미끄러지고 쓰러질 뻔하면서 산길을 오른다. 손으로 땅을 부여잡는다.

동굴로 들어가는 바위틈이 나타난다.

허리를 숙인다. 입구에 머리를 넣는다. 빽빽이 바위 모서리에 걸린다.

신발 안에서 발이 미끄러진다. 신발, 양말, 발이 각각 따로 논다. 소리가 뽀드득거린다. 랜턴을 신발에 비춘다. 짧게 잘린 풀잎이 운동화 상표 위에서 빛을 반사한다. 손가락으로 풀잎을 뗀다. 손끝에 풀이 붙어서 잘 안 떨어진다. 손을 비벼서 턴다. 마음이 가벼워진다.

침착하자. 어둠을 잘 보자. 뱀과 거미가 몸을 섞어 낳은 개체가 이끼처럼 벽과 바닥에 촘촘히 붙었다고 생각하자. 생명체를 밟거나 건드리면 동굴이 요동친다. 선형동물의 내장이다. 괴상한 생명이고 모호한 우주이다.

눈에 보이는 것은 정체불명의 어둠. 걸음을 멈추고 앉는다. 무릎을 접는다. 팔을 몸에 붙이고 눈에 힘을 준다. 샘 쪽을 살핀다.

호흡을 낮춘다. 숨소리를 죽인다.

동굴에서 개가 으르렁거리는 소리, 개가 이빨로 쥐를 뜯어 씹는 소리가 들리는 것 같다.

*

것 같다.

*

바깥에서 숲이 부는 휘파람 소리가 들어오는 것 같다.

\*

뒷걸음으로 후퇴한다. 불안하다.

동굴 바깥으로 빠르게 빠져나온다.

동굴 입구를 등지고 허리를 편다.

\*

하늘로 시선을 옮긴다. 높은 곳에서 비가 떨어진다. 희부윰한 하늘이 땅으로 내려오면서 어두워진다. 눈을 내리자 도심이 시야에 들어온다. 머핀 봉분 같은 구릉 너머에서 불빛이 피어난다. 뾰족 전구를 솜으로 감쌌을 때 빛이 은은해지는 것처럼 도심의 불빛은 비구름에 싸여 온화하고 노랗다.

\*

빗소리와 나뭇잎 흔들리는 소리가 구분되어 들린다. 소리의 입자가 눈에 보이는 듯하다. 손에 잡힐 것 같다. 동굴에서 나온, 개가 으르렁거리는 소리, 어금니로 쥐의 뼈를 씹는 소리, 바람에 섞인 사람이 부는지 숲이 만드는 것인지 존재가 뒤섞여서 머릿속에 저장되지 않는 휘파람 소리가 물과 모래처럼 나뉜다. 어떤 것은 마음을 걷어 내면 사라지는 허상이다. 다시 도심을 바라본다. 몸이 떨린다. 등이 차갑다. 동굴 깊은 곳으로 들어가 불을 피우고 싶다. 건조한 공기가 필요하다.

*

들어가자. 릴리를 안고 온기를 나누자. 릴리는 따뜻할 것이다.

*

릴리의 털이 따뜻할 거라 기대하는 순간 오른손이 왼쪽 손목에 감은 호랑이의 털로 옮겨 간다. 털이 잘 있는지 확인한다. 털이 손에 잡힌다. 심장박동이 빨라진다. 점점 더 빠르고 거칠게 뛴다. 큰 소리가 울린다. 쿵쾅쿵쾅. 심장 뛰는 소리를 감출 수 없다. 릴리가 들을 것 같다.

두려운 마음이 고개를 든다.

*

나는 기도한다.

호랑아, 나를 먹지 않을 거지?

릴리야, 위험한 생명체를 알려 줘.

엄마, 도와줘.

할머니, 도와줘.

엄마라니. 사고 전에는 엄마에게 기도하시 않았나.

이제 움직이지 못하게 된 엄마를 언제 어디에서나 부른다. 엄마, 내가 괜찮은지 봐 줄래? 도와줄래? 아무 때나 부른다.

엄마를 생각하자 마그마 동굴이 떠오른다. 엄마는 질식했다. 동굴 속에서.

할머니, 도와줘, 라니. 이건 많이 새롭다.

\*

   동굴 길이 아래로 굽었다가 옆으로 휜다. 내리막이 미끄럽다. 호랑이의 변신이 떠오른다. 호랑이는 사람처럼 작아져야 입구를 통과한다. 인간으로 변신하지 않으면 못 들어간다. 인간으로 변신한 뒤 흙을 밟으며 들어갔을 것이다.

\*

   신일 수 있음. 잊지 말자.

\*

   그럴 수 있다.

\*

   가스 형태로 체질을 바꾸어 바위틈으로 스몄다가 휜 길 어디쯤에서 박쥐의 모습으로 몸을 바꿀 수 있다. 무엇이든 할 수 있다. 죽은 자를 다시 살릴 수 있다. 입구가 좁다고 들어가지 못할 호랑이가 아니다. 나는 랜턴 빛이 더 강해지도록 조정한다. 빛이 멀리까지 들어간다. 안쪽 바위벽에서 빛의 조각이 튄다. 호랑이는 무엇을 원할까.
   미안해. 말할 것이다.
   만약, 만난다면.

흰 길 안쪽에서 호랑이를 만난다면 먼저 건넬 말은 미안해.

노란색을 파란색으로 바꿔 말하라고 강요해서 미안해. 스위치를 내놓으라고 강요해서 미안해. 없다는 말을 믿지 않아서 미안해.

\*

날카로운 냄새가 머릿속으로 들어온다. 코가 따갑다. 나는 기분 나쁘고 불길한 근원 물질을 찾아 고개를 두리번거린다. 눈에 먼지가 들어온다. 흙이 말라 먼지가 일 정도로 동굴 속은 건조하다. 흥분이 인다.

똥 냄새. 오줌 냄새. 원래는 냄새가 아닌 공기 속의 입자였다. 입자가 코와 마주치자 고약한 냄새가 된다.

먼지를 손으로 치면서 나아간다.

\*

눈앞에 릴리가 나타난다.

\*

으르렁거린다.

\*

쇠줄을 바닥에 끌면서 으르렁…… 눈빛에 날을 세운다. 숲에서 스친 존재가 릴리가 아니었음이 밝혀진다. 릴리는 묶였다. 랜턴 빛이 릴리의 눈에 들어간다. 릴리가 눈살을 찌푸린다. 나는 손으로 이마의 랜턴을 붙잡는다. 조도를 한 단계 낮추고 빛이 아래로 뻗도록 각도를 조정한다. 빛이 비스듬해지면서 분위기가 달라진다. 릴리와 눈을 맞추기 편하다. 나의 눈은 내가 볼 수 없고 릴리의 눈은 갈색이다. 릴리의 동공은 반지를 낀 동그라미 같다. 나의 눈은 오목하다.

릴리의 얼굴을 자세히 바라본다. 콧방울이 건강하다. 윤이 난다. 비실거리지 않음에 안도한다. 어떤 밤 릴리가 독방의 죄수처럼 빼쩍 말라 바닥에 쓰러져 몸을 일으키는 모습을 상상하기 괴로웠다. 동굴로 달려와 릴리를 풀어 주고 싶었다. 시간이 죄책감으로 쌓였다. 가야 할 텐데, 가야 하는데……. 하루하루 미뤘다.

눈앞의 릴리는 투실투실 몸이 튼실하다. 이마는 하얗고 코는 검다. 릴리가 이빨과 잇몸을 드러낸다. 적의가 쥐의 뼈를 갉아 버린 것처럼 날카롭다. 묶인 채 어둠 속에서 먹고 싸고 쉬고 분노했다. 오물과 함께 살았다. 목줄이 허락하는 범위 안에서 똥을 싸고 냄새를 견뎠다.

\*

둔탁한 쇠공이 동굴 깊은 곳에서 날아와 심장에 박히는 것 같다. 것 같다. 미안해. 나는 말한다. 호랑이를 위해 준비한 언어를 릴리에게 먼저 전달한다. 마음속으로 말한다. 미안해. 미안해. 하나의 입으로 같은 말을 여러 번 해야 한다. 입은 하나이지만 릴리에게 미안하다고 사과한다 해서 호랑이에게 사과하는 언어가 닳아 없어지는 것이 아니다. 릴리야, 미안해. 이 어두운 동굴 속에서 한 달을 지냈으니 얼마나 원망이 많았니. 말해야 한다. 혀가 움직이지 않는다. 코와 입이 없는 달처럼 나는 묵묵히 눈빛에 언어를 실어 보낸다.

릴리가 처음으로 반응한다. 으르렁. 가슴을 바닥에 붙이고 엎드린다. 다리를 어깨 바깥 양옆으로 벌린다. 발톱으로 땅을 움켜쥔다. 전형적인 공격 준비 자세이다. 나는 떨면서 말한다.

"릴리, 나야. 안심해. 괜찮아."

릴리는 경계를 강화한다.

내 안에서 현실감이 강해진다.

긴장 섞인 음성으로 다시 말한다.

"릴리, 나인 줄 알겠니? 지금 어떠니?"

릴리가 눈살을 찌푸린다. 잇몸과 송곳니를 드러낸다.

"그르으응......"

"미안해. 너무 오래 걸렸어."

릴리가 옆으로 움직인다. 얼굴을 안쪽으로 돌리고 외면한다. 엉덩이를 보인다. 화를 풀기 위해 노력한다.

*

나는 더 어둡고 깊은 곳으로 눈을 돌린다. 호랑이를 찾는다. 눈동자가 빛날 것 같다.

것 같다.

없다.

없는 것 같다.

없을 것 같다.

\*

쿵쾅쿵쾅. 심장 소리가 커진다. 감정을 인식할수록 나는 불안하다. 릴리는 귀가 밝고 어둠 속에서 심장 주파수로 인간의 심리를 분석한다. 청각으로 선한 사람과 악한 사람을 구별한다. 누구도 릴리를 속일 수 없다. 인간은 심장 소리를 꾸며 만드는 능력이 없다. 릴리가 살았음을 보고 느낀 안도감보다 호랑이를 보고 싶은 마음과 호랑이가 없어서 생긴 허전한 감정이 더 크게 주파수를 만든다. 릴리에게 왔지만 호랑이가 우선이다. 나 이외의 다른 신을 섬기지 말라. 1등이 유일하다는 신의 마음이 영향을 미친 것일까. 이런 것을 배신이라 할까. 배신이 아닌데 죄를 짓는 마음이다.

릴리가 원을 그린다. 뱅글뱅글 돈다. 나를 경계한다.

\*

"릴리. 나야. 나라고 몇 번을 말하니! 늦게 와서 미안해."

릴리가 으르렁거린다.

"거엉, 거어엉."

"미안하다고 말했잖아! 짜증 나, 씨."

\*

 릴리의 입술이 흐느적거린다. 침이 흐른다. 끈적이는 액체가 입술에서 바닥으로 떨어진다. 쇠줄이 팽팽하다. 팽팽한 쇠줄과 끈적이는 액상 물질이 나의 정신을 뒤흔든다. 뒷목이 뻣뻣하게 굳는다.

 눈을 질끈 감았다 뜬다.

\*

 눈앞의 장면이 다른 장면으로 바뀌지 않기를. 기도한다. 릴리야, 이대로 있어 줘. 마음속으로 말한다. 도와줘. 넌 곰이 아니라고 말해 줘. 침 흘리는 남자가 아니라고 말해 줘. 잔디밭의 곰이 아니라고 말해 줘. 내 얼굴에 액체를 떨어뜨린 괴물이 아니라고 말해 줘. 나는 눈에 힘을 준다. 눈앞의 장면이 다른 장면으로 바뀌지 못하도록 안간힘을 다해 꽉, 눈알이 튀어나가도록 힘을 주어 정신을 차린다. 하지만 릴리가 곰으로, 검은색으로 변한다. 안 돼! 나는 상대를 자세히 바라본다. 릴리이다. 곰이 아니다. 침 흘리는 곰 같은 공격을 준비한 개이다. 한 달 전 사람의 입을 물어뜯었다.

 나는 가방에서 총을 꺼낸다. 손잡이를 손에 쥔다.

 손에 총이 닿은 뒤부터 심장이 주체할 수 없을 정도로 불규칙하게 뛴다. 심장에서 요란한 거품이 일어난다. 머릿속이 분수대처럼 바글바글 끓는다.

\*

 노아의 홍수 직전, 남자는 잠든 식물을 부러뜨리듯 마음대로 여자를 폭행했다. 뼈 없는 치즈를 밟듯 발뒤꿈치로 여자의 등을 짓이겼다. 뿌리 약한 버섯을 뽑듯 여자의 머리카락을 잡아끌었다. 우유가 하얗게 굳어가는 대야를 흙 묻은 신발을 신고 밟듯, 닿으면 부서지는 버섯 군락을 똥 묻은 주먹으로 짓이기듯 집단적으로 날뛰었다. 여자는 맞섰다.

 신은 바라보았다.

 여자의 분노에 공감했다. 신은 여자이면서 남자니까.

 경악했다.

 후회했다.

 남자 인간을 빚은 것을 후회했다. 이것만 후회해도 되는 것을 남자 인간의 갈비뼈로 여자 인간을 만든 것까지 후회했다. 갈비뼈를 뽑은 것은 폭력이었다. 폭력을 반성했을까? 신은 세상을 암흑 이전으로 돌려놓을까 생각하다가 기회를 한 번 더 노렸다. 폭력을 한 번 더 썼다. 선량한 견본 가족을 빼고 모든 인간을 싹 쓸기로 했다. 모두 죽어라. 물로 재앙을 내렸다.

 견본 가족이 남고 모두 죽었다. 견본 가족의 가장은 노아였다. '노아'라는 이름은 위로라는 뜻이다. 이것이 전쟁의 기본이 되었다. 나쁜 인간이 신을 흉내 냈다. 전쟁에서 "모두 죽여라(Kill them all)" 하고 외쳤다. 나치는 유대인을 모두 죽이려고 했지만 성공하지 못했다. 인간은 신일 수 없었다. 난징과 마닐라에서 일본군이 그랬다. 대전에서 제주에서 노근리에서 미군이 그랬다.

\*

나는 총을 쓰다듬는다. 총을 잡고 죽여야 할 인간을 떠올린다. 얼굴 없는 인간이 버스 정류장에서 할라의 머리카락을 잡고 휘두른다. 나는 바라본다. 할라의 목뼈 속에서 나무가 우지끈 부러지는 소리가 상상으로 만들어지는 것을 듣는다. 사람이 하교하는 길목에서 나를 노린다. 할라 없이 혼자 걷는 나를.

\*

견딜 수 없었다.
엄마에게 호소했다.
"엄마, 우리, 죽여 버리자."
엄마는 단호했다.
"그래. 죽여 버리자."
총 가게에 갔다.
총을 힘께 골랐다.
엄마가 말했다.
"요리라고 생각하자. 부엌에서 늘 살인이 일어나는 것이 아니잖아. 무서워하지 마. 다음에 죽여 버리자. 한 방으로 안 끝나니까 여러 방을 쏴야 해. 권총으로는 한 방이 아니라 여러 방을 쏘아야 한다는 걸 기억하자. 한 방으로는 안 끝나. 이번에는 경찰에 넘겼어. 다음에는 우리가 죽여 버리자."

엄마의 발음이 신선했다.

나는 부엌과 살인을 연결하는 목소리를 듣자 기운이 났다. 부엌은 음식을 만드는 곳이다. 칼과 불이 함께 한다. 칼과 불은 생명을 돕기 위해 태어났다. 요리에는 불과 칼 두 가지가 모두 필요하다. 가족이 들어갈 때와 강도가 들어갈 때는 완전히 다르다. 강도가 사람을 가둔 후 부엌으로 향할 때는 요리하기 위해서가 아니다. 살인 장비를 찾기 위해서이다. 총도 그렇다. 부엌에 들어간 강도를 맞이하려면 총을 꺼내야 한다. 손가락을 방아쇠 위에 얹어야 한다.

한 방으로 부족하다. 가능하면 두 방 이상을 쏘자.

*

죽여 버리자. 세상을 바꾸자.

*

사람을 향해 격발할 때는 이마를 쏘고 심장을 쏘고 명치를 쏘아야 완성된다. 총알은 원하는 곳에 가 박히는 경우가 드물다. 명사수가 급소를 명중시킨다. 나는 명사수가 아니다. 방탄조끼는 심장과 명치를 가린다. 방탄헬멧은 머리를 가린다. 머리와 심장, 명치를 가리면 급사를 피한다. 심장이나 머리가 아닌 곳을 맞으면 인간은 천천히 죽어간다.

\*

　전쟁에 나간다고 모두 죽는 것이 아니다. 총 맞음과 죽임 당함이 반드시 일치하는 것이 아니다. 총으로 사람을 죽이고 싶다면 죽이겠다는 의지를 다져야 한다. 다시 명심하자. 즉사시키려면 두 방 이상을 쏘아야 한다.

\*

　엄마는 침대에서 언제 일어날까.

\*

　엄마, 그런데, 왜 그때 나한테 화냈어?

\*

　인간은 사냥총 한 방에 날개가 꺾여 땅으로 떨어지는 작은 새가 아니다. 머리를 써야 한다. 한 방으로 죽이려면 무기를 바꿔야 한다. 박격포 같은 중화기 이상이 적절하다. 소형 화기로는 불가능하다. 전쟁터에서, 학살 현장에서, 군인은 시민을 향해 박격포를 조준했고 폭탄을 던졌다. 전투기에서 기관총을 길겼다. 학살 현장에 셀 수 없이 많이 남은 탄환 자국은 한 명도 살려 두지 않겠다는 살인자의 결심을 반영한다. 살인 법칙은 '모두 죽여라'에서 나왔다. 보복이고 응징이며 처벌이다. 노아의 홍수 때에 신은 노아의 가족을 남기고 모두 죽였다. 물고기도 견본을 빼고 모두 죽었다.

\*

   신은 노아 이후의 인류에게 이상한 선량함을 심었다. 학살 현장에서 5천 명을 구한 사람이 한 명을 더 살리지 못한 죄책감에 시달리다 스스로 목숨을 끊었다. 자신의 눈앞에서 사람이 죽어 간 것을 견디지 못했다. 타인이 죽고 자기가 살았음에 좌절했다. 살리지 못한 것을 살인으로 받아들였다. 이런 이상한 자살 이야기에 감동받는 것이 인간이다. 전쟁터 도처에서는 인간 살인 기계가 판을 친다. 할라의 머리카락을 잡아 흔든 괴한도 인간이고 릴리를 햄버거로 유인한 남자인지 여자인지 관심 갖지 않기로 한 존재 또한 인간이다. 호랑이 배 속에서 산다.

\*

   생각난다.

\*

   떠올리지 말기로 나 자신과 약속한 다짐이 흐려지고 무너지는 것에 화가 난다. 릴리를 대면하자 방금 하늘을 향해 총을 쏘고 강을 건너 동굴로 들어간 순간인 것처럼 몸이 떨린다. 신약의 예수가 창세기에 태어난 최초의 남자 인간, 아담인 것처럼 나의 두뇌 속 시간이 종이 책의 페이지처럼 착 접힌다. 동굴 속 공기가 죄를 추궁하는 수사관으로 바뀐다. 빌어먹을! 죄가 없는데 어둠이 고해성사를 명령한다.

이곳은 동굴 속이다.

죄도 없고 수사관도 없다.

고문실이 아니다.

릴리와 눈 마주침을 피하려고 총구를 들여다본다.

릴리가 흥분한다.

\*

기껏해야 한 마리의 개에 불과하다. 묶였으니 돌아서면 그만이다.

\*

목줄을 스스로 끊을 수 없는 개가 어둠 속에서 인간의 심장 주파수를 읽고 날뛴다.

"릴리. 나라는 거 알잖아."

목소리가 떨린다.

불안하다.

\*

심상은 신심이어서 주파수를 조작할 수 있다.

랜턴을 이마에서 벗는다.

동굴 바닥을 비춘다. 먼지가 푸석거린다. 흙이 날아다닌다.

햄버거 놓을 자리를 발로 문지른다.

*

"햄버거 가져왔어, 먹을래?"
"거어엉! 거어엉!"

*

릴리가 짖는다.

*

말해 봐. 인간의 언어로. 말할 줄 모르니? 나는 적의를 대놓고 표현하는 릴리를 향해 마음속으로 비아냥거린다. 개 주제에 태도가 좀 지나치다 싶다. 네깟 게 이걸 이기겠어? 어떻게 나오는지 보자.

햄버거를 꺼낸다. 포장지 봉인 스티커를 뜯는다. 고소한 냄새가 오른다. 릴리가 태도를 바꾼다. 다소곳이 앉는다. 입술에서 침이 한 줄 길게 늘어지며 떨어진다. 나는 햄버거를 바닥에 놓고 발로 민다.

릴리가 벌떡 몸을 일으킨다. 햄버거 앞으로 다가선다.

자리를 피한다.

말소리가 들린다.

*

"네가 인간이지. 이게 인간의 방식이지."
말이 들려온다. 릴리의 언어.

\*

심장이 갈비뼈를 젖히고 바깥으로 튀어 나오려는 반가움을 누른다. 일상 화법으로 응대한다.

"네 목소리가 들려. 우선 햄버거를 먹을래?"

릴리는 대답하지 않는다. 코로 햄버거를 친다. 덮개 빵이 바닥으로 떨어진다. 포장지 바깥으로 밀려난다. 패티와 상추, 피클이 드러난다. 버터 냄새가 고소하다.

빵에 흙이 묻는다. 릴리는 흙 묻은 빵을 먹을 것이다.

개는 개다.

외면한다.

\*

릴리가 먹는 데에 집중하는 순간을 기다린다.

\*

릴리의 특성을 생각한다. 음식을 먹을 때에 가까이 가면 빼앗기지 않기 위해 몸을 웅크리는 특성을 가졌다. 음식 앞에서는 무조건 사방을 경계한다. 나는 등을 돌린 채, 맛있게 먹으면 좋겠다는 다정힌 마음이 심장 주피수에 얹히기를 기도한다.

릴리가 햄버거를 삼키는 소리가 들려온다. 쩝쩝거린다.

\*

왜 외면해야 마음이 편할까. 등을 돌린 채 소리를 듣는다.

\*

돌아보고 싶은 마음을 누른다. 호랑이의 눈동자가 나타날 법한 어둠 속 공간을 응시한다. 어둠은 평평하다. 생명체의 움직임이 감지되지 않는다.

비상용 간식으로 놓아 둔 통조림이 눈에 들어온다. 주변이 깨끗하다. 쥐를 잡아먹는다고 알려준 호랑이의 말이 사실인 것 같다. 이빨 사이에서 빠져 떨어진 털까지 핥아 먹었는지 바닥이 비현실적으로 깨끗하다. 개가 어금니로 쥐의 털과 가죽을 씹었다고 상상하자 속이 메스껍다.

\*

바람 소리가 귓속에서 돌아 나간다. 동굴 입구로 들어와 허공 속의 냇물처럼 흐르다 벽에 부딪친 후 다시 입구로 빠져나가는 공기의 움직임이 그려진다.

"네가 인간이지."

이것이 첫마디였다.

감격스럽다.

알아. 나는 신이 아니야. 너에게는 내가 신이 아님을 증명하지 않아도 돼. 미노타우로스가 신이 아님을 증명하지 않아도 되는 것처럼. 엄마가 남자가 아님을 증명하지 않아도 되는 것처럼. 할라는 엄마가 남자 아니냐고 농담했지만. 농담이 사실이어도 상관없어. 엄마한테는 성별보다 동굴이 더 중요하니까. 인간의 반대말은 신이야. 나는 신이 아니야. 신의 반대

말은 인간이야.

\*

인간의 반대말은 호랑이일 텐데…….

\*

릴리가 햄버거를 먹는 동안 나는 심심함을 견뎌야 한다. 어둠 속에서 호랑이가 나타나지 않아 참 심심하다. 나는 미노타우로스를 초대한다. 엄마 파시파에와 함께 살다가 남자 양육자에게서 추방당하고 비밀 궁에 갇힌 아이이다.

\*

"사람들은 네가 미궁에 들어간 사람을 잡아먹었다고 해. 보지도 않았으면서."
"너는 안 믿어?"
"응. 안 믿어."
"왜?"
"소는 채식동물이니까. 최소한 잡식이어야 사람을 먹지."
"닌 나를 소라고 생각하는구나."
"그럼?"
"나의 절반은 사람인데."
"아……. 미안."
"나는 절반이 사람이고 소처럼 채식주의자인 게 맞아. 나에

겐 아빠가 없고 엄마만 있어. 풀만 먹는 내가 어떻게 인육을 먹겠니!"

"왜 사람은 보지도 않았으면서 네가 사람을 잡아먹는다고 했을까?"

"사람의 본성이야. 나한테 인간 아빠가 없어서."

"본성? 어떤 사람의? 나와 내 엄마도 사람이야. 우리는 네가 사람을 먹는다고 믿지 않아."

"너와 네 엄마는 사람이 아닐 수 있어."

"사람 아닌 무엇?"

"신."

"신?"

"신."

"미쳤다, 정말."

"왜?"

"엄마와 내가 어떻게 신이니! 인간이 어떻게 신이 되겠어?"

"네가 신이 아니라는 것을 증명해 봐."

"와…… 황당해. 며칠 사이에 세상이 너무 이상해졌어. 릴리한테서 인간의 말이 들리는 것 같고. 너는 내게 신이 아님을 증명해 보이라 하고. 내가 신이 아닌 것을 어떻게 증명해야 하지?"

"죽으면 가능하지. 죽어야 증명되지."

\*

"죽기는 싫어."

\*

"엄마가 동굴 속 이산화탄소에 잡아먹혔어. 엄마는 무기가 없는 인간은 상추처럼 약하고, 싱싱한 상추를 먹을 때 갑자기 시무룩해진다고 말했어. 화산 가스에 닿았단 말이야. 상추가 불타는 마그마 액체에 빠진 것이나 마찬가지야. 정말로 닿았다면 얼마나 쉽게 마르고 타 버렸겠니? 재도 안 남았겠지. 기적처럼 건져 올려졌어."

"멋있다."

"기적처럼 산 게?"

"그것도 그렇고."

"또 뭐?"

"언어."

"언어?"

"어떻게 이런 언어를 찾았을까? 싱싱한 상추 앞에서 시무룩이라니."

"시무룩이라는 말 좋아."

\*

상추를 먹으면서 시무룩함을 떠올리는 엄마. 나는 엄마와 미노타우로스와 상추를 생각한다. 세상이 사막 같다.

아…… 나는 총이 없으면 상추처럼 약한 인간…….

웃음이 난다.

총을 믿자.

왜 나는 내가 신이 아님을 증명하기 위해서는 죽을 수밖에 없다는 생각에 동의하게 된 걸까.

\*

릴리 앞에 상추만 남았다. 릴리가 혀로 입술에 묻은 빵 부스러기를 핥는다.

햄버거를 하나 더 꺼내어 펼친다.

릴리가 먹기 시작한다. 이번에는 경계 동작 없이 곧장 먹는다.

\*

미노타우로스가 어둠 속으로 사라진다. 나는 신이 아님을 증명해 보이라는 반인반수의 다정한 미노타우로스를 배웅한다.

\*

고 한다.

\*

볕이 드는 미궁 속에서 희생으로 징집당한 남자 소년, 여자 소년이 미노타우로스와 함께 공동체를 이루어 산다고 한다. 미궁 속에 마을이 들었다고 한다. 농장도 있고 공원도 있다고 한다.

혹시 호랑이가 미노타우로스와 함께 살까. 다시 오면 좋겠다. 호랑이와 미노타우로스가 함께 온다면 더 좋겠다.

\*

바위벽에 걸린 고리를 푼다. 릴리가 쇠줄을 시험한다. 슬슬 목으로 끌어당긴다. 손에 릴리의 근력이 전해진다. 나는 줄을 놓는다. 릴리가 샘으로 가서 물을 마신다.

내가 말한다.

"미안해."

릴리가 말한다.

"뭐가 미안해?"

"햄버거 말이야. 상추를 빼고 주문하는 걸 잊었어."

"괜찮다는 말을 한다면 좋겠니? 나는 상추를 빼고 먹으면 되니까 미안한 건 나와 별개인 너의 마음이야. 내가 괜찮다고 말해 주길 기대하진 마. 네가 나에게 집중하지 않았음을 알겠어. 나를 위해서만 햄버거를 샀다면 당연히 상추를 빼달라고 주문하는 걸 잊지 않았겠지. 너는 딴생각을 한 거야. 집중하지 않았거나 상추 먹는 존재를 생각했지. 햄버거에서 상추 안 먹는 나보다 상추를 먹는 존재가 더 많으니까. 맞지?"

"엄마가 생각나. 엄마는 싱싱한 상추를 좋아했어."

"괜찮다는 말은 하지 않을게. 넌 도대체 언제까지 엄마 타령을 할 거니?"

릴리는 햄버거를 먹고 기분이 좋아진 것 같다. 입을 크게 벌리고 목 깊은 곳에서 저음을 끌어낸다. 음성은 낮고 말투는 뾰족하고 가볍다. 목소리가 메아리처럼 동굴을 한 바퀴 빙 돈다. 거리감이 느껴진다. 개한테서 인간의 말이 읽힌다. 미노타우로스는 원래 절반이 인간이니까 인간의 언어를 사용한다고 치자. 개가 이런다는 건 좀 문제가 심각한 거 아닐까. 어디까지 대화가 가능한지 확인해 보자.

"내가 너에게 엄마 얘기를 많이 하는 편이긴 하지. 호랑이한테서 너 이렇게 지낸다는 것 들었어."

\*

"호랑이가 너를 찾아가지 않았다면 오늘도 너는 내일로 미뤘을 거야."

\*

심장이 벌컥벌컥 뛴다. 나는 아무렇지도 않게 호랑이를 입에 올렸다는 것이 놀랍다. 감정이 출렁거린다. 더운 안개에 빠진 세계 같다. 깊이를 알 수 없고, 넓이를 알 수 없다. 나는 릴리를 바라본다. 릴리가 평화로운 풀밭에 들어가 코로 이슬을 치듯 고개를 흔든다.

\*

 랜턴으로 캄캄한 곳을 멀리 비춘다. 동굴이 이어진다. 어둠이 흘러나온다. 밤눈이 밝은 릴리의 눈으로 빙의하여 흑암 속의 사물을 바라보려 노력한다. 빙의되지 않는다. 아무것도 보이지 않는다. 암흑의 절벽. 어둠이 설명할 길 없도록 깊다. 고개를 돌린다. 릴리를 바라본다. 릴리의 눈빛이 나뭇가지에 앉은 새를 바라보듯이 뾰족하다.

\*

 잊은 사실이 되살아난다. 릴리에게는 문장 끝을 올려야 한다. 물어야 하는데 계속 추궁한 사실이 되살아난다.
 미안해.
 마음이 바빠지니 어쩔 수 없었던 것일까. 것일까. 것일까?
 릴리가 허기를 달랬으므로 알겠다. 미안하다. 불편하게 만든 말투. 이제 평소의 말투로 돌아갈게. 우리 서로 모르는 것에 대해 얘기하기로 하자.

\*

"혹시 늘리니?"
"뭐?"
"호랑이의 심장 소리."
"희미하게. 들려."
"호랑이가 우리 대화를 들을까?"

"호랑이의 귀가 얼마나 예민한지 나는 몰라."

"신이라면 온몸이 귀이지. 귀가 없이 듣고."

"심장 소리가 들려. 그런데 주파수가 달라서 무슨 뜻인지 모르겠어. 해독 불가능. 확실히 사람의 주파수 영역과 달라."

"쇠줄을 풀까?"

"마음대로."

"목걸이까지 완전하게 풀게. 뭐든 하도록 해 주고 싶어."

"그건 네 마음."

"목걸이가 너를 옥죄고 있을 것 같아. 사람으로 따지면 트라우마. 훈련사가 그걸로 통제했다고 들었어. 트라우마를 만들어서."

"부정하지 않을게."

"가스라이팅의 일종. 그루밍의 일종. 모두가 위협."

"부정하지 않을게."

"목걸이를 풀면 네가 나를 공격할 수도 있겠지?"

"부정하지 않을게."

"내가 총을 가진 사실을 잊지 마. 미리 말할게. 나는 널 쏘지 않으려고 노력할 거야. 내가 너에게 지켜야 할 것이 뭔지 알려 줄래? 총을 쏘지 않으려면 알아야 할 것 같아."

"내가 무섭니?"

"약간."

"난폭해질 것을 염려한다면 항상 허락을 먼저 구해. 나는 너의 소유가 아니야."

"또?"

"내 털끝에 눈알이 달렸다고 생각해 줘. 쓰다듬으면 정말 싫어. 네 망막을 손끝으로 건드린다면 싫겠지?"

"내가 너를 만나 쓰다듬을 때, 싫은 걸 참은 거야?"

"맞아. 싫은 게 맞아."

"이제 손 안 쓸게. 알았어. 호감을 표현하고 싶을 때 어떻게 하면 좋아?"

"말로 해."

"어떤 말?"

"네가 고안하면 좋겠어. 진심이 담긴 말. 내가 알아듣는 말. 헷갈릴 때는 물어보면 좋겠어. 판단하지 말고 물으면 좋아."

"쓰다듬는 거, 개마다 달라? 모든 개가 싫어해?"

"다른 개는 다른 개가 알 거야. 나는 모든 개가 아니야. 개의 대표도 아니야. 난 '모든'이라는 말 싫어."

"네가 싫어하는 일을 내가 골라 했다니, 내가 너에게 저질이었다니, 정말 미안하다."

"맞아. 너는 다르다고 말하지 못하겠어. 내가 싫다고 표현했지만 너는 알지 못하고 매번. 이제 알게 되었으니 잊지 마. 사람은 잘 잊더라."

*

"호랑이가 어디에 있을까?"

"호랑이 배 속에서 사람 심장 소리가 들려. 내가 입술을 물어뜬은 사람. 호랑이의 심장 주파수와 사람의 심장 주파수가 섞여서 내 귀에 들어와."

"들리니? 지금? 그 사람 심장이? 어떤 인간이야?"

\*

것 같다.

\*

폐가 타는 것 같다.
열이 오르고 숨이 막히는 것 같다.

\*

나는 다짐한다.

\*

묻지 말아야 한다. 궁금해하지 말아야 한다.

\*

릴리의 목에 걸린 목걸이의 철제 버클에 손가락을 얹는다. 릴리가 동작을 멈춘다. 고요하다. 햄버거를 앞에 두었을 때처럼 다소곳하다. 목걸이가 풀리기를 기다렸다가 동굴 밖으로 뛰쳐나가는 개를 떠올린다. 릴리가 비웃으며 멋대로 가 버릴 것 같다.

\*

심장이 떨린다.

\*

의심하고 우려하는 마음이 심장 주파수에 실린다. 손가락이 미끄러진다. 송곳니를 박아 넣고 물어뜯은 개이다. 왜 풀어 주기로 결정했을까.

\*

미래를 생각한다.

\*

이제 너와 나 사이에 새로운 이야기가 펼쳐질 것이다. 함께 새로운 이야기를 만들자.

\*

심장 주파수에 다짐을 담는다. 나는 선량하다. 선량하고 선량하다. 릴리에게 전달될 것이다. 손가락 끝에 힘을 준다.
딸깍!
버튼을 눌러 해제한다.
버클의 긴장이 확 풀리려 한다.

\*

목걸이를 완전히 해제한다.

\*

어둠 깊은 동굴 속으로 목걸이를 던진다.

\*

릴리가 말한다.
"호랑이는 저쪽 어둠에서 들어와. 방금 네가 목걸이를 던진 곳 방향. 우리가 들어온 입구와 달라."
"세상에…… 이건 완전 반전이다. 저기에서 왔다고? 저쪽에 다른 입구가 있을 거라고는 상상도 못 했다. 대박. 걸어가 보고 싶어. 호랑이가 들어온다는 입구."
"어둠이 얼마나 길지 모르는데?"
"호랑이를 만나고 싶어. 함께 갈래?"

\*

릴리가 대답을 미룬다.

\*

"호랑이 배 속에 내가 입을 문 사람이 있잖아."
릴리가 말한다.

\*

나는 팔찌에 감은 호랑이의 털을 매만진다.

\*

털이 부드러워진 것 같다.
릴리의 수염 정도의 굵기를 가진 것 같다.
혹시,
릴리의 수염 같은 것이 아니라,
릴리의 수염이 맞는 것이 아닐까?
릴리의 수염이 언젠가 빠져서 옷에 묻어 붙어 다닌 것을 내가 호랑이의 털로 오해한 것이 아닐까?

\*

랜턴 불빛에 털을 댄다.
검은색에 가까운 갈색이다.
랜턴 빛을 릴리의 수염에 비춘다.
수염은 검다.

\*

"부탁이 있어."
"뭐?"
"네 수염을 만져 보고 싶어. 호랑이 털과 비교해 보고 싶어. 가능할까? 너는 내가 너의 털에 손대는 것 싫다고 했잖아. 허락받고 싶어. 너의 수염을 만져서 이게 혹시 너의 수염인지 호랑이의 털인지 확인하고 싶어. 가능할까?"

"내가 확인해 줄게."

"응?"

내가 눈으로 보면 알아.

"확인해 줄래?"

나는 릴리에게 털을 보인다. 팔목을 릴리의 얼굴 앞에 댄다. 릴리가 지그시 바라본다.

*

"내 것 아니야."

*

"호랑이의 것이니?"

"내 것 아니라는 것만 알겠어. 호랑이의 것인지 아닌지는 나도 몰라."

"네 수염을 만져 봐도 돼? 내 손으로 확인해 보고 싶어. 네 수염과 호랑이의 털을 비교하고 싶은 거야. 털이 네 수염처럼 엄청 단단해. 냄새 맡아 볼래?"

*

나는 팔찌의 털을 쓰다듬은 후 팔뚝을 릴리 앞에 내민다. 릴리가 긴장한다. 눈빛이 어둠 속으로 숨는다. 나는 릴리의 수염 쪽으로 손을 뻗는다. 릴리가 경계한다. 나는 손가락으로 릴리의 수염을 만진다. 수염이 안경테처럼 단단하다. 팔찌에 감은 털과 매우 다르다. 릴리의 수염이 아님을 확신한 순간 릴리가 반응한다. 땅을 딛고 뛴다. 나의 어깨를 발톱으로 잡고 이빨로 목과 어깨가 닿는 근육을 물고 늘어진다.

\*

"아악! 왜 이래!"

\*

릴리가 으르렁거린다.

"아니라면 아닌 줄 알아. 너, 지켜야 하잖아. 내가 아니라고 말했잖아. 내 수염과 다르다고 확인해 줬잖아."

릴리의 목소리가 떨린다.

나는 어깨를 바라본다.

찢어진 비옷 위로 피가 떨어진다. 붉은색이 동굴의 어둠을 담아 줄기를 만든다. 릴리는 샘으로 가서 물을 벌컥벌컥 들이킨다.

\*

나는 총을 겨눈다.

총을 잡자 릴리가 말한다.

"내 앞에서 총을 잡다니. 너는 인간이구나."

나는 총을 장전한다. 어깨에서 가슴 안쪽으로 피가 흐르는 것이 느껴진다.

현실감이 든다.

"너는 개잖아."

\*

릴리와의 거리는 다섯 걸음쯤.

릴리가 말한다.

"물어서 미안하다고 말하고 싶지 않다. 죽이려는 의도가 아니었다는 것은 말할게. 죽이려면 죽을 때까지 물었을 거야. 내가 인내했음을 알아야 해."

\*

어깨가 아파서 말을 하기 힘들다. 시무룩함이 일어선다. 싱싱한 상추를 먹다가 갑자기 시무룩해진다는 엄마의 말에 이입된다. 릴리를 반려로 맞아 집에서 함께 살면 밤이 무섭지 않을 거라는 기대가 무너지면서 폐가 뜨거워진다. 열이 오른다. 어깨가 계속 아프다. 쏴 버리고 싶다.

\*

호랑이의 윗입술에 케첩 자국처럼 남았던 상처가 떠오른다.

\*

호랑이를 생각한다.

자비로웠다. 릴리 같지 않았다.

*

자꾸 시무룩해진다.
싱싱한 상추를 먹은 것도 아닌데.
랜턴을 끈다.
눈이 어둠에 적응하기를 기다린다.

*

어둠의 알갱이가 하나하나 천천히 찾아온다. 나는 시무룩해진 얼굴을 어둠에 숨긴다. 몸을 웅크린다.

*

지하철 지나가는 소리가 들린다. 입구에서 따라와 벽에 부딪쳐 되돌아 나가는 공기의 움직임인 것 같다. 바람 소리인 것 같다.

*

것 같다.

*

지하철 소리가 호랑이가 등장한다는 안쪽에서 들려오는 것 같다. 벽에 손을 얹는다. 지하철 진동을 모아 가진다. 벽이 차갑고 단단하다. 귀를 댄다. 커튼을 잡아당겨서 창을 막는 소리가 울린다. 희미하다. 상점의 셔터가 내려오면서 차르륵거린다. 규칙적이다. 덩, 덩, 덩, 덩. 귀를 대자 소리의 입자와 청각세포가 마주친다. 암석 벽에서 환각을 자극하는 소리가 갇힌 채 이동한다.

어둠이 감각을 조작하는 것 같다. 스마트폰에 저장된 지도를 펼친다. 지하철 선로를 살핀다. 선로의 위치가 현재의 위치에서 아주 멀다. 귀를 모은다. 동물의 심장 소리가 들리는 것 같다. 반딧불이가 잘못 든 길임을 알아차리고 잽싸게 빠져나가는 것 같다. 반딧불이의 심장 소리가 들리는 것 같다. 나의 눈길이 반딧불이를 따라 바깥으로 나가고 싶어 한다. 호랑이가 다니는 입구와 반대이다. 나와 릴리가 들어온 입구. 반딧불이의 심장 소리가 나를 부르는 것 같다. 반딧불이가 사라지자 소리가 사라진다.

소리가 사라지자 입구도 사라진 것 같다.

반딧불이가 사라진 방향을 바라본다. 입구 가까운 동굴 초입에서 어떤 커플이 와서 도란도란 얘기를 나누는 모습이 그려진다. 할라와 엄마인 것 같다. 환상 속에서 엄마와 할라가 다정한 커플이다. 환상이지만 반갑다. 것 같다. 엄마! 할라! 이렇게 비가 오고 어둡고 무서운 밤에? 바깥에 비 내리는 소리가 들리니? 릴리의 청력에 의지하고 싶다. 수염을 만졌다고 어깨를 물어뜯은 개에게 부탁하고 싶다. 나 요한나는 인간 수준이 낮다. 반려라고 생각하면서 선심 쓴 것이 겨우 햄버거. 겨우. 나는 수준 낮은 인간이다. 유리에 서린 김처럼 벽에 소리의 입자가 붙는다. 할라와 엄마의 대화가, 지하철 소리가, '겨우'라는 언어가 동굴 벽에 붙었다가 손을 대자 부스스 바닥으로 떨어진다. 균의 포자처럼 가볍다.

\*

다행이다.
죽어 버리고 싶다는 생각이 안 든다.
폐가 안 뜨겁다.

\*

나는 정신을 차린다.
현실을 바라본다.
목걸이 없이 완전히 자유로운 릴리가 어슬렁거린다.

\*

"릴리야, 뭐 좀 물어도 돼?"
"그래."
"왜 떠나지 않아? 나를 물어 놓고?"
문장의 끝을 올린다. 확실하게 묻는다. 대답을 경청한다. 릴리가 말한다.
"물면 떠나니? 난 싫다고 표현했을 뿐이야. 너를 해치려던 게 아니야."

"혹시, 가방에 햄버거가 더 있어서? 탐나? 말하기 어려워?"

*

나는 비아냥거린다.

심장박동 주파수 조작에 무능하다. 진심의 크기를 작게 만들 수도, 크게 만들 수도 없다. 위장이 불가능하다.

릴리를 속일 수 없다.

개 주제에, 가르치려 들다니. 꾸짖다니.

열 받는다.

비아냥거린다.

*

너는 사람을 물 줄 아는 개일 뿐이야.

*

이렇게 생각하자 나쁜 마음이 든다. 숨을 안 쉬고 싶어진다. 심장이 빠르게 뛴다.

*

릴리가 말한다.

"나쁜 마음 먹지 마. 살아야지."

"쥐를 먹은 것 맞니? 호랑이가 말했어. 믿기지 않아. 근처에 털이 없잖아. 쥐를 먹은 흔적. 쥐를 먹었어?"

"먹었어. 털을 벗기고 먹는 게 더 힘들어서 통째로 먹었어."
릴리의 말투가 무덤덤하다.

*

우욱. 토가 나올 것 같다. 털을 벗기려다 실패하는 개의 주둥이가 그려진다. 반쯤 털이 벗겨진 쥐가 도망간다. 도망가다 잡힌다. 우욱.

*

쥐의 피를 본 적 없다. 초록색 피가 나올 것 같다. 릴리가 주둥이로 쥐를 찢는 장면이 리얼하게 떠오른다. 빠지직. 머리를 씹는 소리. 공항에 착륙하면 비행기가 마찰음을 일으킨다. 활주로가 바퀴에 밟히며 소리를 지른다. 빠지지직. 뼈 무덤이 으스러지는 소리 비슷하다. 아스팔트 속에서 뼈가 으스러진다.

*

토가 나온다. 배 속에서 식도를 거슬러 입 밖으로 나온 액제가 시큼하다.
릴리가 토사물 쪽으로 걷는다.
먹으려 한다.
"먹지 마."
릴리가 경계한다.

"더러워. 먹지 말라고!"

총을 꺼내 릴리를 겨냥한다.

"쏴 버릴 거야!"

\*

"그르으응."

동굴이 울린다.

울림 끝의 정적이 몇 천만 톤의 잠수함처럼 무겁게 느껴진다.

호랑이는 눈에 안 보인다.

암흑 속에서 또 다시 소리가 들려온다.

"그르으응."

\*

동굴 속 흑암을 바라본다. 겨울 밤 입김을 내뱉는 소리가 들린다. 어둠 속에서 호랑이의 홍채라고 생각되는 두 불빛이 눈에 들어온다. 토마토처럼 둥글고 오렌지처럼 노랗다.

\*

노란 호랑이 눈동자를 향해 말한다.

\*

"내 잘못이 뭔지 생각했어. 너를 사람으로 바꾸는 버튼이 없다는 말, 의심해서 미안해."

"그르르릉."

"돌아오라는 말 함부로 사용해서 미안해."

호랑이가 다가온다.

*

호랑이에게 집중한 사이 릴리가 토사물을 먹는다.

나는 더러우니 먹지 말라고 고함치지 못한다. 총을 겨누지 못한다.

총에서 탄창을 열고 총알을 빼낸다. 총알을 바닥에 흘린다. 총 몸체를 샘물에 던진다. 풍당. 경쾌한 소리가 들린다. 샘이 꽤 깊다. 소리의 여운이 길어진다. 풍당. 나는 꼬르륵거리며 잠기는 총의 가엾음을 상상한다. 물에 잠겨서 고요해지는 존재에 동화된다.

*

호랑이는 사막의 신기루 같다.

따라잡으면 앞서가고 따라잡으면 앞서간다.

*

호랑이는 어둠 속으로 들어가 사라지듯 사뿐사뿐 걷는다. 거대하게 느릿느릿하다.

\*

나는 보이지 않는 끈에 매달려 인도를 받듯 다리를 움직인다. 동굴 바닥이 울퉁불퉁하다. 어깨에서 피가 흐른다. 랜턴 빛이 붉은색을 비춘다. 바닥에 발자국은 남지 않고 핏자국이 남는다. 핏자국으로 발자국을 지우는 것 같다.

\*

나는 핏자국한테 속으로 말한다. 내가 잘하는 거지?

\*

동굴이 갈라진다. 여러 갈래로 길이 나뉜다. 길을 잃지 않으려고 호랑이를 빠르게 좇는다. 따라오라는 말이 없으나 따라가는 내 자신이 대견하다. 호랑이는 말이 없다. 나는 릴리와 눈치를 주고받는다.

동굴이 넓어진다. 공장을 지을 수 있을 정도로 터가 넓다. 호랑이는 신일지 모른다.

동굴 속을 걷는다. 선형동물의 내장을 통과하는 마음이 든다. 벽에 소화액이 흐르고 몸이 닿으면 녹을 것 같다. 넘어지지 말아야 한다.

\*

호랑이는 신이라서 말이 없는가.

입구가 나타난다. 막힌 동굴에서 땅을 뚫고 길로 나선 느낌이다. 석탄 탄광 인부가 지하로 굴을 팠는데 산의 반대쪽 하늘이 눈앞에 나타난 느낌. 동지 다음 날 하지로 날짜가 붙은 것처럼 남반구에서 북반구로 통하는 동굴이 뚫린 느낌. 항구에 정박하려고 요트를 운전했는데 버뮤다삼각지대 같은 낯선 바다에 도착한 느낌. 면봉으로 바위를 뚫고 나온 느낌. 세상에 태어나 여태껏 겪지 않은 새 바람이 심장을 휘감는다. 심장박동과 도시의 활기찬 소음이 섞여서 눈앞에서 요동친다. 수족관 속의 빛처럼 도시는 소리가 잠잠하다.

세상에 이럴 수가! 엄마가 치료받는 보훈병원의 뒷숲이다. 《이상한 나라의 엘리스》의 주인공 엘리스가 지하 토끼 굴에서 빠져나와 현실로 돌아오듯이 뚝, 딱, 도깨비방망이로 현실과 환상을 갈라놓듯, 모세가 지팡이로 홍해를 가르듯이 호랑이가 나를 현실로 데려다 놓았다.

*

호랑이에게 바람을 품는다.

*

것 같다.

엄마를 일으킬 수 있을 것 같다. 호랑이와 만났다는 것은 엄마가 일어난다는 예비 신호일 것 같다. 신이 주는 단서일 것 같다.

\*

"너 혹시 신이니?"
"마지막으로 말할게. 나는 신이 아니야."
"신이 보낸 천사니?"
"천사 아니야."

\*

신이 아니라는 호랑이의 말은 거짓일 수 있다.
신도 거짓말 한다.

\*

신은 변한다.

\*

병원이 손에 잡힐 듯 가깝다.

\*

호랑이가 몸을 부르르 떤다. 털이 휘황찬란한 빛을 내뿜는다. 도로에서 질주하는 차에서 밤의 빗물이 튄다. 밤과 빗물 두 가지가 모두 눈에 보인다. 호랑이는 털로 빛과 소음을 흡수했다가 부르르 몸서리치면서 털에 묻은 빗방울에 섞어 털어 낸다. 털에서 나온 찬란한 빛이 줄어들면서 주위가 조용해지는 듯하더니 호랑이의 몸체가 작아진다. 작아진 몸체는 옷을 입지 않은 사람으로 남는다.

\*

가방에서 옷을 꺼낸다. 호랑이에게 내민다.

"만나면 주려고 옷을 챙겨 왔어."

호랑이는 받지 않는다. 말로 나를 당황시킨다.

"고마워. 하지만 난 네 손이 잘못이라고 생각해."

"무슨?"

"손을 봐. 손으로 옷을 내밀기 전에 말로 먼저 물어보아야 하잖아. 네가 옷을 내밀면 나는 무조건 환영해야 하니? 맞아?"

"어쩌라는 건지……."

"보호하는 척, 감동적이라는 감사 인사를 받아야 직성이 풀린다는 듯."

"난 아니야."

"너는 그랬어."

"안 그랬어. 내가 언제 그랬어?"

"넌 또 두 번 부정하는구나."

멈칫할 수밖에 없다.

\*

심장의 주파수를 생각한다. 아니야. 아니라니깐! 이렇게 더 아니라고 말한다면 호랑이는 떠날 것이다. 측정할 수 없어서 모르겠다. 주파수의 흐름이 그래프처럼 눈으로 보인다면 좋겠다.

\*

나는 릴리에게 묻는다.

"내가 잘못했니? 내가 햄버거도 챙겨 오고 혹시나 맨몸으로 변할까 봐 옷을 챙겨 왔어. 내게 감동해야 하는 것 아니야?"

\*

동물이 답한다.

"네가 잘못했어. 호랑이의 말이 맞아."

\*

"고맙다는 말을 듣고 싶었던 거야. 옷장에서 옷을 고를 때에 이미 마음먹었어. 시혜의 뿌듯함을 느끼고 싶은 거야. 호랑이 인간이 말했잖아. 고맙다고. 네 손이 잘못되었다고 부연했지. 고맙다는 말을 안 한 건 아니야. 네가 손으로 옷을 내밀면 호랑이는 옷을 받다가 손길이 부딪쳐서 다시 호랑이로 변태돼. 호랑이는 네 손이 잘못이라고 했어."

\*

동물의 충고를 들은 후 나는 옷을 나무에 건다.

손으로 옷을 가리키며 말한다.

"옷을 여기에 걸면 좋을까?"

"고마워. 이번에도 손이 먼저인 게 마음에 걸려."

"내 손 여기에 있잖아. 먼저 아니었어."

"'내가 너에게 옷을 줘도 되니? 내가 옷을 챙겨온 것이 도움이 될까?' 이렇게 말해야 하잖아. 가방을 열고 손으로 옷을 꺼내 척 내밀기 전에. 내가 옷을 입어야 하는 게 당연한 것처럼 강요당하는 기분 안 느끼도록. 모세가 한 잘못을 기억해. 모세는 죽임을 당했지."

호랑이가 나를 궁지로 몬다. 모세는 사막의 바위 앞에서 물을 내놓으라고 말하라고 했는데, 신이 그러라고 했는데, 지팡이로 툭, 툭 바위를 쳐서 신으로부터 죽임을 당했다. 말을 쓰지 않아서. 짜증 난다.

\*

나는 옷을 가방에 넣는다.

시허를 잠근다.

처음부터 시작하자.

옷을 가방에 넣으니 나는 왠지 옷을 주고 싶지 않아진다.

하지만 배신감을 안기고 싶지도 않다.

자동차 불빛이 스쳐간다. 호랑이의 살갗이 빛에 반짝거린다.

말을 먼저 꺼내는 게 이렇게 어렵다니. 입술이 안 떨어지지만 용기를 낸다. 말을 꺼낸다.

"처음부터 새로 시작할게. 내가 가방에 옷을 넣어 왔어. 만약 내가 너에게 옷을 주면 입을래?"

호랑이가 말한다.

"생각할 시간을 줄래?"

"기다릴게."

*

우리의 언어 속도는 지나친 느림인가? 지나친 정숙함인가?

*

호랑이가 옷을 입는다. 바지와 셔츠. 겉옷을 입으니 속옷 없음이 인지된다. 신발 없음과 함께. 옷을 벗었을 때는 몰랐으나 옷을 입고 나니 신발 없음이 눈에 도드라진다.

인류는 속옷보다 신발을 먼저 신었다. 제1차 세계대전, 제2차 세계대전 이후에 속옷이 널리 퍼졌다. 전쟁이 많은 것을 섞었다. 속옷 안 입는 나라와 속옷 개발한 나라 사람이 전쟁으로 섞였다. 전쟁은 좋은 점이 하나도 없고 모르는 것을 알게 한다. 전쟁 없이도 알게 되는 것들이다. 전쟁이 없으면 평화롭게 알게 되는 것을 전쟁은 전쟁을 통해 알게 만든다.

강길을 따라 걷는다. 사람 두 명, 개 한 마리. 릴리가 내 가까이에서 걷는다. 나와 릴리는 호랑이를 따른다. 릴리와 호랑이는 맨발이다. 나만 신발을 신은 것이 미안하다. 나는 신발을 벗는다. 양말을 벗는다. 작은 돌과 모래가 발바닥에 닿는 감촉을 느낀다.

*

신발은 사람이 만든 최초의 이동 수단이다.
죽은 몸에서 벗겼을 때 가장 슬프게 남는다.
움직이기 위해 신은 움직일 수 없는 물건.

*

누군가 물에 배를 띄우듯 인간은 신발을 만들어 몸을 땅 위에 띄웠다. 발 없이 남은 신발은 물을 건넌 자가 강가에 두고 떠난 배와 같다. 죽은 존재의 상징이다. 홀로코스트 기억관 디자이너는 시체를 전시할 수 없어서 신발을 전시했다. 디자이너는 아우슈비츠수용소에서 수만 켤레의 신발을 수거해 신발에 서식하는 곰팡이와 이끼를 씻고 말렸다. 방부 처리를 완료한 뒤 전시장에 쌓았다. 유대교도가 섬긴 토라의 신은 아담과 하와에게 옷을 만들어 입힌 후 에덴에서 내쫓았고 아담과 하와는 나중에 신발을 만들었다. 광야는 사막이라 놀에 비해 감촉이 부드럽지만 해가 모래를 뜨겁게 달구어서 걸어서 건너려면 신발이 필요했다. 헌 신발이 많은 곳은 전쟁터와 학살당한 피해자를 추모하고 기억을 공유하는 공간이다. 신발탑은 종교가 표현할 수 없는 단단한 집단 죽음의 기표이다.

길이 막힌 상황, 동굴이 무너진 상황, 갈 곳 없어진 어둠을 상징한다. 새가 신발을 신지 않으므로 기체의 형태로 새처럼 날아간 영혼은 지상에 신발을 남긴다.

나는 맨발로 디딘다. 호랑이와 걷는다. 사람이 된. 사랑을 고백한 것처럼 상큼하다.

*

집에 도착해서 각자 피로를 푼다. 릴리는 거실에서, 호랑이는 나의 방에서, 나는 엄마의 방에서 곤하게 잠든다.

일어나니 오후이다.

부엌 창으로 햇살이 비껴 들어온다.

햄버거를 만든다.

릴리 몫으로 상추를 빼면서 엄마를 생각한다. 싱싱한 상추를 먹다가 갑자기 시무룩해지는 엄마의 상황이 어떻게 생겨서 시작되었는지 모르겠다. 그 사람과 싱싱한 상추를 함께 먹었을까. 상추는 다른 식물처럼 이산화탄소를 흡입할까. 그 사람이 혹시 식물이었을까. 생각하지 말아야 하는데 생각이 난다. 생각이 나는 것이 아니라 궁금해진다. 없는 아버지가. 릴리가 문 상처에서 피가 계속 흐른다. 목을 젖힐 때마다. 어깨를 틀 때마다. 아파 죽겠다.

*

뭐 하려고 생각해?

# 8장

햄버거를 먹고 어깨를 치료받기 위해 집을 나선다.

*

 정형외과 접수대에서 의사의 사진을 바라본다. 원하는 성별의 의사가 없다.
 잠시 망설이다가 호랑이를 바라본다. 도움을 요청한다. 호랑이가 그냥 이곳에서 진료를 받자고, 자기가 옆을 지키겠다고 눈빛을 보낸다. 나는 용기를 낸다. 모든 행위에 용기란 것이 필요하다. 짜증 난다.
 접수를 하고 순서를 기다린다.
 진료실로 들어간다.
 의사가 말한다.
 "반려동물에게 물리셨다고요. 환부를 좀 볼까요?"
 다가온다. 옷을 젖혀 어깨 상처를 바라본다.

"개한테 물리셨군요."

"개인 줄 어떻게 알았어요?"

"악어한테 물린 것 같지는 않으니까."

웃지 못하겠다.

"곰한테 물렸을 수 있잖아요."

"개한테 물린 사실을 숨길 이유가 있나요? 상처를 보니 개가 큰 입을 가졌나 보네요."

"왜 개라고 확신해요?"

"고슴도치는 아닐 테니까요."

이런 식의 농담. 고양이라고 할까 하다가 고슴도치라고 재치를 개발했다는 식으로 표정을 드러내는. 지겹다. 개를 보호하고 싶어 개라 말하지 않고 반려동물이라 퉁친 의도를 설명하기 귀찮다. '고슴도치도 어떤 고슴도치냐에 따라 다르지 않겠어요?'라며 비아냥거려 주고 싶다. 참는다. 인내한다. 대화에 끌려 들어가고 싶지 않다.

\*

나는 안 약하다.

\*

"띠발. 아프네."

호랑이가 피식 웃는다. 의사가 움찔 물러난다. 나는 움찔 물러서는 의사를 직시한다. 의사가 말한다.

"뼈 사진을 일단 찍어야 할 것 같습니다. 괜찮겠습니까?"

"뼈는 괜찮으니 외상만 치료해 주세요."

호랑이가 이번에도 또 웃는다. 응원을 보낸다. 나는 이번에도 욕을 했어야 하나, 생각하면서, 묘하게 쾌감을 맞이한다.

\*

세상, 참, 새롭다.

\*

"호랑아. 너 혹시 데보라 할머니를 알아?"

"내가 웬만하면 많은 걸 아는데 데보라 할머니는 모르겠다. 누구시니?"

"할라도 모르고, 데보라 할머니도 모르고. 넌 내가 궁금한 걸 잘 모르는 호랑이구나."

"신이 아니니까."

"한국에서 왔잖아. 할라랑 데보라 할머니가 한국이랑 연결돼 있어. 할라는 거기서 근무하고 데보라 할머니는 거기서 태어났어."

"내가 한국을 거쳤지, 거기에 속한 것은 아니야. 모르겠어."

"나는 신도 모르는 게 많다는 주의자야. 아까 데보라 할머니 생각하면서 의사한테 욕하니까 신나더라."

\*

호랑이가 나의 머리카락을 쓰다듬을까 하다가 손을 멈춘다. 내 몸과 닿으면 사람인 호랑이는 짐승인 호랑이로 변신한다. 잊을 뻔했다. 기억해야 한다.

\*

"데보라 할머니는 실버타운에 계셔. 같이 한번 가 볼래?"
"어느 지역?"
"한 시간 걸려. 바다가 보이고."
"실버타운이면 편찮으셔?"
"맞아. 조금 편찮으신데 많이는 아니야. 또래 할머니들에 비해 건강하셔. 언젠가 난 네가 데보라 할머니가 보내셔서 온 존재인가 생각했어."
"왜?"
"기구해서. 운명이."
"궁금하다. 나랑 같이 가고 싶은 이유는?"
"이유?"
"응."
"그런 건 딱히 없어. 우리가 만난 데에 특별히 의미가 없듯이."
"넌 그렇게 생각하는구나."
"난 그렇게 생각해. 네가 죽음을 알리는 메신저이고 할머니에게 심정지가 찾아왔나 겁이 났어. 할머니한테 문제 생기면 내게 연락이 오게 돼 있어. 내가 보호자니까. 그걸 잊고 네가 뭔가를 알리러 온 것 같다고 생각했던 거야. 미련하게."

*

나는 데보라 할머니가 계신 기관에 전화를 건다.

"혹시 할머니 면회가 가능한지 여쭙고 싶습니다."

"할머니께 여쭤보겠습니다. 용건은요?"

"그냥. 잘 계시는지…… 보고 싶어요."

"성함 다시 말씀해 주시겠어요?"

"'영미'라고 알려 주시겠어요? 본명 요한나."

귀찮지만 나는 두 이름을 말한다.

"할머니께서 확인하시도록 사진을 보내 주실 수 있나요? 관리 절차가 바뀌었어요. 원래는 신분증을 새로 받아야 보호자분들한테 출입 안내를 할 수 있지만 사진으로 대체할게요. 오셔서 신분증 보여 주셔야 합니다. 아이디를 새로 발급받으셔야 해요. 우선 사진을 확인할 수 있을까요?"

"가능합니다."

뭐가 이렇게 철저하냐. 할머니 한 번 보러 간다는데. 면회 허락 절차가 국제공항에서 입국심사를 받는 것처럼 까다롭다. 입국심사상의 풍경을 상상한다. 서시에서는 영미라는 이름이 안 통한다. 해외로 간 할라가 떠오른다.

*

잘 지낼까.

*

할라의 안부가 궁금해서 애나에게 간다.

애나가 웃으며 반긴다.

엄마의 모습이 오버랩된다.

엄마가 언제 마지막으로 웃었더라……

애나의 목걸이는 오래전 찾아갔을 때 본 목걸이와 같다. 잊지 않으려고 건 기억 목걸이일까. 테디베어 펜던트가 왠지 불길하다.

*

기억 목걸이라면 잊지 않아야 할 무언가가 새로 생겼다는 뜻이다. 그럴 것 같다. 것 같다. 불안한 마음이 든다. 불안한 마음의 끝이 할라의 죽음이거나 불행으로 흐른다. 할라한테 사고가? 씁쓸하다. 할라가 찾아와 아이를 함께 낳자고 말할 것처럼 바라본 그 다정함은 어디로 갔을까. 근무하는 나라를 옮겼을까? 할라에게 연락하려다 실패한 뒤 몇 년이 흘렀다. 몇 년 동안 줄곧 같은 목걸이를 걸었을까? 몇 년 전이 어제처럼 가깝지만 언제였는지 모르게 멀리 느껴진다.

입술에 침을 바르고 천천히 묻는다.

"할라가 잘 있는지 궁금해서 왔어요. 오랜만이죠?"

애나가 방싯 웃는다.

다행이다.

"잘 지냈니? 할라는 결혼했어."

"어머……."

"사진 보여 줄까?"

애나가 사진을 내민다.

"확대해서 봐도 돼요?"

"당연."

화면을 클릭하고 얼굴 부분을 확대한다. 할라는 연지와 곤지를 발랐다. 이마에 칠한 동그라미 곤지가 힌두교도의 이마 표식 같다. 한국 전통 의상은 무사가 칼을 열 몇 쌍 몸에 부착하고 은폐한 복장 같다. 트레머리에 꽂은 비녀 속에 뾰족하고 긴 독침이 들어간다. 의복이 무기이다. 할라의 표정은 햇살을 먹는 나무처럼 고요하고 평화롭다.

*

"파트너가 그 나라 사람이야. 내가 혹시 궁금하지 않은 걸 네게 말하는 거니?"

"아니에요. 궁금했어요."

"결혼이 조금 이르긴 하지?"

"상상하지 못했어요."

"해외에서 지내니까 의지할 가족이 필요한가 보다 생각했어."

"그럴 것 같아요. 당연히."

나는 당연하다는 언어를 부연한다. 파트너가 여자인지 남자인지 묻고 싶은 마음을 생략한다. 생략이 아니라 숨김이거나 가림이다. 마음을 가린다. 할라 곁의 파트너는 눈썹이 날렵하고 눈동자가 검고 깊다. 외모로는 국적을 짐작하기 어렵다.

*

웬 국적 타령?
웬 성별 타령?

*

친구야.

이러려고 뜬 거구나. 거기는 어떠니? 혹시 내가 말하기 전에도 거기에 가는 게 목표였니? 헬렌, 라헬, 데보라 할머니에 대해 이야기할 때 유심히 듣는 것 같았어. 친구야, 결혼 축하해. 데보라 할머니 고향에 가 봤어? 섬 중간에 솟은 산 이름이 한라, 네 이름과 비슷하잖아. 전에는 할머니들 이야기가 모호하고 이상했어.

이젠 분명해졌어.

유진의 할머니 현주가 가족을 모두 잃은 곳.

사진을 찾아보고 책도 읽어. 인터넷 문서도 많이 보고. 한라산은 쉬는 화산이야. 다시 터질 가능성이 적고 완전히 멈춘 화산일 가능성은 없어. 멈춘 듯 보이지만 아직 안 죽었어. 필리핀 마욘화산처럼 생겼고 일본 후지화산처럼 생겼어. 우뚝. 하지만 달라. 지구본 거치대처럼 정상에 분화구가 열렸고 빗물이 고여 연못이 되었는데 흰 사슴이 산대. 초토화 작전으로 출입을 금지해서 밀림이 되었지만 호랑이와 곰은 원래부터 없었대. 연못은 섬이 만들어질 때 생겼대. 거기는 섬의 평화로운 태초야. 엄청 유명한 관광지라니까 넌 가 봤겠다. 흰사슴연못.

*

"결혼식에 다녀오셨어요?"

"영상통화로만."

"거기 멀죠?"

"마음으로는 가까워. 내가 할라한테 요즘 전화 걸면 네가 오지 않았는지 묻더라."

"어머, 왤까요?"

"잘 있는지 궁금하대."

"저도 궁금해요. 거기 사람과 결혼했으면 거기에서 계속 살아요?"

"응. 거기가 좋대."

"뭐가 제일?"

"사람이 제일."

"군대는 계속 다녀요?"

"복무 희망 기간을 연장할 생각이고 거기서 전역할 생각이래."

"축하한다고 전해 주세요."

"다녀갔다고 말할게. 요즘 무슨 일 있니?"

"왜요?"

"안 오다 와서."

"그냥 왔어요. 잘 있는지."

"저 친구는?"

"호랑이에요."

"응?"

애나의 표정이 달라진다. 내게 할라의 사진을 보여 줄 때는 모르겠더니 호랑이를 보는 눈빛이 정말로 쾌활하다. 사람을 가리켜 호랑이라고 소개하는 나의 말이 재치 있는 농담으로 전해진 것 같다.

*

호랑이는 카페 여기저기를 둘러본다. 애나와 내가 할라에 대해 대화를 나누는 동안 호랑이는 물속의 생물처럼 물 바깥에서는 아무런 소리도 들을 수 없게 조용히 발을 움직인다. 호랑이 옆에 릴리가 따라다닌다. 나는 왠지 3인 부부가 된 듯하다. 할라가 결혼했다는 소식을 들어서인 것 같다. 결혼은 조금 이른 것이 아니라 많이 이른 것 같다.

*

나는 입 밖으로 꺼낸, 진심인 듯 아닌 듯한 말로 인해 약간 어지럽다. 잘 있는지 궁금해 들렀다는 말 외에 무슨 말을 할 수 있을까. 결혼 생활을 마음으로 축하하고 나니 함께 보낸 추억이 송두리째 사라지고 없는 것 같다. 파트너가 궁금하지 않다. 축하하지 말까. 마음이 복잡해서 애나가 물었을 때 호랑이라고, 믿든지 말든지 알아서 하라는 투로 툭 언어를 떨어뜨린 것 같다. 것 같다. 호랑이에요.

*

"할라가 너에 대해 물으면 말할게, 호랑이랑 왔더라고."
"히히. 전해 주실래요?"
"음료 한 잔 만들어 줄까?"
"호랑이 몫까지 두 잔 만들어 주실 수 있어요?"
"살뜰하구나. 좋아 보인다. 잠깐만 기다릴래?"
"네."
"추가로 햄버거 하나 부탁해요. 상추 빼고. 이건 제가 값을 지불할게요."
"고마워."

애나가 음료 조리대 앞으로 움직인다. 나는 메뉴를 읽는다. 예전의 할라가 아니라 지금의 할라라면 어떤 음료를 주문할까. 생각에 잠긴다. 달달한 게 당긴다. 호랑이가 옆에 선다. 오래 전에 할라와 카페에서 음료를 함께 고를 때처럼 다정한 마음이 든다. 애나가 얼음을 잘게 갈아 시원하게 만든 음료를 두 잔 내민다. 호랑이와 다른 잔에 든 같은 음료를 마신다. 예전에 애나가 만들어 주고 할라와 나누어 마신 음료이다.

*

릴리가 침을 흘린다.

\*

우리가 사람한테서 당할 뻔하다가 할라의 집으로 뛴 순간 애나는 뭘 하고 있었을까. 할라는 왜 전화를 걸지 않았을까. 전화를 걸었다면 애나가 왜 자기한테 걸었냐고, 경찰한테 전화를 걸어야 하는 것 아니냐고 꾸짖었을까? 내 엄마 카렌처럼?

\*

것 같다.

\*

내가 집으로 돌아갔을 때 할라는 엄마가 일하는 카페에 갔을 것 같다. 아버지라는 사람을 피해서. 그래야 말이 된다.

\*

묻지 않았다.
내가 경찰과 함께 집으로 돌아간 뒤 어디에서 시간을 어떻게 보냈느냐고, 할라에게.

\*

산책 서비스를 이용할 때는 몰랐고 함께 살면서 알게 되었다. 릴리와 다니려면 침 닦는 수건을 챙겨야 한다. 침을 닦을 때마다 피 묻은 수건이 만들어진 산책이 떠오른다. 아직 배변 봉투에 담은 채로 방에 두었다. 생각 말자. 요한나! 생각 말자. 수건은 아직 아무에게도 들키지 않았다. 방 안에 있다.

*

애나가 햄버거를 내민다.

나는 상추가 없음을 확인한다.

"3등분 부탁드릴게요."

애나가 칼로 햄버거를 자른다. 칼자국이 세 개의 풍력발전기 프로펠러 날개 같다. 셋 중 하나를 릴리에게 준다. 바닥에 놓는다. 릴리가 빵을 코로 친다. 냄새를 맡은 다음 먹는다. 나와 호랑이가 릴리를 보며 한 조각씩 먹는다.

갑자기 폐가 뜨거워진다. 숨이 막힌다. 호랑이에게 말한다.

"릴리가 입을 문 사람, 자꾸 생각나려 해."

"노력해. 생각할 필요 없다는 것."

"왜 하필 이런 순간에!"

"이 순간만이 아니잖아. 매일 생각하잖아. 쓸데없이."

"네 배 속에서 살잖아."

"네 앞에 뱉어 놓을까? 죽이고 싶니?"

"그런 뜻 아니야."

*

네가 있어서 매일 생각 안 할 수 없잖아!

\*

며칠 후, 릴리가 앞장서고 호랑이와 내가 나란히 걷는다.

전화벨이 울린다.

나는 수신 보류 버튼을 누른다.

호랑이가 묻는다.

"전화를 왜 안 받아?"

"모르는 번호여서."

"할라라면?"

호랑이의 말에 흥미가 생긴다.

할라가 혹시?

잠시 후 메시지가 도착한다.

\*

-낯선 번호라 받지 않는 건 여전하구나. 어떻게 지내는지 궁금하다. 잘 지내니?

\*

나는 발신자의 프로필을 누른다. 사진이 나온다. 군복을 입은 할라. 비디오가 자동으로 재생된다. 진급 축하 파티. 신나는 춤곡이 배경음악으로 터진다. 가슴이 뛴다. 오늘은 정말 재수가 좋다. 손가락이 떨린다.

\*

-친구야! 반가워!

하트가 날아온다.

-엄마한테 왔다 갔다는 말 들었어.

-친구, 너 해외 맞아? 느낌이 너무 가까운걸?

-해외 맞아.

-대전?

-응. 대전.

-결혼했고?

-응. 결혼했고.

-대전은 헬렌, 라헬 할머니가 거의 마지막으로 사진을 찍은 곳인데, 신기하다.

-이 지역에서 근무하다니 나도 신기해.

-친구야, 어떻게 지내니?

-잘.

-뭐하면서?

-영어 가르치면서.

-누구한테?

-여기 군인.

-결혼 소식 들었어. 엄마가 결혼 소식을 제일 먼저 전해 주더라. 축하해.

-고마워. 너는?

-결혼은 아니고, 좋은 파트너 만났어.

-어때?

-호랑이야.

-힘이 세구나?

-나한테 힘자랑은 안 해. 진짜 호랑이야. 변신하는.

-재미있다.

-결혼식은 언제 올렸어?

-3월 1일.

-3월 1일? 진짜?

-왜?

*

-3월 1일에 혹시 무슨 의미가 있어? 상징이야?

-그런 거 없어. 휴일에 하는 게 좋잖아. 여기 공휴일이라 진행하기 편해서 결정했어. 봄의 첫날이고.

-특이하다. 3월 첫날이 공휴일인 거.

-여기는 독립기념일이 두 개야. 하나는 3월 1일, 다른 하나는 8월 15일. 8월 15일은 제2차 세계대전이 끝난 날이니까 해방을 기념하는 날이고 3월 1일은 식민지 저항기 때 행진운동을 벌인 날이라 기념일이 되었어. 3월부터 봄인데 첫 봄날이 휴일인 데에 이유가 활기차더라.

-안 잊히겠다, 너의 결혼기념일.

-맞아. 마치 데이(March Day). 행진하는 날.

-둘 중 하나를 선택하면 언제가 진짜 독립기념일일까?

-나 같으면 3월 1일.

-독립이 아닌데?

-시민들 자긍심이 강해. 이 날짜에. 천지처럼.

-'천지처럼'이라니?

-여기 민족주의자들은 천지를 영혼이 시작된 신비한 호수라고 포장하는 경향이 강해. 946년, 세계적 밀레니엄 폭발이 일어나서 갑자기 만들어졌거든? 그런데 민족주의자들은 태초에 만들어진 것처럼 생각해. 기원전 몇 천 년에 에덴보다 먼저 생긴 것처럼……. 좀 예민하게 보여. 북한 민족주의자들은 더 심하고.

-나도 거기 알아.

-어떻게?

-나중에 얘기할 게. 긴 이야기야.

-어차피 상징이야. 십자가처럼. 산은 원래 있었고 화산이 터져서 무너졌어. 팔꿈치나 이마에 난 상처가 어떤 사람을 증명하는 상징이 되는 것처럼, 몸이 먼저 태어나고 정신은 한참 나중에 만들어진 거야. 신령스러운 산에 호수가 생겨서 신령스러운 호수가 되었어. 민족이 천지가 만들어지면서 생긴 건 아니야. 민족이 만들어지고 3천 년 흐른 나음 호수가 만들이졌어. 민족에게 상징이 새로 생긴 거야.

*

할라가 느닷없이, 엄마 애나한테서 연락을 받고 느닷없이 메시지를 보내더니 설교를 하려 한다. 뭐냐 이건? 어쩔 수 없이 나도 대꾸한다.

*

 -이런 건가 보다. 잉카문명의 후예가 티티카카호수를 하늘 연못으로 생각하는 것처럼. 십자가를 상징으로 만든 기독교도처럼.

 -신기한 거는 946년에 폭발했다는 증거가 그린란드 얼음 대륙 속에 있다는 거야.

 -한국에서 그린란드는 엄청 멀어. 캐나다 위쪽이잖아.

 -그러니까 신기한 거지. 거기랑 엄청 멀지. 진짜 멀지. 밀레니엄 폭발. 전 세계를 뒤흔든 폭발이었다고 해. 유럽이나 아프리카, 아메리카가 아니라 아시아 끝에서 터졌어. 대폭발이어서 화산재가 여기저기로 날아갔을 거야. 여러 전공자가 융합해서 밝혀낸 작품이야. 기후학자가 구름 이동을 재구성했고 지질학자가 화산 지형을 분석했어. 백두산에 남은 화산재 성분하고 똑같은 화산재가 쌓인 스폿이 그린란드에 있어. 그린란드 얼음 속에는 온갖 나이 증명 자료들이 냉동되었어.

*

 너, 왜, 내게 개신교 선교사처럼 설교하려는 거니? 많이 달라졌네…….

＊

　-네가 상징이라 말하는 것, 누군가한테는 트라우마일 거야. 폭발에 피해당했다면. 천지에서 사고를 당한 사람이 가족 중에 있다면.

　-그렇겠다.

　-호랑이 친구 입술에 토마토케첩 같은 얼룩이 좀 무서워.

　-왜?

　-피 같아서.

　-샤워하면 지워져?

　-당연히 아니지. 피 자체가 아니야.

　-상징?

　-응. 트라우마일 수도……

　-네 트라우마 얘기해도 돼?

　-네 생각 듣고 싶어.

＊

　-화산재 같은 거라 생각했어. 네가 얼굴에 맞았다는 하얀 침방울.

　-넌 나를 그걸로 기억하는구나.

　-내가 생각하는 너의 전부는 당연히 아니야. 현지 민족주의자가 가진 민족의식에 대해 교육 받다가 마음이 너에게로 갔어. 백두산 화산 정보 때문에. 백두산 천지랑 거기 기운을 받고 태어났다고 신성화하는 맥락에서 백마 타고 퍼포먼스를 하는

북한 독재자의 영상을 봤어. 946년에 만들어진 호수인데……. 에덴도 아닌데……. 그래, 어차피 상징이니까……. 이런 것 어때? 한국의 산에서 화산이 터지고 재가 그린란드의 호수로 날아갔는데 호수 물이 통째로 얼어서 얼음 속에 박힌 것처럼 어딘가에서 화산재가 날아와 잔디밭에서 자는 너의 얼굴 위로 떨어진 것이라고 생각하면……. 사람이나 곰이 아니었다고 생각하면…… 이렇게 생각하면 평화를 얻는 데에 도움이 되지 않을까……. 재앙의 파편 같은 것이 아니라, 눈처럼…….

-미친 남자였다고 생각하는 게 가장 합리적이지 않아? 그렇잖아.

-화났니?

-침이 아니라 다른 분비물이었으면 어쩔 거니!

\*

-미안해. 너는 경험했고 나는 보지 못해서.

\*

-화산재 같은 것 아니야. 눈 같은 것 아니야.

-곰이었을까?

-곰이 학대받는 것도 난 싫어. 네가 궁금해할 것 같아서 하고 싶은 얘기가 있어.

-어떤?

-내 엄마. 네가 천사 같을 거라 생각하는 내 엄마.

-무슨 일 생겼어?

-너에게 하고 싶은 이야기가 너무 많아.

-뭐 먼저 얘기할래?

-죄다 황당해. 호랑이도, 엄마도.

-엄마부터 할래?

-네가 말한 천지 이야기랑 겹치는 게 우연이야. 나도 거기 안다고 했잖아. 중국하고 북한하고 국경이어서 엄마는 중국 쪽으로 들어갔어. '헤븐레이크'라고 부른다 하더라. 동굴 속에 액체 상태의 이산화탄소가 고였어. 엄마가 탐험을 갔다가 그걸 만지고 코마에 빠졌어. 화산이 피식, 터지면서 이산화탄소 액체가 엄마를 덮쳤대. 살아난 게 다행이야.

-호수 물이 절반은 중국 거고 절반은 북한 거지.

-처음에는 믿을 수 없었어. 마그마 가스에 질식한 줄 알았거든. 의사랑 지질학자가 협업해서 비밀을 알아냈대. 액화 이산화탄소라니! 그게 그렇게 위험하대. 땅속이라서 안 보이는 거야. 엄마 탐사대가 쿵, 쿵, 발을 찧으면서 들어갔지. 폭탄이 터지고 마그마를 끌어당기고 액화 이산화탄소가 분수처럼 솟았어. 닿으면 모든 생명체가 죽는…….

-헐.

-군사기밀이래.

-헐.

-전쟁 때 미군이 던진 폭탄이 숨었다가 이제야 터진 거래. 말이 돼? 엄마는 몇 달 뒤에 말하는 기능만 돌아왔고. 아직 기

적이 안 일어났어. 난 엄마가 고고학 유적지, 석기시대 유물이 남은 동굴을 탐사하러 다니는 줄 알았어. 태평양 연안 아시아의 동굴에서 인도의 아잔타석굴 같은 힌두교의 흔적을 찾아다니는 줄 알았어. 유럽과 아시아의 접경지역 조지아, 튀르키예에 건설된 동굴 도시 같은 것을 복원하러 다니는 줄 알았어.

*

 나는 왜 미군이라 말하는가. 할라가 긴장할 텐데. 미국인은 미국을 미국이라고 말하지 우리나라라고 말하지 않는다. 미군을 미군이라고 말하지 우리 군대라고 말하지 않는다. 나는 미군이 던진 폭탄이 엄마 앞에서 터졌다고 쓴 문장을 바라본다. 할라에게 어리광 부리고 싶은 것인가. 부끄럽다. 얼굴에 열이 오른다. 미군의 폭탄이 엄마 앞에서 터졌다. 할라는 미군이라는 언어에 무심한 것 같다.

*

 -그리고?
 -군대 병원에 입원했다는 게 너를 자꾸 생각하게 해. 엄마 회사가 일종의 군대 부속 기관이야. 엄마는 직접적인 군인은 아니고 군대에서 지원을 받는 탐험대라고 해야 할까? 엄마 회사는 정보를 팔아서 돈을 버는 곳이야. 아시아의 모든 동굴을 다 조사할 셈이었던가 봐. 전쟁 터지면 활용하려고.
 -정보병과 업무가 다양하지. 신기하다. 액화 이산화탄소.

-핵하고 관련된 것처럼 보여. 사실은 한국전쟁이 진행 중일 때 미군이 히로시마, 나가사키처럼 핵폭탄을 던지려다가 백두산 화산이 터질까 봐 못 던졌다는 설을 들었어. 판이 캘리포니아랑 연결되었대. 거기 화산이 터지는 게 아메리카 대륙에 지진을 낸다는 거야. 농담인 줄 알았어. 한국 백두산에서 터져 날아간 화산재가 그린란드 얼음 속에 대량으로 모였다는 네 말 들으니까 마냥 농담으로 듣기도 좀 그렇다.

-또 헐······.

-안 믿어지지?

-못 믿겠다.

-넌 군인이잖아.

-군인이라고 다 멍청이는 아니야.

-놀리려고 한 말 아니야.

-알아. 농담한 거야. 나 안 멍청해. 그건 그렇고 유진 님은 잘 지내셔? 할머니가 한국인이라고 했지? 여기 처음 왔을 때 전부 유진 님처럼 보이더라. 친절하고 밝아.

-모두 그런 건 아니겠지.

-당연히 모두는 아니지.

-모계로 이으면 유진 님노 한국계이시. 현주 할머니가 한국 출신이었으니까. 유진 님 요즘 가정 돌봄 직업 그만두고 밤 산책을 돕는 사업해. 매니저야.

-만났어?

-10년 만에 전화해서 도움 요청했어. 엄마가 입원했을 무렵.

-어떠셔?

-든든하지.

-자주 만나?

-내가 산책 서비스를 이용하다 사고가 나서 아주 가끔씩만 만나. 내 마음을 정리해서 고백해야 해.

-나한테도 고백할 거니? 언제?

-글쎄. 신혼여행은?

-갔지.

-와……. 신났겠다. 어디로?

-ㅋㅋ 한라산!

-진짜? 네 이름 비슷해서? ㅋㅋㅋ

-유명한 관광지야. 너의 할머니 데보라의 고향.

-유진의 할머니 현주의 고향이기도 해. 어땠어? 데보라가 세 살일 때 현주는 20대였어.

-그곳 완전 안전해. 미국 해군이 현대적 기지를 만들었어. 민간인 크루즈 선박도 입항하고. 멋지더라.

-미국 해군이라고?

*

할라는 미국 해군이라 말한다.

*

-그렇지. 중국을 막아야 하니까.

―미군이 할머니들 시절에 거기 섬에서 사람 많이 죽였다는데…….

―어디나 어느 한 구석은 다크하지. 하와이도, 필리핀도, 오키나와도. 전쟁은 원래 그래.

―전쟁 아니라 학살이었다는데?

―학살? 시각에 따라 달라.

―신혼여행 얘기를 어두운 쪽으로 이끌어서 미안해. 친구야, 내가 짧은 영상 하나 보내 줄까?

―뭐야?

―집에 호랑이가 온 날 현관 녹화 영상.

―진짜 호랑이야?

―응.

나는 파일을 실행한다. 호랑이가 코로 인터폰 버튼을 누르는 장면이다. 10초짜리로 편집한 파일이다. 할라에게 보내려고 내용 확인을 위해 재생 버튼을 누른다. 호랑이의 입술과 이빨이 클로즈업된다. 무서워서 가슴이 턱 막힌다. 메시지를 입력한다.

―합성 아니고, 진짜야.

파일과 함께 메시지를 보낸다.

파일 전송이 완료된다.

―대단하다. 팔면 돈 많이 받겠는걸?

―사람이야.

―거짓말.

-변신해.

-거짓말! ㅋㅋㅋ

-나중에 보여 줄게.

-현관 영상이라 했지?

-자동으로 녹화되고 내가 손을 좀 대고.

-내가 간 날 영상도 보관?

-아마도.

-보여 줄래?

-찾아볼게. 오래 안 걸릴 거야. 너, 입대 지원서 쓴 날짜 기억해? 나랑 헤어지고 썼잖아. 날짜로 찾으면 쉬우니까.

-어렸어, 우리.

-맞아.

-날짜 보낼게.

할라가 보내온 날짜에 맞춰 영상을 찾는다. 파일을 클릭한다. 나와 할라가 현관에서 악수하고 포옹하고 머리카락을 서로 매만진다.

*

이제 엄마만 일어난다면 더 바랄 게 없겠다. 이 평화로운 세계에서.

*

꿈같다.

## 9장

 매일 일상적으로 연락을 주고받을 것 같은 분위기이더니 할라는 소식이 없다.

*

-봤니?
 대답이 없다.

*

 메시지 대화 기록을 읽는다. 호랑이가 꾸며 만든 화면인 것처럼 허망하다. 호랑이야, 혹시 내가 짐자는 시이에 꿈으로 조작했니? 너, 신? 어떤 것이든 만드는?
 미치겠다, 정말.
 현실과 비현실의 경계가 허물어진 듯하다.
 스마트폰 화면을 응시한다. '봤니?' 하는 내 마지막 메시지가 애처롭다. 언어가 고립되었다. 태풍에 떨어질 열매처럼. 할라는 현관에서 힘껏 껴안는 영상에 대한 소감을 침묵으로 작성해서 응한다. 호랑이 영상에 대한 소감도 보내지 않는다. 나는 고립된 자신이 상상된다. 동굴 속에서 릴리가 이랬을까. 호랑이가 찾아오기 전까지? 엄마의 두뇌가 섬처럼 이럴까? 할라야, 왜 연락을 안 해? 추궁하고 싶다. '봤니?' 달랑 한 어절로 남은 마지막 메시지를 바라본다.

\*

엄마의 귀에 대고 말한다.
"카렌 님, 면회 왔습니다. 보고 싶었습니다."
엄마가 말한다.
"응. 나도 보고 싶었어."
"보지도 못하면서. 큭큭."
"꼭 눈으로 봐야만 보는 게 아니야. 목소리 들으면 보는 거야."

\*

"엄마, 나 호랑이를 만났어."
"재미있다. 어떤 호랑이?"
"사람으로 변신해."
"여자야?"
"응. 어떻게 알았지?"
"목소리에서 느껴져. 너, 참 맑아. 사진 찍었니?"

"내 말을 못 믿어?"

"믿어. 네 말을 왜 못 믿겠니?"

"변신하는 호랑이인데?"

"믿어."

"현관 시시티브이에 자동으로 녹화되었어."

*

나는 기억이 사라지기 전에 글자로 기록하듯이 호랑이가 찾아온 순간을 세세하게 얘기한다. 이상하게도 괜히 할라가 괘씸하다. 시시콜콜 얘기하고 싶었다, 너에게.

*

"호랑이가 나한테 처음부터 사람이었느냐고 묻더라. 어이없지?"

"신이신가?"

"엄마랑 나랑, 우리가 처음부터 사람이었을까? 생각해 보니까 의심한 적 없다는 게 오히려 신기할 지경이야. 엄마, 우리가 처음부터 사람이었어? 엄마는 나를 봤지? 내가 처음부터 사람인 거."

"엄마니까."

"그래. 그럼 엄마는?"

"할머니한테 안 물어봤네. 잘 계시겠지?"

"면회 갔다 왔어. 할머니는 잘 계셔. 나한테도 욕해. '못된

년 왔냐?' 이러더라. 엄마가 원래 사람이 아니었냐고 물으면 할머니께서 쌍욕을 날리시겠지?"

*

나는 살짝 거짓으로 말한다. 데보라 할머니는 모두에게 욕해도 나한테는 욕하지 않는다. 모두라는 말이 부적절할지 모르겠다. 아무튼 나한테는 욕하지 않는다. "영미야", "영미 왔니?" 하신다. 내가 요한나인 걸 알면서도 아기 때부터 나를 영미라 부르신다. 아기 때의 자기를 부르는 이름이라고 한다. 영미였던 적이 없는 데보라가 나를 자기가 만든 가상의 자기 이름으로 부른다. 한국에서 자랐다면 영미 같은 이름으로 불렸을 거라나. 꽃부리가 예쁘다는 뜻이란다. 영미.

*

"엄마 보고 싶다. 내가 원래 사람이었는지 묻고 싶기도 하고. 아무리 생각해도 여기는 동굴이야."

엄마가 데보라 할머니를 엄마라 부른다.

내가 말한다.

"벗어나야지. 방법을 알잖아."

*

동굴은 뚫렸거나 막혔거나 둘 중 하나. 막혔으면 들어간 입구로 돌아 나와야지. 뚫렸으면 들어간 곳으로 돌아 나오거나 끝에 뚫린 다른 출구로 나가거나. 둘 중 하나를 택하면 되고. 뚫린 줄 알고 계속 가다가 막혔을 때, 길을 잃었을 때, 느닷없이 천장이 무너져 퇴로가 없어졌을 때, 퇴로인 줄 알고 걷다가 한 달 넘게 계속 막힌 벽이 나와 돌아 나올 수 없게 됐을 때 세 번째 길, 어둠을 뚫으면 돼. 출구를 뚫으면 돼. 면봉으로라도. 뚫으면 언젠가 구조되거든. 맨손으로 동굴을 뚫는 거야. 뒤통수에 눈을 만들어 다는 것보다는 쉽지. 숨을 쉬면 언젠가 구조돼. 사람은 혼자가 아니야. 누군가 오고 말아. 손톱으로 바위벽을 긁어 통로를 뚫어야 해. 그래야 살아.

\*

사랑이거나 유희거나 폭력이거나……. 엄마와 어떤 사람의 만남은 사랑이었거나 유희였거나 폭력이었거나……. 엄마, 죽기 전에 내게 얘기해 주면 어때? 그 사람이 누구였는지. 내가 어떤 만남에서 발아했는지. 사랑, 유희, 폭력. 내가 뭐야? 말해 주면 안 돼?

\*

나는 묻지 못한다.

\*

쓸데없이. 뭐 하려고 궁금해 해?

"엄마 일어날 거야."

"면봉으로 네 귀지 파줄 때 기분 좋았는데……. 무릎에 머리 대고 네가 누워서……."

"자청비라고 데보라 할머니하고 현주 할머니가 태어나신 섬에 전해지는 신이 있는데, 남자 노예가 성추행하니까 무릎 베고 누우라고 속여서 잠에 드니까 귀를 뚫어서 죽였대."

"죽인 다음에는?"

"황당해. 부모님이 일 잘하는 노예를 죽였다고 엄청 혼을 냈대. 자청비는 부활꽃을 구해 와서 그 노예를 살렸다지 뭐야. 황당하지?"

"운동능력이 없으면 혼자 벽에 머리를 박지도 못한다는 거 아니? 죄수한테 자살할 권리가 없듯이."

*

"답답해?"

"어둠 속이라."

"왜 이래 갑자기……."

"부정적인 생각이 든다. 뇌하고 귀하고 입만 살았다니. 전쟁이 악마처럼 나한테 어떻게 이러지?"

"동굴엔 왜 갔어?"

"들어갔다가 밖으로 나오면 새롭게 태어나는 것 같은 기분이 드니까."

"똑같은 세상이어서 짜증 나잖아."

"그러니까 또 다른 동굴에 들어갔다 나오지."

"한국의 그 동굴은 어땠어?"

"특별 허가를 받아야 들어가는 곳이었어. 중국 쪽으로. 어쩌면 화산이 아니라 군 시설물이어서 우리가 화염방사기에 공격당한 것일 수도 있어. 네 말처럼 입구가 안 뜨거웠거든."

"사전 정보 없이 갔어?"

"우리가 사전 정보 얻으러 들어간 거였잖니."

\*

엄마가 죽으려고 이러나. 회사 일 이야기를 아무렇지도 않게 말한다.

\*

"호랑이하고 곰이 동굴에 들어간 한국 신화를 읽었어. 호랑이하고 곰이 인간이 되려다가 곰만 인간이 되고 호랑이는 동굴에서 뛰쳐나갔다더라. 유대인 역사에서 처음 나오는 여자의 장례식이 사라의 장례식인데 시대 배경이 그 무렵이더라. 사라가 아브라함한테 동굴 있는 밭을 사서 장례식을 치르도록 만들었지. 기원전 2천 년대. 한국 동굴에서 인간이 된 곰이 하늘 신의 대리자와 결혼해서 아이를 낳고 아이가 나라를 만들었어. 그게 한국이래. 전쟁광은 곰처럼 강해지고 싶어서 안달인데 그 나라에서는 어쩌다 곰처럼 강한 동물이 상추처럼 힘없는 인간 종 되기를 선택했을까? 그것도 여자로."

"여자가 곰처럼 강하다는 내용을 담은 표현이라는 생각이 들어. 약해짐에 포인트를 두지 말고 원래 강했음에 포인트를 찍자."

"동굴에 들어간 호랑이도 여자였겠지?"

"그랬겠지. 너에게 온 여자 호랑이는 어떻게 지내니? 잠은 어디서 자?"

"엄마가 보지 못하니까 영상이 엄마한테는 쓸모가 없다. 우리 이렇게 살아. 들어 봐."

*

나는 소설을 쓰듯 호랑이를 묘사한다.

*

얼굴 바깥으로 벗어난 수염은 단단하고, 털에 덮인 눈꺼풀은 충분한 잠으로 피로가 풀린 듯 신선하다. 호랑이가 호랑이인 채로 누웠다는 것은 둘 중 하나를 뜻한다. 마음이 편하거나 깊이 생각하거나. 호랑이인 채로 누우면 수족관을 가득 채운 물 같다. 거실이 꽉 찬다. 발이 얼굴만큼 커서 호랑이가 한 대 치면 나는 허리가 통째로 으스러져서 픽 고꾸라질 것이라는 상상이 되어 흐뭇하다. 아예 다가오지 못하도록 막는 늠름함이 나를 흥분시킨다. 호랑이가 호랑이인 채로 있다는 것은 배 속에 그 남자를 넣고 있다는 뜻이다. 언제 내 앞에서 토할지 생각하는 걸까?

*

"집에서도 토하고 싶은데 토하면 릴리와 네가 죽일까 봐 못 토하겠어."

*

"죽이면 안 되니?"
"죽이면 네가 괴로울 거야."
"위액으로 녹여 버려."
"먹기 싫어."

*

"그럼 뱉어 줘. 내가 없애 버릴게."
"네 진심이 아니야."
"죽여야 한다면 죽일게, 내가."
"네가 힘든 일을 겪게 될 거야."

*

괜찮아. 세상이 바뀔 거니까.

*

호랑이는 뱉지 않는다.

\*

  호랑이는 호랑이인 채로 외출하지 않는다. 행인의 눈에 띄는 것이 싫어서 외출할 때는 사람으로 변신한다. 사람으로 변신하면 몸이 홀쭉해진다.

  호랑이인 채로는 사람 체형에 맞춘 변기에 앉을 수 없다. 호랑이인 채로 목욕을 하면 욕조가 좁고 털을 헹구는 데에 물이 아주 많이 든다. 나는 호랑이가 목욕을 할 때마다 성별에 매번 놀란다. 여자가 이렇게 강하다.

  나는 옷장을 공유한다. 쌍둥이 언니나 동생과 이럴 것 같다고, 호랑이로부터 동격을 느낀다. 너와 나는 같은 존재야. 사람들이 너와 나를 쌍둥이라고 봐 주면 좋겠어.

  나는 접근하지 않는다. 사람의 온기가 닿으면 호랑이로 변신한다. 너는 호랑이냐, 인간이냐. 호랑이는 나의 옷을 입고 나의 신발을 신는다. 산책을 할 때 늘 나란히 걷는다. 유진이 릴리의 상태를 점검하기 위해 방문할 때 호랑이는 혼자 외출한다.

\*

  나는 호랑이를 묘사하며 엄마에게 긍정 에너지를 보낸다.
엄마가 말한다.
"호랑이랑 함께 올래?"
"물어볼게. 호랑이가 허락하면 함께 올게. 엄마, 힘내서 일어나."

"잘될 거야. 감각이 살아난다 했어. 이끼처럼."

"이끼가 참 착하고 강한 식물이지."

"내가 나으려면 이끼처럼 오래 걸린다는 뜻이래. 원시에서 시작하는 역사처럼 오래 걸릴 거래."

\*

고 한다.

\*

이끼는 태초의 식물이라고 한다. 물속의 파래가 육지로 올라가면서 이끼가 된다고 한다. 이끼는 진화해서 나무가 되고 숲이 된다고 한다. 이끼는 뿌리가 없어서 온몸이 뿌리이고 온몸이 입이라고 한다. 온몸으로 물을 마신다고 한다. 온몸으로 물을 마시고 품었다가 우연히 날아와 앉은 씨앗에게 물을 뱉어 준다고 한다.

\*

내가 무언가를 낳거나 키운다면 사랑일까, 유희일까, 폭력일까.

\*

면회 시간 종료 예비 신호음이 들려온다.

\*

"시간 다 됐어. 다음에 또 올게. 엄마, 힘내자 우리."

"호랑이랑 함께 와. 호랑이가 허락하면."

"알았어. 엄마가 호랑이한테 뭘 물을지 궁금하다."

"널 위해 기도할게."

"키스해도 돼?"

"응."

\*

엄마의 볼에 입술을 댄다. 놀랍다. 식어서 차가울 것 같지만 엄마의 피는 따뜻하다. 키스를 한다. 주르륵. 엄마 눈가로 억울함과 분노가 흐르다 멈춘 시기가 있었다. 엄마가 그랬을 때 나는 눈물을 파내고 싶었다. 울 때가 아니다. 눈물 질질 흘릴 때가 아니란 말이다! 눈물샘을 떼어 내고 싶었다. 지금은 그렇지 않다. 나는 키스한 입술을 떼면서 손가락으로 엄마의 억울함과 분노가 머문 흔적을 쓰다듬는다. 엄마 눈가의 주름이 흔들린다. 눈물 같은 건 없다. 언어 기관 다음 깨어날 기관은 눈인가 보다. 눈 주변 근육이 움직이는 듯하다.

\*

유진이 릴리를 보러 집에 왔다.

*

   유진은 돌발 행동을 예측하기 위해 데이터를 모은다. 이런저런 테스트를 시도한다. 유진이 보기에 릴리는 특성이 많이 변했다. 음식 앞에서 통제할 수 없는 공격성을 보일 것이라고 한다. 점점 심해질 것이라고 한다. 햄버거에 대한 태도도 달라졌다고 한다. 릴리는 심장 주파수로 선악을 구별하고 선의와 악의를 구별해서 인지하는 능력에서 균형이 무너졌다고 한다. 산책 가드로 복귀시키기 힘든 상황이다.

*

   릴리의 기억 기관 안에서 트라우마가 몸피를 키우는 것 같다. 내가 트라우마를 심은 셈이다.

*

   "다른 시설에 넘기면 안락사 대상이야. 보통 품종과 달라서 이 정도면 매우 위험하거든."
   "슬픈 일 하고 싶지 않아요. 제가 책임질게요."
   "만약 네가 함께 살려면 미등록 상태로 지내야 해. 법을 벗어났어. 네가 공격당할 각오를 해야 해."
   "저에게는 안 덤벼요."
   "안심하는 건 나빠. 예전에는 릴리가 너를 위해 봉사했지만 이젠 네가 릴리를 위해 봉사해야 해. 함께 살려면."
   "책임질게요."

"왜?"

"세상이 변할 테니까."

*

유진이 난처하다는 표정을 짓는다.

"현장을 보지 못해서 확신할 수 없지만 릴리가 난폭해진 이유 중 일부는 너를 위해서였고 일부는 본능이었을 거야. 그리고 대부분은 릴리가 문 사람이 가졌던 불순한 의도 때문이었다고 나는 생각해. 너에게도 가해 과실이 있다는 게 현실의 법이고."

내가 가해자란다. 이게 현실의 법이란다.

"맞아요. 제가 원했어요."

"뭘?"

"죽이기를!"

"다른 사람에게도 똑같이 얘기할 거니?"

나는 유진의 눈을 바라본다.

"그래야 세상을 바꿀 수 있으니까."

유진이 말을 바꾼다.

"넌 피해자이기도 해."

나는 화가 난다.

"제 피해는 사소하겠죠. 산책을 방해당했죠. 단지 그것이었죠. 산책을 방해한다고 죽여 버리려 했죠. 제 법은 그게 정당방위죠. 저를 유린하려 한, 햄버거로 릴리를 유인한 사람은 아직 저를 폭행하지 않았죠. 내일 폭행하겠죠. 그러니까 오늘은 제가 벌을 받아야 되는 거겠죠. 내일 폭행할 사람을 오늘 내가 물어 뜯기게 만들었으니까. 릴리 목줄을 풀었으니까. 총을 쏜 것이나 마찬가지니까."

\*

"그만둬."
릴리가 말한다.

\*

유진이 말한다.
"나 말고 누가 네 이야기를 알아?"
"엄마. 제 친구."
"할라?"
"아니요. 원래는 호랑이인 제 친구."
"호랑이?"

\*

나는 호랑이 파일을 재생한다. 거실에서 릴리와 함께 편히 누운 장면이다. 이것이 어떻게 현실에서 가능하지? 유진이 놀랍다는 표정을 짓는다.
"합성 아니에요."
유진이 고개를 끄덕인다.
"호랑이를 만난 게 즐겁니?"

"네."

"호랑이에게 사건 얘기 네가 했어?"

"아니요. 호랑이가 알았어요."

"그렇구나."

"불쑥 생각이 떠오르면 화가 나 폐가 아파요. 불을 지른 것처럼 뜨거워요. 까맣게 타는 것처럼."

"산책 회원이 호랑이를 봤다는 말이 사실이었구나. 지금은?"

"산책 나갔어요. 매니저님과 편하게 대화 나누라고 자리 비켰어요."

\*

유진을 보내고 혼자 걷는다.

어? 내가 혼자 걷네? 밤에!

유진에게 메시지를 보낸다.

\*

-매니저님. 제가 지금 혼자 걸어요. 미쳤나 봐.

-기분이 어때요?

-모르고 걸을 때는 상쾌했고 지금은 얼떨떨해요.

-주변에 뭐가 있어요?

-혼자 걷는 사실이 어색해요. 의식하니까 갑자기 무서워졌어요.

-제가 갈까요?

-아뇨. 극복해야죠. 혹시 릴리에게서 신호 오나요?

-신호라니요?

-위치 추적 칩 같은 거…….

-목걸이에 심었는데 숲에서 사라졌어요. 예전에.

-아셨군요……. 예전에…….

-이젠 회원님께서 관리하셔야 해요. 할 일이 많을 거예요.

-고마워요.

*

갑자기 햄버거가 날아오는 장면이 떠오른다. 입 달린 사람의 눈알이 커진다. 주변에서 심장 썩는 냄새가 난다. 눈앞이 절벽처럼 캄캄해진다. 화가 난다. 폐에서 불이 붙는 것 같다. 발이 바닥에 붙는다. 오물 액체 속으로 끌려 들어간 생명체 같다. 아가미가 벌어지지 않는다. 접착제가 끈적거린다. 아아. 제발! 허리를 숙인다. 손에 집히는 바위가 미끈거린다. 숨 쉴 수 없다. 겨우겨우 위치를 이동한다. 땀이 비 오듯 쏟아진다.

*

"왜 기어가니?"

음성이 들려온다.

정신을 차린다.

호랑이가 내려다본다.

손을 잡아 줘.

말하지 못한다. 온기가 닿으면 변신하니까.

내 힘으로 몸을 일으킨다.

손잡아 주지 않아서 화가 난다. 화난 목소리로 말한다.

"언제 왔어?"

호랑이가 말한다.

"계속 바라보았어."

"죽여 버리고 싶어. 또 나타나."

"너를 보호해. 피해자임을 부정하는 네 마음을 부인해."

"어떻게?"

"손으로 이렇게 모래성을 쌓는다고 쳐. 손을 떼는 순간 이게 무너질 염려 때문에 계속 붙잡아야 할 것 같잖아. 진실은 모래성이 아니야. 네가 피해자라는 사실은 손을 떼면 그림자 없이 사방으로 퍼지는 강력한 빛이야. 손을 모아 빛을 가둘 필요가 없어. 풀어 줘. 빛을."

*

증발시키자.

불안한 마음을 심장에서 꺼내어 손바닥 위에 올린다. 눈을 감고 상상한다.

*

심장에서 꺼낸 마음은 고체여서 딱딱하다. 주사위처럼 각이 졌다. 고체인 마음에게 숨을 불어넣는다. 엄마의 입술처럼 말랑해지기를 기도한다. 기도가 통한다. 주사위처럼 딱딱한 마음이 액화 이산화탄소처럼 투명한 유체로 변하기를 기도한다. 마음을 손바닥 위에 올려놓고 기도한다. 머리 위 하늘 어딘가에서 새가 날아온다. 새는 손바닥 위에 착지한다. 작은 새가 손바닥 위에서 자리를 잡는다. 체조 선수가 다리를 벌리듯 발가락을 길게 벌려 뻗고 발톱을 세워 피부를 움킨다. 집요한 마음처럼 단단하게 힘을 준다. 새는 아이가 그넷줄을 잡듯 나의 평평한 손바닥에서 지문 틈새를 발견하고 골짜기를 움켜쥔다. 새의 발톱이 뾰족하고 발가락은 힘이 세다. 나는 깨닫는다. 땅 위에 멈춘 새는 바닥에 발바닥을 대고 정지한 것이 아니라 체중으로 내리누르는 중력으로 선 것처럼 보이지만 체중을 견디며 발목에 힘을 주고 발가락에 힘을 보내 바닥을 부여잡는다는 사실. 빨랫줄에 앉은 새가 줄을 움키고 흔들리지 않기 위해 균형을 잡는 것처럼. 키보다 높은 철봉대를 잡고 매달린 아이의 손처럼.

   액화 이산화탄소가 물로 변한다.

   새가 손바닥의 물을 쫀다.

   부리는 딱딱하고 혀는 부드럽다.

   새가 마지막 한 방울까지 다 쪼아 마신다.

   손바닥은 상처 나지 않는다.

*

   마음이 밤새 눈이 하얗게 내려 쌓인 아침 숲의 겨울처럼 환하다.

# 10장

"띵동!"

메시지 알림 음이 울린다.

-잘 지냈니?

이어서 사진이 도착한다.

유채꽃밭에서 할라가 웃는다.

-친구야, 이거 혹시 유채?

-우리 신혼여행 갔을 때 절정이었어.

-꽃밭이 정말 넓다. 헬렌, 라헬, 현주 할머니 시절에는 거의 없었다는데.

-관광객 즐기라고 나라에서 대량으로 심었대.

-'레이프플라워.' 어감이 안 좋아서 '카놀라유나무'라고 부른대. 엄마랑 나랑은 '헬렌마크꽃'이라고 불러. 한 송이 정도는 할머니들이 심은 유채에 영향을 받았을지 몰라.

-헬렌 할머니가 유채꽃을 심었어?

나는 바르샤바에서 시작한 헬렌 할머니의 여정이 너무 길어서 메시지로 다 전할 수 없지만 오데사평원에서 수확한 유채꽃 씨앗을 상하이, 나하, 제주섬으로 자리를 옮길 때마다 심고 키웠다고 연보처럼 간추려서 설명한다. 할라가 기억할까? 일주일의 동거 기간에 어떤 이야기를 어디까지 했는지 기억이 가물가물하다. 할라가 기억하는 이야기가 어떤 것인지 묻고 싶다. 할라가 메시지를 보낸다.

-그렇지 않아도 내 파트너가 데보라 할머니 이야기 궁금해하더라.

-왜?

-제주섬 출신이거든.

\*

아…… 나는 휘청거린다. 할라와 파트너가 자주 얘기했을 것 같다. 이제는 인생을 오래 겪고 실버타운에서 휴식 중인, 아기였던 데보라의 인생에 대해. 섬에서 태어난 아기. 할라와 파트너가 나 요한나에 대해서가 아니라 데보라에 대해 집중했을 것 같다. 띠발. 정말 띠발이다.

\*

이상하게도 관계 배치에서 내동댕이쳐졌다는 느낌이 강해진다. 존재감이 작아지면서 내가 한없이 하찮아진다.

*

 데보라 할머니 얘기가 궁금해서 다시 연락한 거니? 유채꽃 밭에서 찍은 사진을 들이대면서? 목표가 뭐야? 따지고 싶다. 내가 묻는다.

*

-섬 출신이면 네이티브?
-맞아. 네이티브.
-파트너한테 데보라 할머니 얘기했니?
-했어. 너에게서 들은 헬렌 할머니, 라헬 할머니 얘기. 듬성듬성.
-뭐래? 반응이 어때?
-피해자 명단에 올리면 좋겠대.
-응?
-사건 피해자 명단에 데보라 할머니를 올리면 좋을 거래.
-무슨 소리야?
-파트너는 피해사실공표자 유족이야. 난 이 언어에 넘어갔어. 믿음직해 보이더라. 피해자와 공표자를 합해야 정확한 표현이라고 해. 과거에는 피해를 입었으면서 피해 사실을 숨기는 사람이 많았지만 이젠 거의 없어. 파트너의 할머니가 감옥에 갇히면서까지 운동을 했어. 고문도 당했대. 군부독재 시절에는 피해자가 입도 뻥끗 못 했대. 당했다고 발언하면 반란 세력으로 낙인찍고 가족까지 감옥에 넣었대.

―지금은?

―국가가 국가범죄로 규정해 사과하고 배상했어.

―대단하다.

―국가가 대단한 게 아니라 저항하고 진실 규명을 요구한 피해사실공표자가 대단한 거지.

―과거에는 왜 못 했을까?

―냉전 대립을 이용하는 정치인들 때문에.

―거기도?

―전 세계가 심하게 냉전을 이용했어. 내가 너의 가족 얘기를 했더니 파트너가 대뜸 데보라 할머니를 초토화 작전에서 부모를 잃은 피해자로 등록하는 게 어떨까 하는 말을 하는 거야. 어떻게 생각해?

―무슨 의미가 있나?

―손해배상을 청구할 수 있대.

―배상? 받으려면 손해를 증명해야겠네. 피해 사실을 증명? 뒷배에 미국이 있었던 거 아니?

―그래도 한국 정부 책임이야.

―어째서?

―미국이 지시했다 하더라도 거절하고 보호하는 게 국가가 이행해야 하는 책임이야. 미국이 무해하다는 말이 아니야.

―데보라 할머니한테는 의미 없어. 배상액은 더 의미 없어. 식당 부자야. 장학재단에 기부 많이 해.

―부자시구나. 신청자가 피해 사실을 증명하려고 애쓸 필요

없어. 피해자가 신청을 하면 조사 기관에서 조사를 하고 판결해. 신청만 하면 돼.

−글쎄. 네 파트너의 목적은 뭐야?

−금액에 의미가 큰 건 아니지만, 너의 가족은 섬에서 일어난 사건을 세계사적인 사건으로 확대하는 계기여서 파트너가 관심을 가졌어.

−할머니들은 미리 알고 폭력을 피해 다녔을 뿐이야.

−살아남은 것 자체가 저항이고 사건이야. 그리고 특별하잖아. 헬렌 할머니가 폴란드에서 태어난 유대인이라는 거, 라헬 할머니가 기록물을 거래해서 미국인이 된 거, 데보라 할머니가 태어난 땅을 동경하는 거. 현주 할머니의 손녀가 너를 돌본 거.

−나는? 엄마 카렌은?

\*

−미안해. 일단 데보라 할머니부터 정리를 해야 할 것 같아.

−남자 가족 이야기도 필요해지겠지?

−남자 애긴 없어도 돼.

\*

−어떻게 없어도 돼?

\*

−왕들의 이야기에 여자 이야기가 없다고 이상하게 생각하

는 사람 없듯이 여자들 가계 이야기에 남자 이야기가 없다고 이상하게 생각할 사람도 없어.

-그리고 너의 목적은 뭐야? 나한테 데보라 할머니를 이야기하는 목적.

-개인적인 목적은 없어. 파트너의 말을 전하는 것뿐이야.

-전하지 않을 수도 있잖아.

-그러게. 네 말을 들으니 그런 면이 인정이 된다. 내 목적은 뭘까. 나도 모르겠다. 목적이라는 게 있었을까?

-산책하다가 나를 폭행하려는 사람을 만났어.

-저런!

-못 움직이게 만들었어.

-정말?

-사실이야.

-어떻게 처리했어?

-알게 뭐야. 나는 별일 없어.

-이 메시지 빨리 지우자.

-괜찮아. 난 가해자로 처벌받을 수 있겠지만 피해자야. 열 받지만. 같은 상황이 벌어지면 또 똑같이 할 거야.

-전쟁터에 나간 군인 같다.

-내가?

할라는 침묵한다.

\*

공허하다. 답이 없다. 나는 메시지를 기다리다가 마음을 접는다.

\*

전쟁이 별거냐. 이런 게 전쟁이지.

\*

할라에게서 연락이 자주 온다. 인사를 주고받는다. 할라가 데보라 할머니의 일상을 묻는다.

\*

나는 할라가 순수한 그리움 같은 것을 보내오는 상황을 동경하지 않기로 한다. 기분이 나쁘지 않은 쪽으로 마음을 먹는다. 용건 때문에 연락하는 거겠지. 거겠지. 가능하면 할라가 묻는 말에 과장하지 않고 솔직하게 대답하려고 애쓴다. 나는 할머니와 엄마의 보호자이다. 엄마가 사고를 당한 후 졸지에 보호자 신분이 되었다.

띠발, 띠발. 이런 욕을 많이 해서 엄마가 질색하는 할머니. 언어 때문에 딸이 함께 살기를 거절해서 혼자가 된 할머니. 할머니는 현주 할머니가 친엄마일지 모른다고 생각했다고 한다. 현주 할머니는 라헬 할머니가 특별 발행으로 시민권을 얻은 뒤 초청해서 데보라 할머니 양육에 도움을 요청했고 현주 할머니가 허락했다고 한다. 데보라 할머니는 욕을 한다. 현주 할머니한테서 한국말을 좀 배웠다고 한다.

*

데보라 할머니에게 간다.

*

"영미 왔니?"

데보라 할머니가 말한다.

내가 아주 어렸을 때부터 할머니는 나를 영미라 부른다. 내가 할라를 친구라 부르고, 기독교도가 신을 아버지라 부르고, 엄마가 나를 요한나라 부르는 것처럼 할머니는 나를 영미라 부른다. 모계로 이어지는 피를 붙잡고 싶어서 한국식 이름을 지었다고 한다. 흰 피라고 부르는 젖의 가계도. 엄마가 없을 때, 나와 단둘이 있을 때 크게 부른다.

"영미야."

*

그래서 엄마가 싫어했을 것이다.

*

"슬픈 소식이 있는데 전할까 말까 하다가 그래도 알아야 될 것 같아서 말하고 싶은 게 있어."

"영미야, 얘기해 줄래?"

"엄마가 이산화탄소를 먹고 혼수상태에 빠졌다가 일어났어. 완전히 회복은 못 했는데 곧 일어나길 바라고 있어."

"자해했니?"

*

할머니는 왜 이런 끔찍한 상상을 하는 걸까. 자해라니…….

*

자해라니…….

*

딸이 자해할까 봐 데보라 할머니는 폐에서 불이 일었을까. 매일매일?

자해가 아님을 말해야 하니 엄마가 겪은 사고를 길게 설명한다. 데보라 할머니가 세 살 때 겪은 전쟁이 엄마를 쓰러뜨렸다.

*

"일어날 수 있는 거지?"

"당연하지. 일어날 거래."

"일어나면 내가 보러 가도 되는지 물어봐 줄래?"

데보라 할머니가 웃는다.

할머니는 엄마가 얼마나 심각한 상황인지 모른다. 내가 묘사하지 않으니까.

*

할머니를 만나고 나서 할라에게 내가 먼저 문자를 보낸다. 따지고, 꾸짖고 싶은 마음을 문자에 묻힌다.

-파트너가 활동가니?

-아니. 회사원.

-그런데 왜 정치 활동을 해?

-무슨 정치 활동?

-피해자 신청하라고 했잖아.

-정치 활동이 아니라 일상이야. 할머니의 엄마 시대 때 겪은 일인데 자기가 겪은 것처럼.

-앞으로 정치할 건가?

-아냐. 거의 매 순간 그래. 섬사람이라 그렇대. 일상이야.

-피해자 디엔에이를 발현하는 거구나. 파트너가 네이티브면 아이가 어떻게 됐는지 알까?

-아이라니?

-대나무로 경찰이 탄 말 엉덩이를 때린 아이. 3월 1일에 그 아이 때문에 시위가 번졌다고 해. 아이가 넘어져서 우니까 경찰의 말이 아이를 짓밟고 지나간 것처럼 시민들이 흥분했어. 시민들이 모이니까 경찰이 총을 쏘았어. 여러 명 죽었는데 인터넷으로 웬만한 정보를 다 찾았지만 그분이 어떻게 되었는지는 찾기가 힘들어.

―살았다면 당사자도 참 힘들겠다.

―피해자 명단을 살폈어. 나이가 날짜와 함께 사망자 명단에 빼곡하더라. 3월 1일, 제일 어린 사망자가 15세야. 말 엉덩이 때린 어린아이는 훨씬 어렸어. 죽지 않은 것 같아. 아이가 어떻게 됐는지 물어봐 줄래?

―왜?

―나 같으면 어떻게 살았을까…… 불안한 생각이 들어서. 불쏘시개가 됐잖아.

―그래. 파트너한테 물어볼게.

―모세는 지팡이로 반석을 두드렸고 아이는 말의 신체 부위를 건드렸고. 말로 하지 않아서 그렇게 됐어.

―두 가지가 어떻게 같니!

―아무튼. 모세는 그 일로 죽었어. 바위를 지팡이로 두들긴 죄로.

―미안. 다음에 또 메시지 할게. 안녕.

할라가 대화방에서 나간다.

*

나는 엄마 병실에 들어간다. 엄마는 오디오 북을 틀어 놓고 듣다가 나를 맞이한다.

"엄마, 나 왔어. 무슨 책 들어?"

"이것저것. 알고리즘이 추천해 주는 것."

"뭘 추천당했어?"

"박쥐가 된다는 것은 무엇인가."

"헐……. 영화 〈배트맨〉?"

"박쥐는 시력이 없고 초음파로 세상을 인지하고 사람은 박쥐의 인식 경험을 체험할 수 없다는 내용. 내가 듣는 능력을 개발하려고 애쓰니까 추천당했어. 릴리가 심장 주파수로 사람의 감정을 읽는다고 해서 연습해 보려고 했거든. 귀에 청력 증강 장치를 착용하면 어떨까……."

"곧 엄마 사이보그 되겠다."

"응. 반대 안 해. 어차피 신이 될 수는 없으니까."

"엄마, 참 이상해."

"오늘은 뭐가 이상해?"

"할라가 데보라 할머니 인생을 자꾸 물어."

"욕쟁이!"

"맞아. 해 줄 말이 욕쟁이라는 말밖에 없어. 할라와 대화를 하다 보면 엄마와 내가 완전히 한국에서 태어난 것 같다는 느낌이 강해져."

"호랑이는?"

"잘 지내."

"함께 왔어? 혹시 지금 옆에 있니?"

"만나고 싶다는 엄마 얘기 전달했고, 호랑이도 동의해서 접수대까지 함께 왔는데 관리자가 거절하셨어. 엄마 상태를 고려해서 나 말고 다른 사람은 면회 금지래."

"우리 대화가 기록되는 것 알지?"

"알지. 기록되는 것. 엄마 일이 비밀이면 내 이야기도 비밀이니까. 난 폭행하려는 사람을 만났고, 호랑이를 만났고, 내 비밀을 털어놨잖아. 날 잡아가려고 온 사람은 없어."

"기관에서 보면 네가 벌인 일은 아주 사소해. 언론은 잠잠하고."

"군대 기관에서 나를 보호하나? 언론도 통제하고? 호랑이랑 함께 사는 것도 다 관찰하면서?"

"알 수 없지. 우리를 살려 두는 이유를 아는 게 진짜 큰 능력인데 참 사소하다 우리. 우린 알 수 없을 거야."

"호랑이한테 뭘 묻고 싶었어?"

"신이냐고 물으려 했어."

"아니라고 했잖아, 엄마."

"너 대신 내가 물으려 했어. 네가 물으면 또 두 번 의심한다고 너를 떠날까 봐. 내가 물으면 첫 번째니까 괜찮잖아."

나는 창밖을 바라본다. 애나가 일하는 카페에서처럼 호랑이는 정원에서 느린 걸음으로 산책한다.

"이끼에 싹이 많이 돋았대?"

"웬 이끼?"

"의사가 말했다고 했잖아. 이끼처럼 감각이 살아나는 것 같다고."

"그래 봐야 이끼지 뭐."

"왜…… 절망적이야?"

"이끼는 번식하는 데에 오래 걸린대. 내가 늙겠지."

"뭐가 문제일까?"

"뇌에서 신호를 보내는데 어디에서 가로막히는지 모른단 말야."

"정말 답답하다. 확 뚫어 주고 싶은데."

"호랑이 얘기 좀 해 줄래?"

"밤에 이끼를 묻혀 와."

"어디서?"

"멀리까지 뛰다 오는 것 같아."

"호랑이로 변신해서?"

"여자의 몸으로는 위험하니까."

\*

참 이상하다. 모든 게 현실이고 모든 게 비현실!

\*

"엄마 일어나면 함께 가고 싶은 곳이 있어."

"어디?"

"우리가 박쥐 보러 가는 동굴에 릴리를 숨겼다고 했잖아. 엄마가 알지 못하는 문을 찾았어. 들어갈 때는 우리가 들어간 문으로 들어갔고 나올 때 다른 문으로 나왔어."

"다른 문?"

"동굴 속 어둠을 파고들어가니까 거기 어마어마하게 넓더라. 호랑이를 따라갔더니 길이 여러 갈래로 나뉘는 거야. 동굴에서 길을 잃을까 봐 바짝 쫄았지 뭐야. 겁나더라. 치비치리동굴에 한 마을 주민이 모두 전쟁을 피해 들어갔다가 죽었다고 하잖아. 동굴이 점점 더 깊어지니까 무섭더라. 걷다가 깨달았어. 깨달음이 오지 뭐야."

"흥미롭다."

"동굴에서 길을 잃을 때 빛이 되면 사는 것이구나. 우리가 빛이 되면 사는 것이구나. 엄마 말대로 면봉으로라도 벽을 파면서."

"동굴이 신비롭다. 너 이제 많이 빛나겠다. 눈으로 보고 싶네."

"빛이 되면 너무 눈에 띄지 않을까?"

"걱정되니?"

"사실은 좀. 밤에 산책할 때 눈에 잘 띄는 것 불편해."

"네가 빛나는 모습을 상상하니 기분이 좋다."

\*

빛이 되려면 남의 눈에 띄게 되는 것을 감내해야 한다.

\*

"바르샤바에서 시작해 오데사, 상하이, 난징, 나하, 제주, 대전, 노근리 이런 루트로 여행 한번 할까? 헬렌 할머니 루트?"

"뭐든 하자. 내가 움직일 수 있게 되면."

\*

어? 왜 이렇게 기분이 좋지? 몸에 변화가 오는 것 같더니 옷이 쭉, 쭉 찢어지는 것 같다. 점점 호랑이가 되는 느낌이다. 괜찮다. 진저리 치면 사람으로 변신하니까. 나는 팔에 호랑이 털이 솟기를 기원하면서 엄마의 온기를 즐긴다. 엄마도 느낀다면 좋겠다. 엄마, 엄마…….

\*

"엄마, 나 호랑이가 될 건가 봐."
"안 보인다고 거짓말 마."
"진짜야. 보고 싶으면 얼른 일어나."
"아……. 이끼가 언제 자라서 나무가 될까……."
엄마가 시무룩하게 말한다.
"엄마, 과학을 해. 이끼는 자라고 자라도 이끼야. 이끼가 나무가 되려면 진화를 해야 해. 자라서 되는 게 아니라 변해서 되는 거야!"

\*

이렇게 기분 좋은 어느 날.

\*

어깨를 돌려 근육을 충분히 푼다. 어깨가 풀리자 목을 푼다. 목을 푼 다음 허리, 허리 다음에 무릎, 무릎 다음에 발목 관절을 풀고 정강이와 종아리, 허벅지와 장딴지, 배와 가슴과 등, 팔과 손가락, 마지막으로 턱과 얼굴 순서로 근육을 늘인다. 땀이, 이끼에 맺혔다가 조금씩 커진 자기 몸의 무게에 저절로 구르는 새벽이슬처럼 나의 피부 위에서 구른다. 나는 매트 위에 앉는다. 몸을 최대한 반으로 접는다. 허리를 젖혀 뒤로 절반이 되게 몸을 접을 수 없어서 앞으로 접는다. 머릿속이 가벼워지고 맑아진다.

\*

 호랑이가 곁에서 몸을 늘인다. 거실이 호랑이 심장 소리로 가득 찬다. 의미를 알 수 없는. 온몸을 이완시킨다.

\*

 축 늘어진 뱃가죽 속에 사람이 들어 있다.

\*

 호랑이와 집을 청소한다. 사람이 호랑이로 변한 것인지, 호랑이가 사람으로 변한 것인지, 원본과 사본의 구별이 희미하다. 나는 호랑이가 호랑이인 채로 사는 것도 좋고 사람으로 변해 움직이는 것도 좋다. 사실 호랑이인 채로 살 때는 사람이 배 속에 들어서 꺼림칙하다. 언제 뱉을지 몰라 불편하다. 아무래도 사람일 때가 더 좋다.
 청소를 한 후 샤워할 때가 가장 자유로운 혼자이다. 나는 욕실에 들어간다. 엄마처럼 문을 잠근다. 호랑이에게 벗은 몸을 한 번도 보여 주지 않는다. 엄마가 된 것 같다.

욕실에 설치된 화면을 바라본다. 호랑이가 편안한 자세로 릴리와 대화한다. 말소리는 들리지 않는다. 아마도 호랑이와 릴리는 내가 샤워를 마치고 거실을 돌아다닐 때 들려줄 이야기를 만들 것이다. 호랑이에게 스킨십하고 싶은 마음을 들킬까 봐 쑥스럽다. 코로 나온 나의 날숨이 파도 소리로 변해 귀로 들어온다.

*

축 늘어진 뱃가죽 속에 사람이 들어 있다.

## 11장

엄마를 삼키면 호랑이가 눈을 뜨게 해 줄 수 있지 않을까?

*

호랑이에게 말한다.

"너, 내 엄마 삼켜 줄래?"

"왜?"

"네 배가 치유 능력을 가졌잖아. 네 배 속에서 그 사람이 회복했잖아. 저번에 네가 뱉어 낼 때 봤어. 그 사람 릴리한테 물린 입이 멀쩡해진 것을 봤어. 가슴이 멀쩡해진 것도. 네 배 속에 회복시키는 기능이 있는 것 같아. 엄마를 회복시켜 줄래?"

"엄마가 원할까?"

"당연히 원해."

"내가 삼키는 것을?"

\*

 호랑이가 나를 꾸짖으려 한다. 네가 엄마의 마음을 알아? 모르면서 왜? 혼내려 한다. 꾸짖지 마. 제발. 좋은 말로 해 줘. 모세처럼 지팡이를 두드리지 말아 줘. 모세는 말로 안 해서 죽었잖아. 눈빛으로 쏘지 마.

\*

 모세의 잘못을 찾아보자. 신은 모세에게 바위한테 언어를 사용하라고 명령했다. 모세야, 아론아, 너희는 시민들을 모아 시민 앞에서 바위에게 말해라. 바위한테 물을 내놓으라고 말해라. 이루어질 것이다. 신이 말하라 했음에도 불구하고 모세는 홍해를 가를 때처럼 지팡이로 바위를 두 번 쳤다. 바위에서 물이 나왔고 시민이 마셨다. 신은 설계했다. 위대한 인간이란 없어야 한다. 인격이 신성을 가지면 죽는다. 신은 가나안이 보이는 산 위에서 모세가 기도하며 죽게 만들었다. 말로 해야 할 자리에서 목소리를 사용하지 않고 지팡이로 바위에게 폭력을 행사한 죗값을 물게 했다. 모세는 언어를 사용해야 했다. 반석아, 물을 내어라. 말을 하지 않아서 죽임을 당했다. 말로 할 자리에서 말을 하지 않은 것. 성대로 표현해야 할 자리에서 지팡이를 휘두른 것. 바위야, 물을 내어라. 공중 앞에서 바위에게 말을 하는 것이 40년 동안 사막을 방랑하며 살아남은 것보다 더 어렵다. 바위에게 말을 하라니……. 지팡이로 바위에게 폭력을 써서 죽게 되었다.

\*

호랑이가 나를 꾸짖는다.

\*

"엄마가 움직이지 못한다 해서 엄마를 이래라저래라 할 수 있다고 착각한 거 맞지?"
"미안해. 사실이야."
"다행이다. 곧바로 인정해서."
"안 그러면 네가 떠날 거니까."

\*

내게 트라우마가 늘어난 것 같다. 호랑이가 떠날까 봐 불안하다. 말을 조심해야 해서 나는 점점 말이 줄어 간다. 나는 묻고 호랑이는 답하고, 나는 떼쓰고 호랑이는 꾸짖고. 이런 관계 정말 싫다.

\*

"물어볼게. 물어보면 되는 거니? 물어봐서 엄마가 원하면 삼킬 거야!"
"그래. 물은 다음 생각하자."

\*

것이다.

 호랑이가 엄마를 삼키면 호랑이의 배 속에 들어간 엄마는 릴리가 입술을 문 사람과 마주칠 것이다. 누구인지 모르는 사람. 호랑이의 배 속에 그 사람이 살고 있다. 누구일까. 어떤 가정에서 태어나 어떻게 산 사람일까. 궁금해하지 말기로 했다. 하지만 궁금하다. 궁금해하지 않는 것이 이렇게 어렵다.

*

쉬울 줄 알았는데. 죽여 버릴까.

*

내가 말한다.
"그 사람 뱉어."

*

호랑이가 말한다.
"왜 내게 명령하니?"

*

"네 배 속에 그 사람이 있잖아! 엄마를 삼키기 전에 그 사람을 처리해야 해. 엄마와 그 사람을 마주치게 하고 싶지 않아."
"내가 왜 너에게서 그런 말을 들어야 하지? 물음표 붙여서 말해 줄래?"

\*

띠발.

\*

릴리가 우리를 바라본다.

호랑이가 말한다.

"죽이려고?"

"아니. 난 안 죽일 수 있게 되었어. 강해졌으니까 안 죽일 수 있게 되었어."

"약속할 수 있어?"

"약속 말고 우리가 할 수 있는 게 뭐 있어?"

\*

약속하고 지키거나, 약속하고 배신하거나, 약속을 안 하거나.

\*

사랑이거나, 유희거나, 폭력이거나.

\*

호랑이가 뺄지 않는다.

\*

긴 밤. 밤이 길 것 같다. 엄마가 허락할까?

\*

 할머니들이 폭력을 피해 다닌 게 아니라 세계를 바꾸러 다녔다면 어떻게 되었을까. 세상을 조금이라도 바꾸려고 노력하러 다녔다면. 릴리트처럼. 어떻게 되었을까.

\*

 편집실로 들어간다. 거울 벽면 사이에 서서 내 모습을 바라본다. 글을 쓰려고 하는 내가 복제되어 끝없이 줄을 선다.
 전등 램프가 밝을수록 거울 속의 어둠은 멀어지고 거울의 개수가 늘어난다. 거울이 거울을 비춰서 양쪽에 깊은 터널이 생긴다. 하늘에서 보면 바다가 평평하지만 물을 비워 내면 바다 바닥에서 산맥과 골짜기가 나타나는 것처럼. 1억 년이 넘는 시간 동안 한 번도 흐르지 않은 바닷물이 해저에 고였다고 상상한다. 고인 물은 짜지 않고 순수하다. 이 물을 마시면 사람이 처음으로 돌아간다. 신이 못 해 주는 일을 물이 해 준다. 거기에는 죽은 사람만 갈 수 있다.
 할머니들을 생각한다. 글을 쓴다. 현주 할머니까지 넣어야 글이 된다. 사랑을 담아, 모르면서 글을 쓴다. 이리저리 폭력을 피해 다닌 헬렌과 라헬.

\*

 폴란드 바르샤바 인근 유대인 게토에서 태어난 고조할머니 헬렌은 항구를 동경했다. 발을 디디면 어느 방향이 땅끝인지 상상되지 않는 내륙지역은 바람이 시원해도 가슴이 답답했다. 할머니는 에덴을 떠난 릴리트처럼 고향을 떠나 우크라이나 리비우를 거쳐 흑해 연안 오데사에 이르렀다. 혁명이 일어난 곳이다. 할머니는 해안 전망대에서 망원경으로 바다 건너를 바라보았다. 배가 불을 켜서 점점 개수가 늘어나는 밤이 될 때까지 눈을 떼지 않았다.

\*

고 한다.

\*

러시아는 레닌이 볼셰비키 정부를 세우면서 유대인 박해를 금지했으나 레닌이 병으로 죽은 후 스탈린이 독재로 개혁하면서 모든 종교 활동을 금지했고 시민들 사이에서 저절로 포그롬이 재발했다고 한다. 유대인 차별을 금지한다는 레닌의 법은 온데간데없었다고 한다. 포그롬은 러시아어로 'погром'이라고 쓴다. 러시아의 홀로코스트이다. 포그롬의 첫 글자 뻬(п)가 야훼의 히브리어 헤이(ח)를 닮았다. 히브리어 야훼는 네 글자이고 헤이가 두 개 있다. 유드(י), 헤이(ח), 바브(ו), 헤이(ח). 두 개의 헤이를 이으면 쌍굴이 된다. 맥도날드 햄버거 로고와 비슷하다. 헤이는 동굴에서 숨구멍이 뚫린 모양이다. 헤이는 신을 뜻한다고 한다. 포그롬의 뻬(п)와 모양이 더 닮은 히브리어 두 글자 중 헤트(ח)는 짐승을 뜻한다. 다른 글자 타브(ח)는 진실을 뜻한다. 타브는 성경 속 최초의 여자 릴리트의 마지막 글자이다. 릴리트는 에덴을 박차고 나갔다. 뒤집는다. 히브리어는 순서가 반대라서 릴리트는 תיליל가 아니라 ליליח이다. 타브를 처음에 읽지 않고 마지막에 읽는다. 신을 가리키는 헤이가 숨 막히면 헤트 같은 짐승이 되거나 타브 같은 진실이 된다.

\*

고 한다.

\*

헬렌은 식당에서 묵묵히 일한다. 휴일에 자전거를 타고 평원으로 나간다. 유채꽃밭 지평선이 노란 바다 같다. 봄에 눈부신 식물이 가을에는 갈색으로 마른다. 농부가 줄기를 베어서 턴다. 검은 씨앗을 추수한다. 유채 기름의 원료이다. 어느 식당에서 헬렌은 유채 기름으로 생선을 튀긴다. 헬렌은 이웃으로부터 예루살렘을 되찾는 시오니스트 조직에 들어가자는 제안을 받는다. 헬렌은 해저 지진을 감지하는 물고기처럼 예민하게 정보를 모은다. 헬렌은 딸 라헬의 미래를 염려한다.

\*

헬렌은 엄마에게 편지를 쓴다. 엄마, 혼자 힘으로 아이를 낳고 키우는 재주를 물려받았나 봐. 좋은 사람이었는지 아닌

지도 판단하고 싶지 않아. 기독교와 독립운동을 배우러 온 한국 유학생이었어. 사람의 심장 소리를 가장 가까운 거리에서 들었어. 내가 낳은 아이는 딸인데 이름이 라헬이야. 혼자 낳고 혼자 기른다, 엄마. 떠도는 동안 언어를 배웠으니까 먹고사는 데에 도움이 될 거라 믿어. 일단 살자 우리. 내게 슈테틀에서 떠나라고 떠민 것 고마워. 헬렌이라 이름 지어 준 것도. 달이 아니라 태양이 되라고 말해 준 것도. 헬렌은 오데사의 우체국에서 고향으로 편지를 부친다. 편지를 부치고 상하이로 이주한다.

\*

  세계는 전쟁 중이어서 도시 이름은 그대로이고 국가 이름이 계속 바뀐다. 유럽의 도시도, 아시아의 도시도 마찬가지이다. 예루살렘이 도시 이름이고 이스라엘이 국가 이름이듯, 팔레스타인에 속한 예루살렘이 있고 이스라엘이 점령한 예루살렘이 있듯이, 도시 이름은 그대로이고 도시가 속한 나라 이름이 자주 바뀐다. 난징이 속한 대륙은 국민당과 공산당이 내진올 벌이는 중이다. 아직 중국이 아니었다. 일본은 대륙을 장악하고 이곳을 일본이라 정하려 한다. 일본군 정찰대가 말을 타고 거닌다. 장차 중국의 아버지라 불릴 정치가의 무덤 건물 앞에서 헬렌과 라헬은 일본군 앞에서 걸음이 막힌다. 난징은 헬렌이 라헬을 데리고 출장 간 곳이다.
  헬렌은 돌아선다. 여행자가 핸드백 하나 걸치고 빈 인력거가 왔을 때 손을 치켜들어 운전자를 부르듯 빠르게 행동을 결정한다.

헬렌이 라헬에게 말한다.

"일본군이 상하이보다 훨씬 많다. 큰일이 벌어질 건가 봐. 엄마가 좀 예감이 안 좋네."

"그래서?"

"네가 혼자 할 수 있는지 시험해 보면 어떨까? 상하이 집에 먼저 돌아가서 기다리면 엄마가 일 마치고 갈게. 일주일이 지나서 오지 않으면 국제 터미널로 가서 배를 타. 할 수 있을까?"

절반은 농담. 라헬은 자신 있게 말한다.

"재미있지, 뭐."

"지도 잘 챙겨. 엄마가 상하이로 안 오면 오키나와의 도시 나하로 가서 기다리는 거야. 나하는 좁으니까 기다리면 만나질 거야. 상하이에서 들어오는 배가 많지 않으니까 배 들어올 때 항구에서 얼굴 내밀면 엄마가 너를 발견해 낼게. 산이 깊은 내륙으로는 가지 말고. 식당을 먼저 찾고 밥을 먹은 다음 여관을 찾아."

"그럴게."

"놀이라고 생각해. 엄마가 도착하지 못할 일은 없으니까."

"당연하지. 엄마니까."

"넌 용기 있고."

"그렇지."

"어서 가. 집에서 만나자."

"엄마도 조심해."

라헬은 혁명가의 무덤을 등지고 상하이의 집으로 출발한다. 혼자 표를 끊고 혼자 기차를 타고 혼자 인력거를 부른다. 난징과 상하이의 거대한 땅덩어리에서 라헬은 나하가 발을 디디면 누군가의 발뒤꿈치를 건드릴 정도로 작을 거라 오해한다. 엄마가 상하이 집으로 올 거니까 신나게 상상한다. 엄마와 함께 섬으로 가는 배 위에서 뻥 뚫린 망망대해를 바라보는 상상에 빠진다.

\*

라헬은 엄마가 올 거라 믿는다.

\*

엄마는 오지 않는다.

\*

라헬은 학교에 가지 않는다. 엄마를 기다린다. 집에서 창으로 수많은 외국인을 바라본다. 유채 화분 너머로 고개를 내밀고서 저 사람이 어느 도시에서 온 사람일지 짐작해 보며 얼굴을 살핀다. 엄마가 안 오면 어떡하지?

무섭다. 옆집 남자가 문을 부수고 들어올 것 같다.

극장에 가고 싶다. 극장은 사람이 많이 모이지만 안전하다. 나가지 못한다. 한 발자국도 움직이지 못한다. 집이 가장 안전하다. 엄마가 없으니 모든 것이 위험하다. 옆집 남자의 아들이 창밖에서 눈으로 인사한다. 방패로 삼을까. 극장에 가자고 할까.

총격전이 벌어진다. 누가 어디서 쏜 총알인지 알 수 없다. 총을 맞고 유채 화분이 깨진다. 엄마가 가져가라고 말한 지폐 주머니가 드러난다. 엄마가 올 거라 믿을 때는 돈주머니를 어떻게 꺼낼지 궁리했다. 화분을 털면 유채 뿌리에게 미안할 것 같았다. 화분이 총알을 맞고 박살 났다. 창틀에서 바닥으로 떨어졌다. 라헬은 욕을 내뱉는다. 욕이 행동을 이끈다. 라헬은 손을 뻗는다. 돈주머니에 붙은 흙을 탈탈 턴다.

*

0000년 00월 00일 00:00

…….

벽에 쓴다. 엄마가 와서 딸이 배 타러 집에서 나간 시각을 읽으라고.

*

오키나와의 나하에 내린다.

눈에 신사 건물이 들어온다. 마을이 내려다보이는 위치에 있다.

라헬은 신사 언덕으로 오른다.

라헬은 눈을 크게 뜬다. 해안, 식당, 과일 가게, 여관을 눈에 넣는다. 사계절 꽃이 피는 곳임을 알겠다. 12월이고 여름 날씨이다.

언덕에서 발을 뗀다.

마리아의 식당으로 들어간다.

채소볶음과 국수를 주문한다.

마리아와 대화를 트기 위해 지갑을 들고 말한다.

"상하이 돈도 받으시나요?"

마리아가 말한다.

"상하이 돈은 돈 아닌가요? 받습니다."

"미국 돈도 받나요?"

"받죠. 일본 돈으로 내면 제일 좋고요. 여기 처음인가 봐요?"

"처음이에요."

"말하지 않아도 알겠어."

"저 책, 기독교 성경인 것 같아요. 혹시 안 읽으시는 거면 빌려 주실 수 있나요?"

라헬이 계산대 책꽂이를 가리키며 말한다. 성경 책 위에 먼지가 소복하다.

"왜요?"

"엄마 기다리는 동안 읽으려고요."

"신자세요?"

"네."

라헬은 얼결에 대답한다.

마리아가 말한다.

"가톨릭인가요, 개신교인가요?"

"가톨릭. 원래 유럽 출신이라."

"아, 엄마는 언제 오셔요?"

"곧 오실 거예요."

"이 책은 개신교 성경이에요. 우리 독립군이 스페인에 저항할 때는 개신교가 없었고 미국이 들어와서 저런 게 들어온 거죠. 여행 왔어요?"

"엄마가 상하이에 계세요. 앞으로 여기서 살게 될지도 몰라요."

"나도 엄마랑 둘이에요. 잠깐 머물려고 했죠. 여기는 다른 것보다 사람이 제일 좋아요. 인정이 많아. 어쩌다 보니 눌러앉았어."

마리아가 성경 책에서 먼지를 턴다.

라헬은 개신교 미국 책이라는 말에 관심이 끌린다.

마리아에게 묻는다.

"여기가 고향 아니라 하셨는데 고향은 어디인가요?"

"루손."

"루손이 어디예요?"

"필리핀."

라헬이 마리아의 눈을 바라본다. 책을 빌려 줄 테니 이야기를 더 들어주겠느냐는 뜻을 읽는다. 이방인을 만나 호기심이 늘었다고 생각한다. 라헬이 묻는다.

"필리핀은 여기서 얼마나 걸려요?"

"필리핀 어디냐에 따라 너무 달라요. 섬이 엄청 넓고 많아. 아무튼 방향은 남쪽으로 내려가야 돼. 마닐라는 상하이로 올라가는 시간의 두 배나 세 배 정도?"

"배를 타야 되죠?"

"당연하지. 여기가 섬이니까. 마닐라는 상하이처럼 멋있어."

"상하이 가 보셨어요?"

"사진을 봤고 소문을 들었어. 마닐라보다 조금 더 화려하다고."

라헬은 언제까지든 얘기를 들어주겠으니 계속 말해도 좋다는 뜻을 눈에 담아 보낸다.

마리아는 엄마 크리스티나가 주인인 식당에서 일한다. 식구가 엄마와 딸 두 사람이다. 마닐라에서 상하이로 가려다 타이완에서 몇 년, 나하에 들어와 10년 넘게 살았다. 필리핀 독립군은 333년 동안 스페인에 저항했고 스페인이 물러난 뒤 미국에 저항했다. 독립군은 스페인과 미국이 전쟁을 벌일 때 미국을 이용했다. 미군을 도와 스페인을 몰아내면 독립이 이루어질 줄 알았다. 미군은 스페인을 몰아내는 것까지만 함께했다. 독립군이 마닐라로 진입하려 하자 강제로 해체했다. 미군은 전쟁 청소를 마친 후 스페인 자리에 들어가 필리핀을 새롭게 점령했다.

\*

라헬은 엄마를 기다린다.

\*

라헬은 신사 뒷동산으로 올라간다. 주머니를 연다. 유채 씨앗이 몽돌 모래처럼 반짝거린다. 이끼를 모은다. 씨앗 몇 알을 이끼 매트리스 위에 올린다. 물을 뿌린다. 이끼가 물을 먹는다. 물을 제대로 준다면 금방 움이 틀 것 같다. 흙을 파고 몇 알을 따로 심는다. 흙을 덮는다. 폭신하고 부드럽다.

'마음이 불안할 때는 보살필 생명을 찾는 것이 현명해.' 엄마가 화분에 유채를 키우며 한 말이다. 라헬은 엄마의 도착을 기다리며 보살필 것을 만든다. 물에 적신 솜 위에 씨앗을 올리고 발아를 관찰하듯 이끼 위에 물을 뿌린다. 움이 트면 엄마가 온다. 보살피는 마음이 평화이다. 이끼 위의 씨앗을 바라보며 흙에 가려져 안 보이지만 흙 속에서 기지개 켜고 움트는 유채꽃을 상상한다.

\*

상하이와 난징 시민이 끔찍한 일을 당한다는 소식이 식당 손님 사이에서 오간다. 난징은 일본군 점령지가 되고 초토화 작전에 시민이 모조리 죽는다 한다. 외국인도 눈에 보이는 대로 죽인다 한다.

*

엄마. 왜 안 오는 거야······.

*

라헬은 신사에 올라가서 개신교 구약성서를 소리 내어 읽는다. 살아남는 자의 이야기가 위로가 된다.

배가 들어온다.

고기잡이 어선이다.

라헬은 부두를 향해 뛴다. 엄마가 어떤 배를 타고 언제 어떻게 들어올지, 모든 가능성을 열어야 한다. 엄마는 여객선 표를 못 구하면 배를 만들어서라도 온다.

엄마가 없다.

배신이다.

배에서 어부가 내린다.

라헬은 다시 신사 언덕으로 올라간다.

신사 건물 안쪽으로 들어간다. 오래된 무당집 샘에서 물을 뜬다. 유채 씨앗을 심은 자리로 간다. 물을 뿌린다. 유채 씨앗은 싹을 내지 않고 이끼가 푸르게 잎을 벌린다. 이끼는 물을 품는다. 씨앗이 물에 잠긴다. 라헬은 씨앗을 심은 흙에도 물을 준다.

밤이 되어 여관에 들어간다. 권총을 가슴에 품고 잠을 청한다.

잠이 오지 않아 바닷가를 거닌다. 밤이고 따뜻하다. 날씨가.

\*

닷새째 되는 날 정기 여객선으로 엄마가 도착한다.

\*

"라헬! 라헬! 엘로힘, 감사합니다!"

"엄마. 난 엄마가 오지 못할 거라고 생각해 본 적이 없어. 엄마가 늦게 오는 덕분에 구약성서 열심히 읽었어."

"잘했어. 농담도 멋져."

"우리 정말 미쳤다. 대단한 모녀야. 왜 늦었어?"

"일이 생겼어. 천천히 얘기하자. 너 몸 다친 데 없니? 어때?"

"여기는 안전해. 구약성서 읽었다는 말 농담 아니야."

"책이 어디서 나서?"

"필리핀 언니 사귀었어. 식당 하셔. 스페인이 미국한테 져서 엄마랑 도망 나왔대. 엄마, 왜 늦었어?"

"사진을 찍기로 했다, 내가."

"사진?"

"카메라 구하는 데 시간이 걸렸어. 우리한테는 총도 필요하고 카메라도 필요해. 돈이 될 거다. 사진이."

\*

헬렌이 가방에서 카메라를 꺼낸다. 아편 상인처럼 용의주도한 표정을 짓는다. 라헬은 헬렌이 카메라를 꺼낼 때 유채 씨앗 주머니가 가방 바닥에 놓인 것을 본다. 슬픔을 함께 기쁨을 함께. 씨앗은 오데사 근교의 평원이 고향이다. 헬렌이 타인의 심장 소리를 가장 가까이에서 들은 곳. 헬렌은 유채 농장에서 말린 씨앗을 한 움큼 가져왔고 상하이의 집에서 키웠다. 꽃이 지고 씨앗이 단단해지면 가을이 왔다. 헬렌과 라헬은 그것을 절반씩 추수해서 나누어 가졌다. 엄마는 오데사의 시간을 담고 딸은 상하이의 시간을 꽃씨 주머니에 담았다.

\*

마리아의 식당에서 12월 25일에 예수 탄생 기념으로 저녁 식사를 함께한다. 크리스티나와 마리아가 가톨릭 신자이다. 헬렌은 유대교 정통파 부모에게서 태어났으나 무종교가 편하다. 크리스마스를 지내지 않는 고향을 생각한다. 크리스티나가 신약성서의 주기도문을 외운다. 헬렌은 듣는다.

"예수의 이름으로 기도합니다. 아멘."

아멘을 따라 했다. 1937년 12월이다.

헬렌은 마리아 식당에서 종업원으로 일한다.

식당에 한국인이 나타난다. 일본어가 유창하다. 일본군 군수지원센터에서 일하다가 도망 나왔다고 한다. 혈혈단신 혼자이다. 묻지 않았는데 군인이 없는 곳을 찾아왔다고 말한다. 헬렌이 말한다.

"묵을 곳 정할 때까지 제 방에서 몇 밤 주무실래요?"

헬렌이 호의를 베푼 데에는 이유가 있다.

한국인이 이렇게 사양한다.

"자매님, 고맙습니다. 하지만 혼자가 더 편한 것 같습니다."

헬렌은 시무룩해진다.

라헬은 엄마의 표정이 참 이상하다고 여긴다.

한국인은 이틀 뒤 하와이로 떠나는 배를 알아보겠다고 말한다. 하와이에 친척이 산다고 한다. 헬렌이 호의를 베풀고 거절당한 뒤 바로 시무룩해진 이유가 나타난다. 헬렌이 묻는다.

"자매님, 한국의 어느 도시에서 오셨나요?"

한국인이 답한다.

"부산."

"처음 듣는 이름입니다. 독립했나요?"

"독립은 무쓴! 택도 없다!"

헬렌은 어마어마하게 알아들을 수가 없어서 또 시무룩해진다.

*

헬렌이 묻고 한국인이 대답한다.

"혹시 아는 분 중에 유럽에 유학 가신 분이 계신가요?"

"그렇게 돈 많은 사람은 알지 못해요."

헬렌은 기대하지 않았다고 마음을 끊지만 그럼에도 불구하고 많이 아쉽다. 이후로 헬렌은 한국과 관계된 사람을 만날 때마다 유학생을 아느냐고 묻는다. 아무도 모르는 유학생을.

\*

것 같다.

\*

헬렌 할머니는 태어나서 처음으로 가장 가까이에서 귀를 대고 들은 타인의 심장 소리를 생각했을 것 같다. 기독교와 독립운동을 배우러 유학 왔다는 남자 청년의 이름을 속으로 소리 감추고 불러 보았을 것 같다. 유럽식으로 개명한 이름으로 만났기에 한국 이름은 묻지 않았을 것 같다. 한국 이름으로 수소문해야 하는, 그럴 일이 생길 것이라고는 상상하지 못했을 테니까.

\*

한 해 지나 늦은 가을이다.

미국인 미셸이 나타난다. 미셸이 콩나물볶음과 국수를 주문한다.

마리아의 엄마 크리스티나가 음식 접시에 침을 뱉는다.

헬렌이 묻는다.

"왜 그래요?"

"미국이 싫어서."

"미국인인 줄 어떻게 알았어요?"

"개신교 십자가 목걸이를 걸었잖아. 가톨릭 디자인하고 달라요."

"미국이 싫은 거예요, 개신교가 싫은 거예요?"

"다 싫어."

크리스티나가 말한다.

헬렌이 크리스티나에게서 접시를 받아 테이블로 들고 간다. 미셸이 묻는다.

"커피가 있나요?"

헬렌이 말한다.

"있습니다. 여행 오셨나요?"

"그렇습니다. 여기 사신 지 오래 되었나요?"

"1년 정도요. 다음 여행지는 어디인가요?"

"글쎄요. 여기서 몇 주 지내 보고."

"커피를 지금 드릴까요? 아니면 식사 후?"

"지금 주시면 좋습니다."

"준비하겠습니다."

헬렌은 주방에서 커피를 만든다. 손님을 살핀다. 손님이 목걸이를 풀어 테이블 위에 올린다. 십자가가 길쭉하고 단순하다. 개신교 디자인이라 이런 모양이다. 크리스티나는 미셸이 필리핀에 선교사무소 본부를 둔 선교사일지 모른다고 속삭인다.

미셸이 식사를 마치고 허리를 등받이에 기댄다. 헬렌은 정보를 모을 목적으로 접근한다.

"선교사님이신가요?"

"아닙니다. 여행객입니다."

"혹시 한국에 가본 적은?"

"지금 일본 식민지라 안전하죠. 일본과 미국은 서로 우호적이고. 여행객과 일본인한테 참 좋습니다. 가 본 나라 중에서 외국인이 가장 적은 나라입니다. 희한해요. 외모가 참 다양하고 모두 같은 언어를 써요. 일본이 못 쓰게 하지만 언어는 무기죠. 히브리어처럼 고유하더라고요."

"히브리어? 선조 중에 공동체 출신이 계신가요?"

헬렌 할머니가 묻는다.

히브리어를 대화 소재로 꺼내다니. 내 분위기 어디에서 히브리인 느낌이 난 걸까. 확신에 차서 히브리어처럼 고유하더라고 말한 것 같은데. 헬렌이 대답을 기다리면서 생각한다.

미셸이 말한다.

"시오니스트는 아닙니다."

대화가 끊어졌다가 다시 이어진다. 헬렌이 묻고 미셸이 답한다.

"안식일을 지킵니까?"

"노력합니다."

"코셔 음식은?"

"생선과 초식동물까지 먹습니다. 돼지고기는 안 먹고요."

"부모님께서 개종했나요?"

"당신의 이름 헬렌은 그리스식이죠. 저는 어느 선조부터 개종했는지는 알 수 없습니다. 크리스천입니다. 부모님께서 당신을 헬렌이라 지으신 거 보면 저랑 비슷할 것 같아요."

"엄마가 지었죠. 정통파 조부모님 사이에서 태어나셨어요."
"의외네요. 마음을 겉으로 표현하기가 쉽지 않았을 텐데."
"다르게 살기를 원하셨어요."

두 사람의 대화를 라헬이 알아듣는다. 마리아와 크리스티나는 알아듣지 못한다.

*

미셸은 해변 동굴, 산 중턱의 성과 궁궐, 숲속 동굴을 찾아다닌다. 사진을 찍는다. 헬렌도 쉬는 날 미셸을 따라 산에 올라가 사진을 찍는다.

헬렌이 산 정상에서 마을을 내려다보며 말한다.

"하와이에 가면 어떨까요? 거기 분위기 아시나요?"

"공동체 규모가 어떨지 모르겠네요. 어디든 공동체가 있을 텐데. 편지를 보내 보는 건 어떨까요? 유럽은 너무 위험해요. 크리스탈나흐트가 벌어졌다고 합니다. 마음 놓고 학대하도록 군대가 조종한다고 합니다. 학대를 안 하는 게 불법이에요. 돌 던지고 불 지르는 게 의무란 말이죠. 유대인 상점과 아파트와 시너고그를 깨뜨리고 불 질렀다고 해요. 비유대인을 선동해서요. 불타는 시너고그에서 화재를 진압하면 연행하고 처벌……. 모두 태워야 준법이라니 끔찍하죠."

"학대는 기원전부터 계속…… 그리스 철학자도 유대인을 싫어했죠. 셰익스피어도 그랬다고 하죠. 역사상 힘들지 않은 적이 없었어요."

"나치처럼 이런 적은 없었어요. 저는 군대 경력이 필요해서 지원했습니다."

"오……, 당신 군인이군!"

"해군입니다. 임무 수행 중이에요. 군복무를 마치면 시민권이 나옵니다. 군복무가 시민권 발급 기간을 상당히 앞당기는 혜택을 주거든요."

"군인이라니. 생각지도 못했어요."

"정착하려면 열심히 해야죠. 시민권 자격이 아주 까다로워요."

"태어나기는 유럽에서?"

"짐작하시는 대로."

"유대 국가 건설이 가능할까요? 군인의 눈으로 보기에는 어때요?"

"시오니스트가 아니어서 모릅니다."

미셸이 딱 잘라 말한다. 헬렌은 미셸의 목에 걸린 십자가 목걸이를 바라본다.

*

"지난번에 한국을 물으셨죠? 생각해 봤어요. 필리핀은 미국령이고 한국은 일본령이니까 미국을 택할 것인지 일본을 택할 것인지를 생각하셔야겠네요. 우리가 서 있는 이 섬에서 아래로 내려가면 필리핀, 위로 올라가면 한국입니다. 필리핀은 모든 땅이 섬이고 한국은 반도입니다. 부풀린 풍선 손잡이 같은 나라예요. 아시아, 러시아를 한꺼번에 당기는. 한국을 왜 물으셨어요?"

"어디든 정보가 필요하니까."

"강성 시오니스트는 여호와 하나님께서 예수가 태어나기 이전의 유대 땅으로 돌아가도록 도와주실 거라 믿지만, 진짜로 거기에 이스라엘이 만들어질 거라 믿는 사람은 많지 않은가 봐요. 이스라엘이 세워진다면 아프리카 대륙의 어느 지역이 될 수도 있고, 아르헨티나도 될 수 있고, 아시아의 어느 외면 받는 지역이 될 수도 있을 거라고 해요."

미셸이 아시아 이야기를 잇는다.

\*

일본은 유럽에 있는 유대인에게 아시아의 몽골 땅을 주려 한다. 몽골 땅에 만주국이라는 국가를 세워 놓은 참이다. 중국 혁명군이 내쫓은 중국의 마지막 황제, 푸이를 데려가 이 나라의 왕 자리에 앉혔다. 만주국이 세워졌다가 사라지는 데에 13년이 걸렸다. 국가란 것이 이럴 수가 있다. 원터치 텐트처럼 버튼 하나 눌러서 뚝딱 세울 수 있다. 거품처럼 가라앉기도 쉽다. 텐트를 먼저 치고 들어갈 사람을 나중에 채워 넣는 경우가 있다. 일본 제국주의자가 그랬다. 몽골 지역에 이 나라를 세운 후 한국인을 이주시켰다. 땅이 남아돌았다. 전쟁 자금이 필요했다. 어떤 사람이 아이디어를 냈다. 빈 땅에 유대인을 넣어 주자. 박해를 면하게 해 주고 전쟁 자금을 빌려 달라고 하자.

\*

 나치가 일본의 계획을 알고 해결책을 추궁한다. 나치의 목표는 유대인을 유럽에서 쫓아내는 게 아니다. 최종적으로 지구의 어느 땅에서도 못 살게 말살하는 것이 목표이다. 일본은 나치의 눈치를 본다. 나치는 일본에게 말한다. 상하이 공동체에 사는 유대인을 상하이와 타이완 사이의 바다로 싣고 가 물에 빠뜨려 죽일 것. 그게 아니라면 강제수용소에 감금한 후 생체 실험 도구로 사용할 것. 일본은 따르지 않는다.
 "그래서 시오니스트는 이스라엘을 세우려 하지……. 어느 땅에라도 유대 민족이 주인인 국가를……."
 헬렌이 말한다. 일본이 나치의 명령을 따랐다면 자신은 이미 죽은 목숨이다. 상하이에 살았으니까, 타이완 앞바다에 수장되었을 것이다.

\*

 나하는 모든 땅에 발자국을 심을 수 있을 정도로 작은 마을이 아니다. 산 중턱에 돌로 쌓은 성이 높다. 성을 쌓았다는 것은 전쟁이 벌어졌다는 뜻이다. 누군가 침입한다는 뜻이다.

\*

 고 한다.

\*

오키나와라 부르는 섬은 원래 이름이 '류큐'였다고 한다. 일본이 점령하면서 오키나와가 되었다고 한다. 일본 정부가 왕을 찍어 누르고 신사를 설치했다고 한다. 신사는 일본이 전쟁에서 이겼음을 표시하는 건물이다. 신사가 지어지면 시민은 일본의 왕을 하늘 황제로 섬겨야 했다고 한다. 류큐국 시민은 일본 식민지민이 된 후 신사에서 참배를 강요당했다고 한다.

\*

미셸이 임무 기간을 마치고 부대 복귀를 준비한다. 헬렌과 라헬은 미셸에게 마리아의 식당에서 국수를 대접한다.

헬렌이 묻는다.

"필름 여유분 있나요?"

"왜요?"

"비축해 두고 싶어서."

"미국 달러로만 거래가 가능할 것 같군요. 여기 화폐로는 곤란해요."

"많지 않으니 좋은 가격에 주세요."

라헬이 끼어든다.

"필름을 팔고, 카메라를 저를 위해 팔고 가는 거 어때요?"

"왜요?"

"기념하고 싶어서."

"라헬, 의도를 알겠어요. 정보는 돈이 되니까. 정보원에게 불하했다고 보고 처리를 하겠습니다. 라헬은 서류상으로 저의 세 번째 눈이 되는 거예요. 군대랑 관련된 것은 뭐든 찍는다 생각하세요. 나중에 제가 비싼 값으로 거래하도록 주선하겠습니다."

미셸이 카메라와 필름을 라헬과 헬렌에게 각각 건넨다. 라헬이 묻는다.

"도움이 필요할 때 당신을 어떻게 찾죠?"

"군번을 적어드릴게요. 주소는 바뀌지만 군번은 유일하고 영원합니다. 지구가 멸망해도 이 번호는 저만 가집니다. 어디서든 저를 찾을 수 있을 거예요. 미국 안에서는. 또 만날 수 있기를 바라요."

미셸이 군번을 메모지에 적는다. 이때 받은 군번은 나중에 라헬 할머니가 이민 가서 미셸을 수소문하는 데에 결정적으로 중요한 역할을 한다.

"고마워요."

라헬은 구입한 카메라로 미셸의 군번과 얼굴을 찍는다.

\*

떠난다.

\*

몇 개월 후 마리아와 크리스티나가 떠난다. 필리핀이 살기 좋아져서 고향으로 돌아간다. 라헬은 사진을 찍어 기억을 남긴다.

헬렌은 주인이 바뀐 식당에서 계속 종업원으로 일한다.

*

2년 후 일본군은 하와이를 공격한다. 부대가 박살 난다. 일본군은 하와이 진주만을 공격한 다음 날 필리핀 마닐라를 공격한다. 부대가 또 박살난다. 엄마가 말한 토라 암호. 모스부호로 토라, 토라, 토라. 히브리어로 유대교 경전을 가리키고, 일본어로 호랑이를 가리킨다. 토라, 토라, 토라. 공군 조종사는 신나게 타전한다. 성공, 성공, 성공. 호랑이가 성공한다. 일본에는 호랑이가 살지 않는데.

비슷한 시기에 유럽에서는 독일군이 그리스를 점령하고, 소련을 공격한다.

식당에 뉴스가 모인다.

미군과 일본군이 필리핀에서 전투를 벌인다. 류큐 독립파 시민은 일본군이 패배하기를 기도한다. 결과는 반대로 나타난다. 미군 지휘부가 필리핀에서 물러난다. 일본군은 미군을 가까이 한 필리핀 시민을 포로수용소에 가둔다. 헬렌은 마리아와 크리스티나를 걱정한다. 마닐라를 부유한 도시로 만들었다가 나라를 통째로 일본에게 내어 준 미국은 크리스티나에게 다시 원수 같은 나라가 된다. 그렇지만 일본 식민지에서 식당을 하며 익힌 일본어 덕분에 일본인을 상대로 식당을 차려 모녀는 필리핀에서 부자가 된다.

\*

 미군을 미군이라 불러 보는 것이 나에게 무슨 의미가 있을까. 할머니들에게는 또 무슨 의미가 있을까. 밤에 글을 쓰고 낮에 공부한다. 헬렌과 라헬과 마리아와 크리스티나를 상상한다. 라헬이 남긴 비망록을 읽는다. 할라는 계속해서 유채꽃 찍은 사진을 보내온다. 나는 글을 쓴다.

\*

 일본군이 나하항구에 적군처럼 무뚝뚝하게 들어온다.
 공병대가 산을 평평하게 깎고 비행기 넣을 돔 건물을 짓는다.
 군인이 시민을 인부로 끌고 간다.
 강제 노동에 반대하는 류큐 독립파 시민이 배를 타고 섬을 떠난다. 산으로 도망친 시민은 포박당한 채 끌려오거나 저항하다가 죽임을 당한다.
 식당에 일본군 장교가 드나든다.

\*

 1943년 연말이다. 미셸이 자전거를 타고 온다.
 "아직 계셨네요. 복귀하는 중인데 안부가 궁금해서 왔습니다. 일본군 시설 사진 찍어 두신 필름을 매입할 생각이고요."
 헬렌이 눈빛을 반짝인다.
 "찍긴 찍었죠. 잘 찍혔는지 확인하지 않았어요. 필요할 것 같은 장면을 찍었죠."

"제가 좀 볼까요?"

"얼마에 사실 건지 먼저 가격을 제시해 보겠어요?"

"군대의 돈입니다. 미국은 총알을 아끼지 않아요."

"정보를 사는 것 보니까 곧 위험해질 건가 보군요. 맞아요? 우리가 어디로 가는 게 이로울까요?"

"배를 오래 타는 것은 위험합니다. 미군이 마닐라에 다시 들어갑니다. 전투가 크게 벌어질 겁니다. 전투지역으로 헬렌과 라헬이 일부러 들어가실 필요는 없어 보여요. 일본군은 필리핀에서 밀릴 걸 예상하고 이곳을 닦는 겁니다. 여기 계시면 위험해요. 위쪽으로 올라가 대륙으로 이어진 땅으로 가는 게 낫죠."

"상하이?"

"상하이가 좋겠죠."

"왜?"

"국제도시라 폭격 위험이 덜할 것 같습니다. 여러 나라 시민이 모였으니 일본이 함부로 하기 힘들어요."

"떠나온 곳으로 돌아간다는 게 불길합니다. 나와 라헬은 상하이에서 살다가 난리를 피해서 여기로 왔거든요. 바르샤바로 돌아가는 기분과 비슷해요. 한국은 안전할까요?"

\*

"갈 곳을 한국으로 정해 놓고 결정한 이유를 찾는 눈치로 보이네요."

"아니에요."

"한국과 인연이 있나요? 혹시 라헬의?"

\*

미셸의 말을 받아 헬렌이 웃으며 말한다.

"라헬의? 무엇? 맞아요. 죽었을 거예요. 만난다 해도 얼굴을 못 알아보겠죠."

헬렌은 말끝을 흐린다.

\*

죽었을까? 소설을 함께 이야기하며 서로 잘났다고 견주었는데……. 유대인이 쓴 소설은 유대인 모든 여자가 일자리를 가지게 되고 죄 지은 자가 교화되고 모두가 행복해지는 나라를 그렸다. 한국인이 쓴 소설은 집을 떠나 의적이 된 청년을 그렸다. 청년은 유교주의자를 처단하고 아버지를 반성케 하고 자신은 섬에 들어가 이상 국가를 만들었다. 여자 이야기가 없었다. 청년은 미야코 같은 작은 섬을 하나 가지고 싶다고 했다. 미야코는 류큐의 어느 섬이었다. 자기 나라가 독립을 못하면 상하이나 나하나 하와이에 가 살지 모른다고 했는데……. 뛰는 심장이 듣기 좋아서 귀를 댔는데……. 헬렌은 사회주의에 빠져 본 사람으로서 청년이 사회주의에 빠지는 꼴이 참 싫었다. 사회주의는 너무나 이상적이었다.

*

헬렌이 미셸로부터 받은 돈을 세면서 말한다.

"필름 현상하면 사진에 이물질이 보일 겁니다. 제가 들꽃을 렌즈 앞에 놓고 찍거든요."

"아이디 마크를 만드셨네요."

"내 거라고 해야 돈이 되니까."

"헬렌마크, 기억하겠습니다."

*

미셸이 부대로 떠난다. 섬의 상황이 급변한다. 일본군의 공사 속도가 빨라진다. 도로를 만들고 땅굴을 파고 공장을 짓는다. 배를 타고 부두에 들어오는 노역자가 점점 는다. 어딘가에서 끌려온다는 표정이 역력하다. 식당에 들러 밥을 먹고 가는 사람 표정이 갈수록 어둡다.

*

미군 비행기가 날아다닌다. 시가지에 폭탄이 떨어진다. 사람들이 도랑으로, 다리 밑으로 들어가 숨는다. 비행기가 낮게 날고 시민이 건물에서 나와 땅속으로 들어간다.

*

헬렌과 라헬은 짐을 꾸린다. 위쪽으로 피난하는 배에 오른다. 섬 몇 개를 거쳐 한국 제주항에 도착한다. 바람이 차갑다.

오랜만에, 겨울이다. 모녀는 준비한 외투를 꺼내 입는다. 나하의 해안은 하얗고 제주의 해안은 검다.

헬렌이 여관을 물색하기로 하고 라헬은 나하에 처음 도착했을 때처럼 신사 언덕으로 올라간다. 신사 건물은 어디나 전망 좋은 곳에 위치했다. 지대 높고 볕 잘 드는 언덕 위의 집. 라헬은 신사 언덕에서 시가지를 내려다보고 지형을 파악한다. 성당 종탑이 보인다. 탑 끝에 나무 십자가가 달렸다. 종실은 보지 않아도 비었다. 쇠붙이 종이 있을 리 없다. 일본군이 무기 공장으로 끌고 갔다. 나하에서처럼. 라헬은 나무 종탑을 보며 상상한다. 평화로울 때에 아침과 저녁이 찾아오면 큰 종이 울려 해변의 공기를 흔들었을 것이다. 종은 크거나 작았을 것이다. 주택과 골목을 가르는 현무암 돌담은 해안처럼 검다. 과일 나무가 아기자기하다.

라헬의 눈에 성당에 들어가는 헬렌이 보여서 반갑다.

성당으로 뛰어 내려간다.

예배실이 아우성이다.

성당은 부상병 치료 병원으로 개조되었다. 라헬은 문틈으로 바라본다. 군인의 몸이 으깨어졌다. 부서진 군인들이 병상에 걸쳐져 있다.

헬렌과 라헬은 이튿날 다른 마을로 간다.

섬 곳곳이 일본군 천지이다. 나하와 다를 것이 없다.

전쟁으로부터 안전하지 않다. 미쳤다. 우리가 왜 여기에……. 욕을 하다가 생각을 바꾼다. 미군이 없다는 얘기는 군 정찰대가 이곳을 모른다는 얘기이고 사진을 찍어 정보를 만들면 비싼 값으로 거래가 성사될 것이라는 계산을 세운다.

   날씨가 맑아지기를 기다린다.

   카메라를 정비한다.

   며칠 후 등대 언덕에 오른다. 언덕 중턱에서 나하에서 본 장면을 만난다. 군인이 비밀 진지를 만든다. 헬렌은 비밀 진지와 동굴을 사진에 담는다.

\*

   고 한다.

\*

   로마 제국주의 군대에 쫓긴 유대교 독립군은 예루살렘을 빼앗기고 마사다산으로 물러났다고 한다. 마지막으로 저항했다고 한다. 유대교 독립군은 정상을 지켰다고 한다. 로마군은 산을 포위하고 계속 공격했다고 한다. 공격에 공격을 거듭해 정상에 올라가서 침묵이 기다리고 있음을 보았다고 한다. 유대교 독립군이 모두 스스로 자기 목숨을 끊었다고 한다.

   평지에서 돌출한 산은 공격하는 곳이 아니라 수비하는 곳이다. 헬렌과 라헬이 본 섬의 산과 오름은 평지에서 우뚝 솟았다. 마사다산이 아마 비슷한 모양이었을 것이다. 아마도 일본군은 산에 마사다요새 같은 아지트를 만들려고 했을 것이다.

\*

 헬렌과 라헬은 일본군이 자신들을 미군 정보원으로 의심할 것을 염려해 머리에 수건을 두른다. 바지와 저고리를 사 입는다. 공장 근처 식당에 자주 나간다. 여행객으로 위장한 미셸을 찾으려 시도한다. 미셸은 없다.

\*

불안하고 막막하다.

\*

 옆집 신부는 걸음이 불편하다. 성당 제단을 군대에 내주지 않으려 저항하다 검에 다리를 찔렸다. 신부는 헬렌과 라헬이 셋방을 얻는 데에 다리를 놓았다. 일본어가 유려했다.

 신부는 운동으로 마당을 산책한다. 주일이 되면 성도를 숙소에서 맞아 약식으로 예배한다. 전쟁이 끝나야 성당을 돌려받을 것이다.

 헬렌은 한국인 유학생을 생각한다.

 담을 사이에 두고 마당에 서서 신부와 대화한다.

 "신부님은 사제 학습을 어디에서 하셨습니까?"

 "베이징에서요."

 "지금은 공산당 도시일 텐데……. 한국 신부님 중에 독립운동하는 사람이 많습니까?"

 "그렇지는 않습니다."

"어째서요?"

"상황에 따라 변했습니다. 가톨릭 선교사님들이 너무 많이 순교를 당하셨어요. 정부가 성도를 죽이고 집회를 금지하고 귀양 보내고……. 정부는 유교를 지키느라 외부 문물을 차단한 거예요. 교단에서는 성직자를 박해하고 순교시킨 정부를 다시 찾자는 운동에 적극적일 수 없었어요. 새로 국가를 세우자는 운동인 줄 몰랐죠. 3·1 운동 지나고 나니까 임시정부가 만들어졌어요. 과거의 왕조를 청산하는 일이었죠. 가톨릭은 미온적이었죠. 독립 운동은 개신교 쪽에서 헌신적입니다."

"새로 세우는 것에 찬성이니까. 그럴 것 같아요."

\*

"유럽에 유학 간 친구분 계시는지요?"

"그런 친구 없습니다. 학비가 많이 들 테죠. 부잣집 자녀였을 것 같은데. 찾는 분이 계신가요?"

\*

헬렌은 이번에도 정보를 얻지 못해 낙심한다. 유학생을 안다는 사람을 만날 수 있을 거라 기대하지 않으면서 기대가 무너질 때마다 실망감이 점점 커진다. 이곳 사람들은 없다고 말한 뒤 찾는 사람이 있느냐고 되묻는 것이 습성이다. 사연을 얘기하면 찾아 줄 것처럼.

\*

"독립운동…… 잘 모르겠습니다. 교황청에서 신사참배를 허락한 지 오래고."

"우상숭배인데."

"교황님이 일본 교단에 먼저 지시했습니다. 사회주의가 퍼져 가고 사회주의는 종교에 반대하니까 일본에 들어간 교세가 약해지는 상황이었어요. 반대의 반대를 위해 우상숭배를 허락한 겁니다. 교황청은 사회주의자를 몰아내는 데에 협업하기로 제국주의자들과 협약한 것이나 마찬가지입니다. 신사참배는 종교 행위가 아니니 의식을 허락한다. 신사참배를 시행하고 일본제국주의와 손을 잡아라. 제국주의가 신사참배에 저항한다는 명목으로 교단을 없애는 것을 막아라. 종교도 군대식이죠. 억울해요. 우리 땅은 식민지니까 일본 상황을 따라야 하죠. 우리는 제국주의에 저항해야 하고. 저항해야 하는데 참배해야 해요."

"사회주의가 왜 두려울까요?"

"청년이 꿈꾸니까."

"헌신화될 수 없는 게 안타까울 뿐이에요. 가난한 사람이 믿을 건 사회주의뿐인데."

"성당과 교회가 있습니다."

"신부님은 신부님이니까 그렇게 말씀하셔야겠죠. 청년이 꾸는 꿈은 혁명이 더 가까워요. 천국은 오래 됐고, 혁명은 새롭죠."

"어차피 둘 다 고난입니다. 저도 어쩔 수 없이 기도 시간을 허락받기 위해 신사에 갔습니다. 참배하지 않으면 미사를 열 수가 없었던 게 현실이니까. 요즘은 성당을 군대 병원 시설로 빼앗기고 일본 땅을 향해 머리를 조아리기 수치스러워서 산으로 도망칩니다. 경찰이 쫓아 들어오면 죽여 버리려고 동굴에 칼을 숨겼어요. 어둡고 캄캄한 동굴에서 기도합니다. 군인을 피해서 더 높은 산의 동굴로 들어갑니다. 주님, 저 인간들을 싹 쓸어 주십시오. 예수님은 용서하라고 하셨지만."

헬렌은 사회주의에 관심 주었을 때를 떠올린다. 거리에 종교와 사회주의를 함께 가진 청년이 넘쳤다. 유대교, 기독교, 이슬람교, 불교 구별 없이 서로 존중하며 사회주의로 결합했다. 벌써 몇 년 전인가. 라헬의 나이만큼 과거로 멀어졌다. 이젠 라헬이 청년이다. 아, 그랬던 것 같다.

"독립운동은 돌아가자는 회귀 운동이 아닙니다. 새로운 것을 세워 침략을 받지 말자는 것입니다. 시오니즘은 돌아가자는 운동이지만 독립운동은 새것을 세우는 혁명입니다. 제국주의에 맞서는 길입니다."

한국 유학생이 기독교와 독립운동을 공부하러 와서 말한 것 같다. 현지 언어가 서툴렀다.

\*

헬렌은 오데사에서 들은 타인의 심장 소리를 떠올린다.

*

죽었을 것이다.

*

신부가 불편한 걸음으로 마당을 한 바퀴 돈다.

*

경찰이 골목에서 외친다.

"밖으로 나오시오. 집합하시오."

헬렌과 라헬은 외침을 들은 후 머리에 수건을 쓴다. 경찰이 손짓한다. 빨리 나오라고 윽박지른다. 헬렌은 가슴이 뛴다. 라헬과 손을 꼭 잡는다. 경찰이 재촉한다. 칼을 차고 지휘한다. 시민을 앞에서 끌고 뒤에서 민다.

교회 예배당 마당에 군중이 모인다.

서너 개 마을 주민을 소집한 대집회이다.

경찰이 줄을 세운다. 주민은 마당 깃발 게양대 앞에서 열을 맞춘다.

군인이 외친다.

"일동 차렷!"

군중이 게양대를 바라보며 빳빳하게 몸을 긴장시킨다.

일본 국기가 올라간다.

군인과 경찰이 펄럭이는 국기를 보며 일본 애국가를 부른다. 사람들이 웅성거린다. 몇 사람이 애국가를 따라 부른다.

애국가가 끝난 후 예배 주도 목사가 언덕 위의 신사를 향해 허리를 숙인다. 군인, 경찰이 목사를 감시한다.

목사가 말한다.

"여러분, 하나님께 예배드리기에 앞서 거룩한 성전에서 전몰하신 장병들과 상이군경 및 유족들을 위해 묵도하겠습니다. 일동, 묵념해 주십시오."

"묵념!"

군인이 외친다.

군중이 고개를 숙인다.

목사가 예배를 진행한다. 일본어로 된 성경을 보며 일본어로 진행한다.

목사는 일본어가 서툴고 미리 준비한 설교문을 부자연스럽게 읽는다.

헬렌은 띄엄띄엄 듣는다.

"사랑하는 형제자매 여러분. 제국의 영광을 위해, 주님께서 일본 제국에 특별한 사명을 주셔서, 우리 제국은 아시아를 통합하고 세계의 정의를 실현하며, 신의 뜻을 이 땅에 펼치는, 우리 모두는 신성한 임무를 완수, 주님의 영광을 위해 일본이 전쟁에서 승리, 전선에서 싸우는 군인을 위해 기도, 우리는 반드시, 승리 안에서 신의 영광을 찬양, 주님께 영광, 예수님의 이름으로, 아멘."

목사가 강직한 목소리로 이어 말한다.

"찬송하겠습니다."

일본군이 목사 앞에 선다. 찬송을 저지한다. 군중을 향해 외친다.

"군가 제창!"

군인이 군가를 부른다.

헬렌은 나무 십자가를 바라본다. 여기는 나하보다 더한 일본이구나. 일본보다 더 일본이구나. 이러다가 죽겠구나. 섬에서 나가야겠다.

군가가 들려온다.

*적들을 모두 물리칠 때까지*
*나아가라 나아가*
*모두 다 같이 죽음을 각오하고*
*하나도 남김없이*
*하나도 남김없이*

헬렌은 군가와 찬송가가 왠지 비슷하게 들린다. 군인이 부르면 군가이고 성도가 부르면 찬송가이다. 군가는 찬송가의 사랑 자리에 승리를, 믿음의 자리에 용기를, 참회의 자리에 충성을 놓는다. 군인은 성도처럼 단체로 노래한다.

예배 후 일본군이 미국 본토를 점령했다는 뉴스가 나돈다. 가짜이다. 사실은 일본 본토가 불에 탄다. 미군의 공습에 대도시가 불에 탄다. 일본은 반격을 준비한다. 제주섬이 마지막 보루이다. 일본군은 밤낮으로 공사한다.

*

헬렌은 목사를 찾아간다.

"혹시 오데사에 유학 간 독립운동가를 아시는지요?"

목사는 국내파여서 유학생과 친분이 없다고 답한다.

헬렌은 자신의 물음에서 무의미를 발견한다.

*

여름이 오고 성당 병원에 군인의 피가 넘친다. 나하가 집중 포화를 받는다는 소식이 전해진다. 죽지 않은 부상병의 신음과 고함으로 공기가 들끓는다. 소문이 퍼진다. 필리핀에서 일본군이 후퇴하면서 시민을 죽인다. 10여 년 전 대륙으로 들어가는 길에 중국 난징에서 대도시 전체를 눌러 죽이듯 필리핀 루손섬에서 물러나며 수만 명을 학살한다. 헬렌과 라헬은 마리아와 크리스티나의 안부를 걱정한다. 잘 있을까. 무사할까. 보러 갈 수 없다.

미군 비행기가 하늘에 날아다닌다.

설마······.

나하 시가지가 폭격당할 때를 생각하게 한다.

헬렌과 라헬은 카메라를 챙긴다. 신사 언덕으로 오른다.

비행기에서 폭탄이 떨어진다.

일본군이 대응한다. 하늘을 향해 사격한다. 비행기는 사라진다.

비행기가 다시 날아온다. 공장에 폭탄을 떨어뜨린다. 공장이 터지고 민가가 불탄다. 일본군이 대응하지 못한다. 바다에서 육지를 향해 가는 민간 여객선이 폭탄을 맞고 가라앉는다. 승객이 모두 죽는다.

헬렌은 비행기를 찍는다. 일본군을 찍은 카메라로 미군을 찍는다.

*

어느 날 일본 왕이 패전을 선언한다. 지구에서 제2차 세계대전이 끝난다.

*

제주 시민이 신사 건물로 뛰어간다. 신사 제단을 엎는다. 기둥과 탁자를 몽둥이로 내리친다. 분을 풀면서 계단 터를 없애려고 돌을 파내어 뒤집는다. 지붕에 불을 붙인다. 흔적을 지운다. 시민은 불타는 신사를 보면서 '독립 만세'를 외친다. 섬에 신사가 열세 개 있다.

*

큰 집에 사는 일본인 가족이 짐 없이 배에 오른다. 배는 일본을 향해 떠난다.

*

헬렌은 군이 흘린 영자 신문에서 글자를 읽는다.

폴란드에서 소련이 아우슈비츠수용소를 해방했다.
독일에서 히틀러가 지하 벙커에서 나오지 않았다. 자살했다.

\*

신문이 온통 새로운 얘기로 들썩거린다.
헬렌과 라헬은 이주할 도시를 상상한다.
하루의 절반을 서점에서 보낸다.

\*

아마도 이 서점에서 헬렌, 라헬, 현주는 우연히 마주친 적 있을 것이다. 현주는 경제학 책을 읽는다고 경찰에게 끌려가 고문을 받았으니까. 교회 안 다니고 절에 다닌다는 이유를 얹어서 경찰이 두 배로 고문을 했으니까. 주민 중 누가 동지냐고 캐물으면서.

\*

나는 이 서점에서 릴리를 생각하며 커피를 마셨다. 헬렌, 라헬, 현주 할머니들을 추모했다. 영미. 데보라 할머니가 나를 부를 때 쓰는 이름을 중간 이름이나 성으로 등록하면 어떨까 하는 생각을 하다가,
 "바보야, 뭐 하러?"
 혼잣말을 뱉었다.

\*

헬렌은 신사를 부순 자리에 학교를 짓는 시민을 보자 왈칵 부러움이 인다. 자신의 신분이 정해진다. 한국이 식민지일 때는 국민, 비국민이 없었다. 하지만 이제 이방인이라는 감각이 점점 크게 자란다. 헬렌은 쌀이 부족하지만 몰래 숨겨서 이웃과 나눠 먹는 모습이 슈테틀 공동체 식구들 같다. 들어갈 수 없는 울타리이다. 서점에 사람들이 많이 모인다. 이제 이들은 나라를 가지게 되겠구나. 나는? 나는 어디로?

\*

헬렌과 라헬은 미국 반대 시위를 구경 간다. 사진을 찍는다. 경찰이 겁을 먹는다. 사진을 찍는다.
매일매일 시위가 커진다.

\*

총이 등장한다.

\*

헬렌은 미군 방첩대, 씨아이씨 요원에게 접근한다. 여행을 왔는데 필름을 구입할 방법이 있겠냐고 묻는다. 요원이 말한다.
"제가 제안을 할까요?"
"무슨?"

"우리가 당분간 이 나라를 통치할 겁니다. 공산주의 운동 하는 사람을 신고하면 포상하겠습니다."

"저는 미국인이 아닙니다. 여행객입니다. 어쩌다 섬에 갇혔지만."

"혹시 압니까? 기여하신 공로로 미국 시민권을 얻게 될 수 있을지……. 소련 담쟁이가 여기까지 뻗어 왔단 말예요. 놔두면 뿌리를 내립니다. 뿌리 내리기 전에 걷어야죠. 일본이 전쟁에서 진 것 빼고 점령지 관리는 다 잘했는데 공산주의 뿌리 뽑는 것을 좀 못했어. 우리 서로 도웁시다. 여기 섬사람들 순혈주의가 강해서 서로 뒤를 잘 봐줍니다. 사진 찍어 주시면 사례합니다."

요원이 필름을 건넨다.

\*

육지에서 군대가 들어온다. 경찰 부대가 들어온다.

\*

불타는 집이 늘어난다. 밤에 불을 켤 수 없게 된다. 골목길을 걸을 수도 없게 된다.

\*

어느 날 어떤 청년이 총을 메고 들어온다.
"무서워 마십시오. 해치지 않습니다."

헬렌은 청년에게 성경과 십자가를 보인다. 청년이 말한다.

"교회에서 본 분들이군요. 선교사 가족입니까?"

"아닙니다."

라헬이 말한다.

"신부님을 모셔 와도 되겠습니까? 저희 상황을 잘 아십니다."

"허튼 짓 하면 모두 죽습니다. 얼른 가서 신부님 모셔 오세요."

라헬이 옆집 신부 숙소로 뛴다.

라헬을 기다리면서 청년이 헬렌에게 말한다.

"혹시 애 밴 여자 하나 성당에 숨지 않았소?"

"무슨 말이신지?"

"아닙니다. 아주머니네, 미국편입니까? 혹시 군 장교 가족은 아니지요? 신의주에서는 러시아 백인 많이 봤습니다. 볼셰비키한테 당하고 나온 가난뱅이들."

"북쪽에서 사셨나요?"

"신의주 밑에 정주. 하나님 뜻이 제일 먼저 떨어진 곳이에요. 우리 아버지가 거기서 교회 간부로 지내셨지요."

*

"혹시 유학생 출신입니까?"

"제가요?"

"아니요. 아버지가."

"돈 없어서 유학은 못 갔다고 들었습니다."

*

헬렌은 또 실망한다.

*

"소련이 험악하게 내몰았다고 들었습니다."
"볼셰비키 놈들. 공산당 놈들."
청년은 이를 바드득 갈았다.
"볼셰비키 붉은 군대가 밀고 내려와서 우리가 여기 섬으로 온 거 아닙니까!"

*

라헬과 신부가 함께 온다.
청년이 신부에게 말한다.
"신부님. 단도직입적으로 말하겠소. 나, 탈영했시요. 숨을 디 좀 내시오."
청년의 말은 분명하고 간결하다.
"더는 묻지 마시오."
말이 간결하나 눈빛이 분주하다.
"이용하려고 했는데 이용당합니다. 소련을 치고 고향을 차지하려면 무조건 미국을 이용해야 하는 겁니다. 우리 청년단원 전부 이북에서 엘리트 출신입니다. 머리가 있어요. 올라갈

날을 기다리는데 가만히 보니까 전쟁은 안 하고 선거를 하더니 섬에 사람을 가둬 놓고 죽이라고 하니 이게 무슨 죄받을 짓입니까. 여기가 예루살렘입니까? 유대인 심판입니까? 대통령이 뽑히면 다 끝날 줄 알았더니 이게 뭡니까! 산촌 마을에 불이 난 것도 다 짜고 한 것입니다. 죽일 핑계를 만든 겁니다. 하나님한테 죄 짓고 못 살겠어서 기회 봤습니다. 신부님. 여기, 자리 좀 주십시오."

라헬이 헬렌을 바라본다.

신부가 말한다.

"왜, 교회로 가시지 않고요?"

"교회는 우리네 사람이 참 많지 않습니까. 탈영하면 즉결 처분으로 죽는 목숨입니다. 멍청한 놈이 이탈했다가 잡혔을 때 미군이 우리네 모아 놓고 처형 장면을 전시했습니다. 우리 손으로 쏘라는 겁니다. 말뚝에 묶어 놓고 눈 가리고 쐈어요. 미군 놈은 옆에서 담배를 피우면서 죽이나 안 죽이나 보더구먼. 성당 지하 기도소를 압니다. 거기가 내 숨을 곳입니다. 비워 주시겠습니까? 내 꿈은 예수를 마음대로, 마음 놓고 믿고 기도하는 것이라고요. 진작 결정해 둔 것입니다."

청년은 진지하다. 고향으로 진격해서 소련군을 몰아내고 땅을 되찾는 것이 꿈이다. 상황이 희한하다. 남한만 선거를 해서 정부가 만들어졌다. 청년은 북한 출신이라 선거권이 없었다. 북한도 정부를 만들었다. 돌아갈 길이 막혔다. 전쟁밖에 길이 없다. 청년은 미군이 전쟁하기를 기다린다. 미군은 남한을 공산주의자가 없는 청정 지역으로 청소를 하는 데에만 힘을 쏟는다. 청년은 선택했다. 일단 좀 쉬자.

신부는 청년을 지하의 기도실로 안내한다.

청년이 말한다.

"이게 다 뭡니까?"

"헬렌, 라헬 성도님께서 사진을 현상하는 장비입니다."

"사진?"

"저분들이 사진을 찍습니다."

"저도 한 장 찍어 주시겠습니까?"

신부가 헬렌과 라헬을 바라본다. 눈빛으로 청년의 말을 전달한다.

헬렌이 말한다.

"카메라를 가져오겠습니다."

헬렌이 촬영 장비를 가져올 동안 청년이 신부와 라헬에게 말한다.

"곧 끝날 겁니다. 끝나면 편안할 때 사진 뽑아 주시오. 값은 톡톡히 치르겠습니다."

신부가 묻는다.

"곧 끝난다고요?"

"한 달 안에 결단이 날 것이오. 끝내기로 했으니까."

"어떻게? 화해를 합니까?"

"싹 쓸어버린다고 했습니다. 참빗으로 머리카락 빗어서 이 잡아내듯이."

"오, 하나님."

"내가 알아서 할 테니 문을 밖에서 잠그시오. 수색조는 밖에서 잠긴 문을 따고 들여다보지는 않습니다. 도와주고 싶으면 오셔서 암호를 대시오. 사진 찍습니다, 라고, 합시다. 암호는."

"네."

"나를 내버려두고 초토화가 끝나면 문을 여시오. 예수님은 40일을 아무것도 안 먹고 기도했다잖습니까. 부탁합니다."

신부는 부탁을 들어주기로 한다.

헬렌은 유채꽃을 한 가닥 끊어온다. 카메라 렌즈 앞에 대고 청년의 전신사진을 찍는다. 유채꽃은 작게 찍히고 청년은 크게 찍힌다.

\*

설마 이 사람이 데보라 할머니의 친부인 것은 아니겠지.

\*

며칠 후 대전 경찰 팀이 청년을 찾으러 온다. 지휘자가 영어와 일본어를 섞어서 말한다. 총을 들고 와서 위협한 청년을 보았다면 어디로 갔는지 말하라 한다. 헬렌이 엉어와 일본어를 섞어서 보지 못했다고 대답한다. 경찰의 눈빛이 굉장히 피곤해 보인다. 경찰은 성당 지하에서 자물쇠로 잠긴 기도실을 바라본다. 의심하지 않고 돌아선다.

\*

한 달…….

\*

 지하실 청년이 말한 끝내기 작전이 드러난다. 군인이 시민에게 통행을 금지하고 도로에서 짐을 검열하고 산을 불태운다. 산에 올라간 식구를 가진 일가친척을 모아 집단으로 처형한다. 성당 교인 가족이 끌려가 죽임을 당한다. 육지 군인이 배에 실려 끌려 온다. 산으로 올라가라는 명령을 받는다. 움직이는 게 생명체면 무조건 사살해라. 육지 군인이 섬으로 끌려와 살인자가 된다.

\*

 땅에 시체가 넘쳐 난다. 관을 짤 나무가 없다. 하나의 관에 여러 사람의 시체를 넣어야 한다. 여러 명을 한꺼번에 매장하는 새로운 무덤이 만들어진다. 군인이 시민을 구덩이에 몰아넣고 총을 쏜다. 흙을 덮으면 무덤이 된다.

\*

 한 달…… 한 달…… 한 달……. 한꺼번에 죽임을 당하는 한 달이 여러 달 쌓인다. 산에 눈이 쌓인다. 불을 피운 동굴에서 밥 짓는 연기가 오른다. 군인이 연기를 향해 달린다. 모두 죽인다. 굴에서 산부대 사람이 밥을 지어 먹다가 총을 맞고 죽는다. 연기를 감추지 못해 죽는다. 연기를 안 피우려고 음식을 구하러 마을에 내려온 사람이 덫에 걸려 죽는다.

\*

청년은 기도실에서 사라졌다.
라헬이 묻는다.
"신부님께서 처리하셨나요?"
"아닙니다. 스스로."
"오, 하나님. 자살을요?"
"총에는 의지가 없지만 쏘는 사람은 의지를 갖죠. 경찰서에 신고해서 시신을 수습했어요."
"신부님은 피해 보신 것 없나요?"
"자물쇠를 땅에 묻었어요. 성당에서 감금한 것처럼 보이면 곤란하니까. 제가 살인자로 몰려 처형당하지 않으려면."
라헬은 돌아와 신문을 열심히 읽는다. 히틀러와 지하실 청년의 말로가 닮았다.
"엄마, 지하실 청년 자살이 맞을까?"
"기도한다더니 그거였나 보다."

\*

아기 울음소리가 들린다. 새벽이라 울음소리가 선명하다.
"엄마, 누가 아기 낳았나 봐."
라헬이 방문을 열고 나간다. 울음소리를 따라간다.

아기가 상자 속에서 운다. 겨울이 가깝다. 바람이 매섭다.

라헬은 편지에 적힌 글자를 읽는다.

-잘 부탁드립니다. 면목 없습니다. 여자아이라 자매님들께 자비가 내릴 것을 기도합니다. 아이가 이 땅 아닌 곳에서 행복할 수 있도록 도와주세요.

아기가 운다.

왜 교회에 보내지 않고……

누군가 야간 통행금지를 뚫고 와 바구니를 놓고 재빨리 몸을 숨겼다.

*

"너무 어둡다."

"말도 안 돼."

*

모조리 죽는다. 경찰과 군인이 '킬 뎀 올' 한다. 섬에서 나가려면 증명서를 얻어야 한다. 헬렌과 라헬은 데보라를 달래면서 스프를 만든다. 미국 달러로 우유를 산다. 우유를 사면서 카메라에 넣을 필름을 산다. 데보라가 자라는 모습을 찍는다. 일요일은 교회에서 예배를 드린다. 개신교 교회의 교인 수가 늘어난다. 사람들은 목숨을 지키기 위해 교회에 발을 넣는다.

*

　헬렌과 라헬은 별을 보러 마당에 나가지 않는다. 산에 은신한 무장 시민 생각으로 괴롭다. 산에 들어간 증거가 나오면 가족이 죽임을 당한다. 마루에 앉아 별을 보면 눈이 저절로 산을 향한다. 산은 중앙에서 높다. 이국에서 들어온 엄마와 딸은 창가 쪽으로 방향을 튼다. 바다를 바라본다. 별이 해안까지 내려온다. 만약 무장 시민이 별처럼 해안으로 내려온다면 이곳도 초토화가 진행된다.

*

　어느 날 신부가 라헬에게 요청한다.
　"육지에서 파견 온 목사님이 저에게 오신다는데 우리 만나는 자리에 와 주실 수 있는지요?"
　"무슨 말씀이신지?"
　"제3자가 계시면 저희 마음이 덜 수고롭겠습니다. 목사님이 성당과 교회 공동 설교문을 작성하자고 하십니다. 한쪽에 치우치면 기울어진 마음이 성도님들을 또 기울게 할 테니 조화롭고 싶습니다."
　"제 역할이 있을까요?"
　"가능합니다. 계셔 주기만 하시면 됩니다."

*

　신부가 말한다.

\*

"다윗의 명성이 영원하지 않듯이 싸움도 영원할 수는 없어요. 무릿매에 넣은 돌멩이로 골리앗의 이마를 맞춰 쓰러뜨린 소년 목동이 청년 다윗이 되고, 청년 다윗은 중년 다윗이 되고, 중년 다윗은 장년 다윗이 되었죠. 넓어진 왕국에서 왕의 권세를 누립니다. 왕이 된 다윗은 함정에 빠지죠. 다윗은 신하를 죽음의 전쟁터에 내보내고 신하의 아내를 폭행, 신하의 아내가 아이를 낳습니다. 이름은 솔로몬이 됩니다. 역사는 다윗한테서 솔로몬이 태어났다고, 현명한 솔로몬이 스스로 태어난 것처럼 말합니다. 다윗의 아들이 서로 싸워 죽이고 죽는 이야기도 전해집니다."

"거슬러 올라가면 같습니다. 모세의 이야기도 살인자의 이야기이죠. 모세가 노예를 학대하는 이집트인을 죽이면서, 살해하면서 시작되죠."

"바뀌는 중이죠. 모든 게……."

"구약에서는 서로 용서하라는 구절을 못 찾았어요. 찾고 싶었지만."

"용서는 주님만 하시니까. 구약 시대에는. 인간은 용서 못해요. 신약은 이걸 뒤집어요. 모두 용서합시다. 일곱 번을 일흔 번씩이라도 용서합시다. 예수를 믿습니다."

"크리스마스 이전에 끝날까요?"

"무엇이?"

"싸움."

"영원한 게 없듯이 한결 같은 것도 없겠죠. 이건 싸움이 아니라 사냥입니다. 너무나 비인간적이에요. 경찰이 다녀갔습니다. 성당에서 산부대를 지원하는 게 아닌가 교적부를 베껴 갔어요. 징글징글합니다."

신부는 호랑가시나무 이파리로 만든 원형 장식을 팔에 끼운다. 이파리가 단단하고 끝이 날카롭다. 호랑이가 가려운 곳을 긁는 나무라 호랑가시나무라 불린다. 열매는 녹색과 대조적으로 붉다. 기독교에서 호랑가시나무 열매는 예수의 피를 상징한다.

\*

라헬과 헬렌은 신부의 집에서 파견 목사와 만난다. 목사는 결혼반지를 손가락에 꼈다.

"신부님, 초대해 주셔서 감사합니다."

"먼저 자리를 만들자고 연락 주셔서 제가 고맙습니다."

"우리라도 힘을 합쳐 주님의 뜻을 보이면 좋겠습니다. 교회와 성당이 다른 신을 모시는 것처럼 성도가 오해합니다."

"한 분의 예수님을 억만 명이 다르게 자기 식으로 섬겨서 억만 분의 예수님이 되는 식이죠. 목사님께서 서를 찾아와 주시고 좋은 제안을 해 주셔서 주님께 감사드립니다. 기도했습니다. 섬 밖에서 들어온 이방인 형제자매를 보듬는, 이 초안이 어떻게 이해될까요?"

신부가 종이를 내민다. 목사가 읽는다.

\*

목사가 신부의 설교문 초안을 읽은 후 고개를 든다.

"신부님, 저 역시도 육지에서 들어온 교인을 생각하지 않을 수 없습니다. 산에 가족을 보낸 신도와 억울하게 가족이 살해당한 신도가 섞여서 예배한다고 들었습니다. 신부님의 요지와 유사합니다. 신부님과 저의 마음이 일치함에 감사드립니다. 제가 이 초안을 참고해서 직접 작성해도 될까요?"

"예. 작성하시는 동안 저는 국수를 좀 준비해서 나누겠습니다."

"집안일 도와주시는 분이 안 계신지요?"

"저는 독신이고 가사를 즐기는 편입니다. 괜찮습니다."

신부는 웃으면서 부엌으로 나간다. 목사는 앉은뱅이책상에 공책과 성경을 올린다. 설교문을 작성한다.

\*

신부가 쟁반에 국수를 담아 와 상 위에 내려놓는다.

"새로 오셔서 분위기를 익히는 데에 시간이 걸릴 겁니다. 목사님의 오늘 같은 처음 마음 변치 않았으면 합니다. 교회도 성당도 상황에 따라 달라질 수밖에 없으니까요. 공동 기도회를 열고 싶으나 모이면 다툼이 벌어질까 두렵습니다. 무력 대립 초창기에 산부대 사람과 군인이 화해했을 때 미군이 인정하지 않고 무효화했죠. 미군의 주도가 이렇게 됐습니다. 주님 안에 이방은 없습니다. 우리 진심으로 기도합시다."

"그런 일이 있었군요."

"제가 섬에서 산 기간이 목사님보다 조금 더 깁니다."

"헬렌 자매님, 라헬 자매님도 뵙게 되어 반갑습니다. 앞으로 잘 부탁드립니다."

"신부님, 목사님. 사진 찍을까요?"

라헬이 말한다.

신부와 목사 두 사람이 상대의 표정을 살핀다.

"한국에서는 결혼식을 올릴 때 국수를 먹죠. 좋은 날을 기념해서."

신부가 말한다.

"두 분 식사하시면 제가 촬영 준비를 하겠습니다."

라헬이 자리에서 일어난다.

국수 면발이 신부와 목사 두 사람의 입에 걸친다. 라헬은 신부가 자신을 초대한 이유를 깨닫는다. 사진을 찍어 사라지는 시간을 기록으로 남기고 싶은 마음.

\*

라헬은 청년이 사라진 성당 지하실에서 사진을 현상한다. 성당의 지하실은 암실과 기도실로 사용된다.

\*

한때 나는 두 사람 중 한 사람이 나의 피에 어떤 영향을 미쳤을 거라 오해했다. 두 사람이 다만 남자라는 이유로. 얼토당토 않다. 암실을 겸한 기도실에 가 보고 싶다. 하지만 옛 건물은 사라지고 새 건물이 들어섰다. 이건 내가 호랑이와 헤어진 후 한국에 가서 확인한 사실이다. 사라지고 없어서 더 가 보고 싶다.

\*

라헬 할머니가 목사에게 물었을 것이다.
"혹시 지인 중에 오데사에서 유학하신 분이 계신지요?"

\*

봄이 온다. 산에 들어가는 것은 여전히 금지지만 대립과 학살이 끝나가는 것 같다. 기온이 오르면서 군인의 얼굴에서 긴장이 느슨해지는 게 보인다. 유채가 평화롭게 핀다.

헬렌은 살아남는 것 이외에 다른 중요한 목적이 있어서 교회에 자주 나간다.

목사가 자신에게 히브리어 수업을 요청하도록 분위기를 이끈다.

헬렌은 야훼 네 글자인 유드(י) 헤이(ㄱ), 바브(י), 헤이(ㄱ)를 그려서 보여 준 후 말한다.

"제 할머니, 할아버지에게 이 글자는 읽는 게 아니에요. 이렇게 추앙해요. 아도나이. 따라 해 보시겠어요? 아도나이. 우리 신."

"아도나이."

"유대교 율법이 그렇다는 것 알아 두셔야 해요. 야훼라고 기독교에서 부르잖아요."

"그렇죠."

"소리 내어 붙여 읽으면 야훼임을 알지만 유대교도는 발음하면 안 돼요. 그리고 히브리어는 순서가 오른쪽에서 왼쪽으로 흘러요."

"왼손으로 쓰면 유리하겠네요. 사실 한국, 중국, 일본 옛 글자도 오른쪽에서 왼쪽으로 씁니다."

"아랍어도 그렇죠. 영어처럼 왼쪽에서 오른쪽으로 흐르는 게 오히려 더 드물다고 들었습니다. 히브리어 알파벳은 하나하나 제각각 뜻을 가졌고 모여서 다른 뜻을 만들어요. 하나하나 제각각 숫자를 표현하고요. 아라비아 숫자 없이 수를 쓰는 거죠. 야훼에서 가장 오른쪽 첫 글자 유드(י)는 손을, 행동을 상징합니다. 주먹 쥔 손을 본떠 만든 글자이고 단어의 마지막에 쓰이면 '나의'가 되죠. 야훼에서는 처음에 쓰였으니 '나의'가 될 수 없겠죠. 알파벳 중에서 크기가 가장 작아요. 같은 글자가 두 번 쓰인 헤이(ה)는 신을 뜻합니다. 계시를 상징해요."

"동굴처럼 보입니다."

"동굴에서 산에 들어간 분들이 많이 살해되었다고 들었습니다. 고대 유대인들은 무덤을 동굴에 만들었다고 해요."

"한국에서는 무덤 만들 때 알을 본떴죠. 뒤집은 바가지를 본뜨기도 하고. 엄마가 만삭일 때의 배 모양이기도 하죠. 새로 태어나라는 뜻에서."

"헤이보다 더 동굴처럼 보이는 글자가 있어요. 헤이에서 숨구멍을 막으면 다른 글자가 되죠. 헤트(ח). 이 글자는 짐승을 가리킵니다. 울타리예요. 야훼에서 셋째 글자 바브(ו)는 무언가를 걸어서 당기는 갈고리처럼 생겼죠. 무언가를 당겨 붙이는 행동을 상징합니다. 문장 제일 앞에 쓰일 경우 '그리고'가 되죠. 야훼에서는 헤이를 연결하죠. 헤이 그리고 헤이. 숨결 그리고 숨결."

"숫자는 어떻게 되는 거죠?"

"유드는 10, 헤이는 5, 바브는 6, 헤이는 다시 5."

"재미있네요."

"다시 말할게요. 유대교도는 부르지 못합니다. 야훼."

"계명을 다르게 읽는 걸로 들립니다. '너는 너의 신의 이름을 망령되이 일컫지 말라.' 망령되지 않게 부르면 되는 거잖습니까."

"그게 기독교이고 유대교와 다른 점이죠. 모세가 받은 계명을 다르게 해석하는 거죠."

야훼는 이름이다. 마리아처럼, 예수처럼, 메두사와 헤라와 아테네와 시바와 제우스와 카산드라와 오딘과 다니엘이나 모세나 아비멜렉처럼 야훼는 이름이다. 야훼가 말한다.

"너희 하느님은 나 야훼이다."

모세에게 이른다.

\*

너는 너의 신의 이름을 망령되이 일컫지 말라.

\*

유대교도는 글자와 목소리를 가졌으면서 유드-헤이-바

브-헤이를 발음하지 못한다.

\*

목사가 헬렌에게 말한다.

"유대교 방식은 동양의 유교주의자가 아버지 이름을 섬기는 것과 닮았군요. 아버지의 이름이 헬렌이면 이렇게 말해요. 제 부친 성함은 헬 자 렌 자입니다라고……. 유교주의에서는 왕 이름에 들어가는 글자를 왕족 아닌 사람이 쓰면 사형을 당했습니다."

"여자 이름은요?"

"글쎄요. 아마 없었을걸요? 태어난 고장의 이름으로 불렸죠. 어느 마을에서 오신 부인, 누구의 부인."

\*

"목사님, 혹시 아시는 분 중에 유럽으로 독립운동 배우러 가신 분이 계신지요?"

"찾는 분이 계신가요?"

"딱히 그렇지는 않아요."

"제가 아는 분 중에는 없는 것 같네요. 미국이나 일본 유학은 흔하지만."

\*

헬렌과 라헬은 살기 위해, 죽지 않기 위해 교회에 나간다.

성당은 불안하다. 의심을 받는다. 개신교 교회가 가장 안전하다. 개신교 교회의 목사가 공산주의자와 비공산주의자를 판별한다. 목사가 잘못 증언하면 헬렌과 라헬은 러시아에서 파견 나온 간첩이라고 누명을 쓸 수도 있다. 헬렌은 씨아이씨 요원에게서 통행증을 발급받는다. 산속에서는 밥 짓는 연기가 솟기를 기다렸다가 군인들이 달려가 무장 시민을 살해한다.

*

"이번에는 릴리트를 써 볼게요. 제가 좋아하는 인물입니다."

"릴리트? 성경 인물이 참 많네요. 처음 듣습니다."

"아, 모르시는구나, 목사님은……. 신이 에덴에서 아담과 함께 진흙으로 빚은 여자인데……. 창세기 1장 27절. '하나님이 자기 형상 곧 하나님의 형상대로 사람을 창조하시되 여자와 남자를 창조하시고.'"

"여자? 하와요?"

"아뇨, 하와 말고. 유대교 율법 해설서에 나와요. 《하가다》라는 책에. 릴리트 이름에 나오는 첫 글자 라메드(ל)는 '가르치고 배우는' 걸 의미해요. 가르치고 배우는 글자가 처음이라는 게 신비롭죠. 마지막 글자는 타브(ח)이고 타브는 진실을 뜻하니까 릴리트는 '진실을 배우고 가르치는 사람'을 뜻한다 하겠어요. 레바논 같은 사막 지역에서 도시를 침범하는 사자 같은 짐승 무리와 맞서는 여자 통치자를 상상하면 멋지죠."

"여자예요?"

"여자예요."

*

 그런 여자가 어떻게 가능하냐고, 하와 이전에 무슨 여자가 있었냐고 따지면서 목사가 부정했으면 할머니가 어떻게 했을까. 헬렌 할머니가 목사에게 자꾸 존재를 인정하라고 강요했다면 목사가 공산주의자라고 미군에게 신고하겠다고 위협했을 것이다. 헬렌 할머니는 국민도 아니고 난민도 아니고 상추처럼 약한 외국인이었다.

*

 군인들이 광장에 말뚝을 세우고 대장의 시체를 걸었다.

*

"대장이 죽었으니까 끝나는 걸까요?"
"모두 죽은 게 아니라서 장담할 수 없죠. 사실상 거의 잡혔는데, 마지막이라 할 수가 없어서⋯⋯."
"몇 명이나 남았길래요?"
"열 명 미만이라는 얘기도 들려요."
"노아 때처럼 모조리 그래야 끝나는 건가요? 아이들이 놀이터에서 부르는 노래를 들어요. 죽은 대장처럼 대장이 되겠다고. 덕구, 덕구, 이덕구 하면서⋯⋯."
"이덕구는 섬사람이에요. 청년이라 꿈이 컸죠."

"아이들 입을 못 막으면 부모가 죽임을 당하겠죠."

"'장두'라고 부르더군요. 섬 언어입니다. 장차 머리를 내놓아야 한다고 해서 장두인가 봐요. 장부의 첫머리에 이름이 쓰인다는 뜻이란 말도 있고. 교회에 비해 성당이 왜소한 이유가 뭔지 아세요? 육지의 신도와 달라요. 이곳 신도님들한테는 가톨릭이 장두를 죽인 종교라는 인식이 강해요. 우리 개신교하고 한참 다르죠. 프랑스인 신부가 왕 노릇을 하면서 심하게 착취했죠. 서울에 사는 왕이 프랑스 신부한테 이 사람을 자기처럼 대하라고 표찰을 만들어 쥐어 줬다고 해요. 신부는 진짜로 왕 노릇을 했죠. 이재수 장두가 이끄는 군중이 해산물을 도둑질하는 일본인한테서 무기를 삽니다. 나쁜 짓하고 성당으로 숨은 기독교인을 찾아 살해하고 신부를 죽이려 합니다. 지금 미군이 들어온 것처럼 프랑스 군함이 섬에 들어오고 정부의 군대가 들어옵니다. 이러느라 어마어마하게 사람이 죽습니다. 장두는 시민을 안전하게 집으로 보내 줄 것을 조건으로 자수했죠. 사형당할 줄 알면서 성큼 걸어 나갑니다. 죽으러 가면서 조건을 하나 내겁니다. 저항하는 동료를 안전하게 귀가시키도록 약속하는 것. 딱 하나 걸었다고 해요. 군중은 종교 집단이 아닙니다. 장두는 미래의 왕이 되기를 원한 게 아니라, 죽을 줄 알고 이름을 건 사람이었어요. 허망하죠. 가장 순수한 헌신. 육지에서는 동학이라는 자생 종교가 민중을 이끌다 실패했죠. 정부가 외세를 끌어와 학살했죠."

"다시 살아났나요?"

"네?"

"이재수가 다시 살아나면 예수잖아요."

"주님이 은혜를 베푸셔서 인간을 인간답게 여기도록 만들어 주실 겁니다. 인간은 인간이죠. 이재수도, 이덕구도."

*

섬에서 대립 학살 사건이 끝나 간다 싶었을 때 한국전쟁이 터진다. 파견 목사는 전쟁이 터질 줄 모르기에 임기를 끝내고 육지로 돌아갈 준비를 차린다. 헬렌 할머니는 파견 목사에게 병원까지 가는 길과 변호사 사무실에 가는 길 안내를 부탁한다.

헬렌은 장차 육지의 개신교 선교 병원에 가서 병증을 진단받고 외국인 선교사로부터 새 삶을 꾸릴 정보를 얻을 계획이다. 헬렌은 폴란드 국민이지만 라헬은 무국적, 국가 서류에 기록된 적이 없다. 살아온 세월만 모녀 관계를 증명한다. 헬렌이 속으로 말한다. 가자. 병원에 가서 심장이 불규칙하게 뛰는 병을 치료하자. 라헬과 데보라가 정착할 만한 집이 있는지 살피자. 일단 한번 가 보자.

헬렌, 라헬, 데보라는 파견 목사의 안내를 따라 여객선을 타고 남해안의 항구에 내린다. 항구에서 서울로 가는 기차에 오른다. 데보라는 멀미로 칭얼거리고 헬렌의 가슴은 부푼다. 난징에서 카메라를 사서 사진을 찍고 상하이 집으로 갈 때가 마지막 기차였다. 다시 기차에 오르니 상하이의 자유도시로 가는 기분이다. 라헬의 발걸음도 가볍다. 라헬이 먼저 기분을 표현한다.

"엄마, 우리 다시 상하이로 가서 시작할까?"

"일단 서울이 어떻게 생겼나 한번 보자. 네가 데보라처럼 어릴 때 내가 오데사에서 너에게 말했어. 미안하다고. 엄마 마음대로 상하이로 가기로 결정했다고."

"엄마는 이제 늙었지. 내가 그때의 엄마가 되고."

"데보라도 언젠가 오늘의 너처럼 될 거야."

기차가 철컥거리며 믿음직스럽게 전진한다. 미국으로 따지면 시카고처럼 도로가 모이는 남한의 대전에서 기차가 멈춘다. 움직이지 않는다. 승객이 모두 짐을 가지고 내린다. 서울이 파괴되었다고 한다. 북한군이 대전 근처까지 밀고 내려왔다고 한다. 전쟁이라니. 또.

\*

너무나 우연이라고 할 수 있지만, 태양에서 보면 인간의 역사는 모두 작은 지구에서 벌어진 일이다. 별것 아니다. 힘을 쓰면 연결된다. 폭력이 꼬리에, 꼬리에, 꼬리를 잇는다.

\*

헬렌과 라헬은 파견 목사와 헤어진다. 며칠 후 노근리굴에서 현주를 만난다.

## 12장

 할머니들 이야기를 쓴다. 목적 없이 쓰는데 왠지 이렇게 산 삶에 빨려 들어간다. 현주는 자청비를 이야기하고 헬렌과 라헬은 릴리트를 이야기한다. 현주에게 남은 가족은 아무도 없다. 현주는 섬에 도착해서 없음을 본다. 집 없음. 가족 없음. 인간 없음. 헬렌과 라헬이 현주를 간호한다. 현주는 목발에 의지해서 산에 오른다. 가족이 묻힌 바다를 본다. 육지에서 엄청난 수의 피난민들이 배를 타고 몰려온다. 시장이 흥청거린다.

*

 나는 가서 보았다. 필리핀, 오키나와, 제주, 노근리 순서로 길을 잡았다.
 제주섬에는 우체국과 성당과 교회와 경찰서와 서점과 청년단 건물과 등대가 있다. 할머니들이 암실로 쓴 성당 지하실은 사라졌다. 같은 자리에 새 성당이 지어졌다. 데보라 할머니가 태어나고 헬렌 할머니와 라헬 할머니가 편지를 쓰고 신문을 사고 두려움을 피해 다닌 제주섬. 현주 할머니가 태어나 자라서 고문을 받고 육지의 형무소로 끌려간 곳. 그 시절에도 국제우편이 가능했던 것이 신기하다. 헬렌 할머니는 돌아가시기 전에 바르샤바에 편지를 썼을 것이다. 내가 이름을 알지 못하는 할머니의 엄마에게. 이미 돌아가셔서 살지 않는 주소에. '엄마, 나도 엄마처럼 곧 죽을 건가 봐.' 나 같으면 그랬을 것 같다. '피해 다니다 보니 이렇게 됐어.'

\*

노근리굴은 굴다리 위로 기차가 지나가고 아래 홈처럼 파인 통로로 자동차와 사람과 물이 지나간다. 굴 벽면에 수없이 많은 총알이 박혔다. 빗어 넘긴 머릿결처럼 한 방향으로 총알 자국이 남았다. 자국을 추적해서 역방향으로 눈을 돌리면 언덕이 나타난다. 언덕에서 군인이 총을 쏘았다. 어이없게도 이 굴다리가 놓인 마을 이름이 '총 없는 마을'이다. 총을 쏘아 달라고 요청한 군대 문서에 적혀 있다. 'No Gun Ri'라고.

\*

헬렌 할머니는 섬으로 돌아간 뒤 심장병이 심해져서 결국 죽음에 이르렀다. 이때는 피난민이 많아서 외국인도 많았다. 라헬 할머니는 엄마의 무덤에 아주 오래전 폴란드 국적이 찍힌 여권과 오데사평원에서 기원한 유채꽃 씨앗 주머니를 넣고 이별했다. 한국 풍습에 따라 햄버거 모양으로 봉분을 만들어 매장했다. 지금은 무덤을 찾을 수 없다.

*

　나는 여기까지 쓰고, 띠발, 엄마의 시선으로 나의 글을 읽는다.

## 13장

엄마는 어떤 반응을 보일까. 엄마는 음성인식 기능을 이용해 타이핑을 하고 텍스트를 읽는다. 소설을 썼다고 생각하겠지. 엄마의 시선으로 읽으니 내가 쓴 글에서 헬렌 할머니가 한국인을 만날 때마다 오데사에 유학 간 청년을 수소문하는 장면이 눈에 걸린다.

몹시 눈에 거슬린다.

엄마가 싫어하는데…….

내 몸을 이룬 세포 분열이 어떤 만남에서 시작되었는지 생각하지 말아야 하는데, 아예 생각 안 하는 것도 좀 이상한 것 같아서 가끔 일부러 생각한다. 사랑이었을까, 유희였을까, 폭력이었을까, 엄마가 누구를 사랑했을까. 엄마가 누구와 즐겼을까. 엄마가 누구를 폭행했을까, 반대로, 당했을까. 사랑, 유희, 폭력. 셋 중 하나. 사랑은 아니었겠지. 폭력이었을 것 같다. 아니면 유희였거나. 짧은.

\*

　믿음, 소망, 사랑. 이 중에 제일은 사랑? 제주섬의 서점에서 나는 《고린도전서》를 읽었다. 고린도는 항구였고 제주섬의 서점도 바다에서 가까웠다. 바울이 '모든'을 말한다. '사랑은 모든 것을 덮어 주며, 사랑은 모든 것을 믿으며, 모든 것을 바라며, 모든 것을 견딥니다(13:7).' '믿음, 소망, 사랑, 이 세 가지는 항상 있을 것인데, 그 가운데서 으뜸은 사랑입니다(13:13).'

\*

모든?

\*

그래서 탈락.

\*

　'씨앗'이라는 말은 쓰기 싫다. 내가 어떤 씨앗에서 발아했느냐고? 남자의 피를 떠올리게 한다. 남자 쪽에 치우친 말이다. 씨앗이라는 말, 참 싫다.

\*

　사랑, 유희, 폭력. 내가 생각하는 시작은 씨앗이 아니라 만남이다. 내 몸의 시작은 내 몸 바깥의 무엇이었을까. 내 몸을 낳은 만남은 사랑, 유희, 폭력 중 어느 것이었을까. 굳이 인간이어야 할 이유가 있을까?

*

　엄마가 읽고 화낼 것 같다. 네 아빠가 누구인지 궁금하다는 걸 이런 식으로 말하는 거지? 없다고 했잖아. 몇천 번을 말해야 해? 엄마가 벌을 줄 것 같다. 이럴 수도 저럴 수도 없다. 나는 이런 생각 저런 생각에 빠진다. 궁금하기도 하고 궁금하지 않기도 하다.

*

　엄마가 말할 것 같다.
　알면 세상이 바뀌니?

*

　생각을 뒤집는다. 알려고 하면 세상이 이대로다. 알고 싶어 하지 않을 때 세상이 바뀐다. 가령 릴리가 물어뜯은 개자식. 알고 싶어 하지 않아야 세상이 바뀐다.

*

　궁금해하면 바뀌지 않는다.

*

　그게 쉽나?

\*

궁금해하지 않기가 쉽나?

\*

어려우니까 해야지!

\*

고심 끝에 이런 문장이 적고 싶어진다.

'엄마, 난 아빠에 대해 묻지 않을게. 하지만 이건 묻고 싶어. 사랑, 유희, 폭력. 엄마와 그 존재와의 만남은 이 중 어떤 것이었어?'

입술을 열고 말로 꺼내기 어려울 것 같다. 글자가 있어서 편하다.

지금은 메모해 두지만 언젠가는 용기 낼 것이다. 입으로 말할 것이다. 사랑, 유희, 폭력. 내 몸은 어떤 만남에서 시작했어?

\*

도대체 왜! 그게 왜 궁금해?

\*

아직 처리하지 못한 배변 봉투 속 피 묻은 수건이 불쑥 떠오른다.

\*

오븐이 눈에 들어온다.

\*

그래, 버릴까.

\*

폐가 쪼그라든다. 호흡이 가빠진다. 호랑이를 찾는다. 호랑이는 없다. 사람을 걸레처럼 들고 가 화산 마그마에 던져 버리고 싶다. 호랑아, 어디로 갔니?

\*

배변 봉투에서 수건을 꺼낸다. 핏자국이 전원 꺼진 액정처럼 검다.

\*

오븐을 가열한다.

\*

바라본다. 오븐 유리문에 릴리의 얼굴이 비친다. 릴리가 내 옆에 와서 앉는다.
"릴리, 오랜만이야……."
입 밖으로 말을 꺼내 발음한다.
릴리가 말한다.

"너, 편집실에서 글을 상당히 오래 쓰더라."
"그랬나? 호랑이는 어디 갔을까?"
"글쎄. 내 얼굴 보지 말고 저걸 봐. 수건 탄다."
오븐에서 연기가 오른다.

\*

산에 쫓겨 간 제주섬의 무장 시민이 겨울 동굴 속에서 밥을 지을 때처럼 연기가 오른다. 군인은 연기를 기다렸다가 돌진했다. 동굴 안으로 총을 갈겼다. 눈 쌓인 숲에 총소리가 명징하게 흩어졌다.

\*

오븐에서 나온 연기가 천장에 단 소방용 스프링클러로 들어간다. 물이 쏟아진다.

\*

아침이 밝아 온다.

\*

호랑이가 발톱에 이끼를 묻히고 거실로 들어온다.
"궁금한 게 있는데, 물어도 돼?"
"뭐?"
"어디에 갔다 오는 거야?"

"도시."

"어느 도시?"

"어둠 속에서 안전하게 걷고 싶은 사람이 사는 도시."

"나처럼?"

"너보다 심한 사람도 많아."

"산책 방해꾼들을 삼켜서 배에 넣지 말고 죽여 버리는 건 어때?"

"생각해 볼게."

"네 발톱에 묻은 이끼 만져 봐도 돼?"

"허락할게."

*

이끼를 떼어 낸다. 도시에도 이끼가 산다. 호랑이는 내가 글을 쓰는 동안 많은 도시를 보호하고 다녔나 보다. 발톱에 낀 이끼가 부풀린 솜사탕처럼 가볍고 부피가 크다. 버석하다. 물기가 말랐다.

*

평화롭다는 것은 보살핀다는 것이다. 나도 뭔가 싹을 틔워 보고 싶다. 내가 호랑이와 결합하여 어떤 존재를 낳으면 그건 사랑일까, 유희일까, 폭력일까. 사랑의 결과일까, 유희의 결과일까, 폭력의 결과일까. 사랑의 시작일까, 유희의 시작일까, 폭력의 시작일까. 나는 무엇의 결과일까. 사랑? 유희? 폭력?

\*

폭력이겠지. 그러니까 엄마가 말 못 하는 것이겠지. 나는 폭력의 결과야.

\*

"엄마한테 가서 물으려 해. 네 배 속에 들어갔다 나오는 것 찬성하는지."
"너, 엄마를 위해 대단히 큰일을 해 준다고 생각하는 것 같다."
"그런 거 아닌데……."
"부정하는구나."
"미안해."
"너에게 엄마한테 이래라저래라 할 권한 없다는 것 알지?"

\*

"널 먼저 삼켜 보고 싶어."

\*

릴리가 짖는다. 으르렁거린다.
"릴리, 왜 그래?"
"호랑이의 말이 해석되지 않아. 무슨 의도일까?"
"무슨 말?"
"널 먼저 삼켜 보고 싶어."

\*

무섭다. 호랑이의 말.
널 먼저 삼켜 보고 싶어.
이렇게 말한 게 맞나?
내게 요구한 것 맞나?

\*

릴리가 사납게 짖는다. 내 심장의 주파수는 어떤 언어를 전달하는 것일까.
"릴리야, 너도 호랑이 배 속에 들어가고 싶니? 고치고 싶어?"

\*

"널 먼저 삼켜 보고 싶어."
호랑이가 다시 내게 말한다.
호랑이의 말이 가슴을 찍어 누른다.

\*

"날 삼키면 내가 회복할 수 있을까?"
"못 하겠다는 뜻이구나. 의심하는 게."

\*

"아니야. 그런 거."
"엄마를 가지고 실험해 보고 싶은 거구나?"

"아니야. 그런 거."

"내가 뱉어 주지 않을까 봐?"

"아니야. 그런 거."

\*

"너는 가해자이기도 해."

"왜 이래! 나는 피해자이고 생존자잖아. 그게 진실의 빛이라고 했잖아."

"가해자이기도 해. 사라지지 않는 사실 중 하나야. 빛의 반대편. 진실의 어둠."

\*

가해자란다, 나더러.

\*

동의하지 않아도 강제로 나를 삼킬 것 같다. 나를 삼키려고 여태 시기를 노리고 있었단 말인가……. 나를 삼키려고 내게 왔던 것이란 말인가…….

\*

"나를 삼켜 줘. 나는 회복하고 싶어."

눈을 감는다.

\*

"체념하지 마. 눈을 떠야 회복할 수 있어. 내 눈을 볼래?"

\*

"세상이 바뀌니?"
"바뀔 거야."

\*

눈을 뜬다.
세상은 저절로 바뀌지 않는다. 바꾸어야 바뀐다.

\*

호랑이가 입을 쩍 벌린다. 눈 감지 마. 내가 나에게 명령한다. 체념하지 마. 호랑이의 언어를 배운다. 나는 돌아오지 못할 것을 감내한다. 눈을 똑바로 뜨고 동굴 같은 호랑이의 목구멍을 바라본다. 비로소 내가 나를 내 눈으로 보는 것 같다. 턱끝에서 땀이 한 방울 똑 떨어진다. 내가 만든 가장 순순한 물 같다.

호랑이 배 속에 들어가면 릴리가 입술을 문 사람과 마주하게 될 것이다. 눈을 뜨고 들어간다. 릴리의 이빨 자국이 남았을지 모른다. 호랑이가 나를 삼킨다.

\*

 호랑이의 배 속에 들어간다. 그 인간이 나를 바라보고 있다. 내가 입을 열고 말한다.
 "나가. 반복하면 죽여 버린다."

\*

 7월이 왔고 호랑이는 밤마다 도시의 이끼를 발톱에 붙이고 왔다. 나는 이끼를 모아 잔디밭에 던졌다. 이끼는 어디서나 살아남고 밤과 낮의 습도차를 이용해서 물을 만들어 먹는다. 공중에 매달아 놓아도 산다. 땅 없이도 산다. 밤에는 대체로 푸르다.

\*

 닿고 싶다.

\*

 인내한다.

\*

 닿고 싶다.

\*

 손이 뻗어 가려 한다. 손을 잘라야 한다.

*

닿고 싶다.

*

인내하지 못하겠다.

*

호랑이의 입술을 보며 말한다.

"인내하기 힘들어. 나, 너에게 닿고 싶어."

가슴이 뛴다. 호랑이가 뭐라고 말할까. 용기 내어 말했는데. 입 밖으로 말을 꺼냈는데.

*

호랑이가 말한다.

"말로 할게. 바위에 말을 해야 하는 모세의 처지가 이랬을까? 모세는 말을 하지 못해서 지팡이로 바위를 쳤을 것 같아. 말을 하려면 용기가 필요하니까. 너에게 떠난다고 편지를 남기면 편하겠지만 모세가 안 되려고 이렇게 말하기로 했어. 그동안 고마웠어. 그날 밤 내가 너와 릴리를 지켜보면서 막을 수 있었지만 안 막았다는 사실을 고백할게. 릴리를 잊지 않겠다는 네 마음의 약속 영원히 기억해 줄래? 지구가 45억 년 전으로 돌아가면 처음엔 너도, 나도, 릴리도, 엄마도, 자청비도, 릴리트도 생명이 아니었음이 같아. 내가 떠난 세상은 다를 거야. 우리가 햄버거를 함께 먹었으니까."

나는 왜 떠나는 거냐고 묻지 않는다. 이렇게 말해야 할 것 같다.

"떠난다는 것, 말로 해 줘서 고마워."

붙잡지 않는다. 만남이란 이런 것이다. 붙잡는다고 붙잡히는 존재가 아니다. 호랑이가 말한다.

"닿고 싶다고 말로 해 줘서 고마워."

아, 알겠다. 너도 내게 닿고 싶은 걸 인내한 거구나.

마지막이니까 한 번 닿고 싶은데.

\*

호랑이는 청바지와 티셔츠를 입고 떠난다. 나의 옷을 입고 떠난다.

\*

어디로 가니? 물을까 말까.

\*

시간이 흘러 카렌은, 나의 엄마는 휴전한 세계 어러 선쟁지역의 분단 상태처럼 종전이 찾아오기를 기다리고 있다. 뇌과학자들이 의사들과 협업하지만 나아질 기미가 보이지 않는다.

나는 지극 정성으로 간호하고 대화한다. 한국에 다녀와서 공감대를 넓혔고 류큐였던 오키나와에 다녀와서 흰빛 해안을 알게 되었고 오데사에 다녀와서 포툠킨을 공부하게 되었다. 필리핀이 그 땅을 식민지로 삼은 제국주의자가 자기 이름 '필립'으로 나라 이름을 정해서 그렇게 되었다는 것도 알게 되었다. 그런데 한국의 어떤 섬에서 일어난 엄청난 살해 사건에서 말 발길에 넘어진 아이가 어떻게 되었는지는 아직 모른다. 섬 출신 현주 할머니가 우연히 들어간, 맥도날드 햄버거로고 닮은 굴다리의 총알 자국에 이끼가 살지 않는 것도 왠지 경외스럽다. 나는 총알 자국에서 빛을 보았다.

라헬 할머니의 비망록을 읽고 엄마와 상상을 교환한다. 라헬 할머니가 남긴 문장에는 과거가 없다. 사진처럼 현재형이다. 현재형 문장을 읽으면 누구를 만나 무엇을 먹고 어떤 서류를 내고 어떻게 거절당하다가 결국은 웃는다는 이야기가 만들어진다. 한국의 노근리굴 피해자 유족이 가해국 미국을 상대로 전쟁범죄 청원을 넣어 대통령의 시인을 받아 낸 끈기와 의지를 닮았다. 가해국 정부는 끝까지 부인하다가 막바지에 인정했다. 라헬 할머니의 문장이 먼저이고 노근리굴 피해자 활동이 나중인데 할머니가 피해자 단체의 방법을 배워서 나중에 실천한 것처럼 보인다. 그렇게 순서가 바뀐 것처럼 보인다. 왠지 바꾸려는 자의 미래에서 방법을 배워 온 것처럼 그렇게 보인다.

나는 엄마에게 입으로 물었다.

"나는 어떻게 태어났을까? 사랑, 유희, 폭력. 이 중에서 뭐야?"

엄마가 되물었다.

"무슨 뜻이니? 네 아빠가 누구냐고 묻는 거야?"

내가 말했다.

"굳이 사람이 아니어도 돼."

"믿음, 소망, 사랑이 아니라 사랑, 유희, 폭력이라니. 너 많이 빛나게 되었구나."

"체념하지 않으려고."

"그런데 왜 셋을 나누려고 하니?"

엄마가 말했다.

"응?"

"사랑, 유희, 폭력이 하나일 수도 있지 않을까?"

나는 당황했다.

"셋이 하나일 수 있나?"

"비율은 제각각이어도 있지 않을까?"

엄마가 말했다. 왠지 우스웠다. 엄마의 머릿속에 뭐가 살고 있는지 의아했다. 자해했니? 데보라 할머니가 언젠가 엄마 상태를 듣고 던진 말이 떠올랐다. 사랑이면서 유희면서 폭력인 것, 그중 제일은 사해? 병상에서 엄마가 오래 준비한 대답을 내놓은 것 같아서 나는 져 주는 척했다.

"대답을 피하고 싶구나? 나 달랜다고 그건 사랑이었다고 달달하게 말해 주지 않아서 고마워."

"대답하지 않을게."

더 이상 출생에 얽힌 이야기는 궁금하지 않다.

\*

까먹을 뻔했는데, 피해자 신청서를 쓰자는 할라의 말에 나는 이렇게 응했음을 밝히고 싶다.

"네가 데보라 할머니께 직접 연락해. 나는 연결해 줄 수만 있어. 할머니가 판단하실 거야."

이 말에도 사랑과 유희와 폭력이 함께 들어 있을 것 같다. 할라는 계산적이고 정치적이다.

\*

호랑이가 생각난다. 인내하기 힘들 때 외친다.

"나에게 와!"

하늘에 대고 외친다.

"호랑아, 닿고 싶어!"

내 목소리와 공기의 만남은 사랑일까, 유희일까, 폭력일까. 이끼는 호랑이의 발자국이다. 릴리는 고양이처럼 잘 산다.

| 작가의 말 |

 소설을 잘 못 쓰는 제가 또 소설책을 펴냅니다. 이번에는 무슨 내용을 썼느냐고 묻는 질문에 호랑이가 햄버거를 먹는 이야기라고 대답한 다음 슬쩍 웃은 적이 많습니다. 웃음 이후가 이 소설입니다. 관심 가지고 물어봐 주셔서 정말 감사합니다.
 소설은 어떻게 고통을 넘어서는가. 상황에 따라 언어가 달라지는 삶을 살면서 글자로 남는 소설은 어떤 단어를 골라야 하는지 주변을 살폈습니다. 전쟁과 일상의 폭력에서 강요받는 공포를 환희로 바꾸려고 독기를 품었습니다. 제가 찾고 개발해야 하는 것은 용기임을 알게 되었습니다.
 이야기가 찢어지고 언어가 달아나려 했습니다.
 제주 출신이며 저와 성별이 같은 고명철 평론가님, 대전 출신이며 저와 성별이 다른 이경수 평론가님께 이야기의 의미와 언어의 의미를 이끌어 주십사 부탁드렸습니다. 빈 곳을 메우실 수 있을 것 같았습니다. 두 분이 나고 자란 지역이 우연히 제주에서 대전으로 이어지는 이 소설의 공간과 맺어집니다. 고명철 평론가님은 4·3 문학에 정통하고 아시아, 아프리카, 라틴아메리카 문학의 세계성과 새로운 세계문학의 의미를 탐구하고 있습니다. 제가 첫 작품집을 냈을 때부터 줄곧 제 작품들을 적극적으로 읽어 주셨습니다. 이경수 평론가님은 제가 스무 살 무렵, '양파'라는 별명이 생기던 순간부터 지금까지 줄곧 제 작가적 고민을 함께해 주셨습니다. 여성문학 연구에 조예가 깊으십니다. 제가 글을 써 달라고 부탁하기는 처음입니다.

제가 써 놓고도 사실 이야기가 어디로 튀어 갈지 예측할 수 없어서 차원을 이탈하는 경험을 하고는 했습니다. 인쇄를 위해 글자를 고정하는 지금 역시 마찬가지입니다. 며칠 전 아침에 저는 교정, 교열을 확인하다가 이 소설의 독자가 되면 어떨까 생각했습니다. 독자가 되기 위해 마지막까지 최선을 다해야겠다, 생각했습니다. 작가로서 책임지면서 이 소설을 향해 반항적인 독자가 되면 균형이 생길 것 같았습니다. 이상은 온전히 독자로만 존재하는 것인데 그것은 책임 회피가 되겠죠. 책임지는 작가와 반항하는 독자, 두 자아를 생각합니다.

원고를 읽어 주신 소, 박, 이, 강, 김, 윤, 손 감사합니다. 불안감을 더는 데에 큰 힘이 되었습니다. 노근리평화문학포럼 관계자 및 노근리국제평화재단 관계자분들께 감사드립니다. 소설의 출발을 장려해 주셨고 집필 과정에 포럼 발표 기회를 통해 독자의 의견을 들을 수 있게 배려해 주셨습니다. 문학수첩 대표님께 감사드립니다. 연재 지면을 주셨고 단행본 출간 요청을 받아 주셨습니다.

여러 비인간 존재들과는 제 나름의 언어로 연결되고 싶습니다. 심장의 주파수(?) 같은 것으로 말입니다. 출근길 서울과학기술대학교 정문 앞 교차로에서 학교로 들어가는 신호를 기다리며 매일 마주치고 교감한 맥도날드 햄버거 간판의 로고에게도. 우리 모두 설레는 일이 가득하면 좋겠습니다.

박금산 올림

---

\* 많은 자료를 소설의 언어로 바꾸었습니다. 본문에서 인용한 전쟁 시기 기자의 삶과 기사 몇 문장은 앨런 위닝턴의 것입니다.

| 해설 |

# 세계의 폭력, 판타지와 역사의 교차, 여성들의 '말하기- 듣기'

■
▲
✢
●

고명철(문학평론가, 광운대학교 교수)

## 1. 세 가지 서사적 진미

박금산의 장편《믿음 소망 그리고 호랑이》를 어떻게 읽을까? 우리에게 낯익은 장편소설의 독법으로는 온전히 읽을 수 없는데, 그것은 이 작품이 내용과 형식면에서 전위적 실험성이 강해서가 아니다. 그보다 장편소설, 특히 서구 근대 장편소설의 장르적 특질을 문학 교육의 장에서 미학적 정전(正典)으로 가르치고 배우면서, 그것에 부합하는 고전의 감동에 내면화되는 가운데 박금산의《믿음 소망 그리고 호랑이》의 서사가 낯설게 다가오기 때문이다.

그렇다고 이 소설을 서구 근대 장편소설을 이해하는 다양한 이론과 비평 방식으로 읽지 말라는 것은 결코 아니다. 어떤 방식으로 작품을 감상하고 이해하든지 중요한 것은 해당 작품의 실상을 훼손하지 않으면서 그것의 다채롭고 풍요로운 서사적 진미(眞味/眞美)를 잘 음미하면 그만이다. 그래서 작품 해설자로서 몇 가지 측면에 주목하여 이 작품을 읽어 볼 것을 제안한다.

우선, 이 작품은 전체적으로 판타지적 요소와 다큐멘터리적 요소로 이뤄지고 있다. 물론, 독자에 따라 역사 기록물(비망록, 증언, 기록 사진 등)이 적절히 첨가됐을 뿐 이 작품은 판타지 장르로 읽어야 한다고 주장할 수 있다. 그만큼 판타지 서사로 읽을 수 있는 요인이 많은 것은 사실이다. 하지만《믿음 소망 그리고 호랑이》는 판타지적 서사 장치를 작가가 매우 적절히 활용함으로써 인간이 인간을 대상으로 저지른 역사 속 대참상을 다룬 기존 역사(적) 서사와 차이를 갖는다는 점에서, 판타지와 역사의 교차는 이 소설을 읽는 주안점이다.

다음으로, 주시할 읽기 포인트는 판타지와 역사의 교차에 대한 서사적 재현이 작중인물들의 '말하기-듣기'로 실현되고 있다는 점이다. 이 점을 간과해서는《믿음 소망 그리고 호랑이》가 갖는 판타지와 역사의 교차로에서 생성하는 서사적 매혹을 간과하기 십상이다. 이것은 우리에게 내면화된 채 그 어떤 의구심도 가져 보지 못한바, 소설의 서사적 재현은 쓰기 중심으로 이뤄졌으므로 '문자적 재현-상상력'에 대한 서사적 극대화를 중시했고 그 문학 제도의 산물이 '고전-정전'이었다는 데 대해 반성적 성찰을 갖도록 한다. 소설의 서사적 재현이 전부 이런 것만은 아니다. 이것은 어디까지나 서구 근대문학의 서사적 재현에 해당할 뿐 '말하기-듣기'에 바탕을 둔 '구연적(口演的) 재현-상상력'이 문자의 힘을 빈 서사적 재현도 얼마든지 존재하고, 전문가와 일반 독자로부터 빼어난 평가와 사랑을 받는 문제적 작품도 다수 있다.

그런데《믿음 소망 그리고 호랑이》의 '구연적 재현-상상력'에서 주목할 것은 그 서사적 주체가 여성들이란 점이다. 다시 말해 이 작품의 주요 작중인물은 모두 여성이다. 총 4부로 구성된 소설 전편을 통해 작중화자 '나'를 비롯한 모계 4대(고조모-증조모-조모-엄마) 여성의 이야기들로 이뤄져 있다는 것을 명심해 둘 필요가 있다.

이상의 세 가지 포인트는 어디까지나 해설자가 이 작품의 서사적 매혹과 그 특장(特長)을 주목하면서 독자들과 작품의 진미를 잘 음미하는 데 목적을 둔다.

## 2. 판타지와 역사의 교차, 자기반성과 정치윤리적 감응력

판타지와 역사의 교차를 보여 주는 이 작품에서 가장 눈에 띄는 대목은 개와 호랑이가 인격적 존재로서 작품의 전반에 걸쳐 서사의 주요 골격을 이룬다는 점이다. 야간 산책을 하고 싶지만 여러 이유로 산책을 시도하지 못하는 사람을 위한 보호견 임무를 수행하는 릴리와, 산책 중 릴리가 사람을 공격한 불미스러운 사건 이후 작중화자 '나'를 갑작스레 찾아온 호랑이는 작중에서 동물인 개와 호랑이가 아니라 상황에 따라 인격을 지닌 존재로 곧잘 나타난다. 그래서 개와 호랑이는 작중화자 '나'와 흡사 친구인 양 스스럼없이 생각과 감정을 공유하며 대화를 나눈다. 이 소통의 과정에서 그들을 구분 짓는 인간과 비인간의 경계 구분은 없어지며, 그들은 때로 서로의 입장을 이해하지 못해 의심하기도 하고 속단하기도 하고 그래서 갈등하기도 한다. 물론, 이 불협화음의 단초를 '인간-나'가 제공해서 생기는 경우가 대부분이다. 가령, 릴리는 다른 개와 달리 '인간-나'가 쓰다듬는 것을 싫어하고 '인간-나' 중심으로 판단하는 말이 아니라 '인간-나'의 "진심이 담긴 말"(215p)을 통해 서로 소통하길 원한다. 그리고 호랑이는 '인간-나'의 온기가 호랑이 몸에 닿음으로써 호랑이가 인간(여성)으로 변신하여 호랑이의 야수성이 사라진 것처럼 보임으로써 '인간-나'의 안전이 담보되는 것을 탐탁지 않게 여긴다. 여기서 눈여겨볼 것은 '인간-나'와 '비인간(릴리, 호랑이)'의 경계를 넘나들며 일어나는 흥미로운 사건들에 관한 재현보다 그들 사이의 '관계' 설정을 둔 존재들 사이의 팽팽한 긴장 국면이다. 이것은 작가가 인간/비인간의 경계를 넘나드는 판타지적 서사에서 자칫 소홀히 여겼던 문제, 즉 인간 주체 중심으로 인간이 비인간적 존재보다 우월한 위계 관계를 갖는 서사적 재현에 대한 반성적 성찰을 감행하고 있음을 주목해야 할 것이다. 이것은 이 작품처럼 인간/비인간의 관계를 통한 판타지 서사에서 결코 그 비중이 작지 않은 '비인간(적) 존재'에 대한 인간 존재의 정치윤리적 성찰을 숙고하도록 한다. 다시 말해 작품 속 비인간(릴리와 호랑이) 존재는 '인간-나'의 자기중심 판단이나 몸짓으로 교감하며 일방통행식으로 소통하는 것을 거부하고, '인간-나'는 그랬던 자신에 대한 자기반성을 실천한다.

이처럼 판타지 서사 안쪽에서 수행되는 '인간-나'의 진실한 자기반성은 판타지와 교차되는 역사의 기록을 읽고, 보고, 듣는 '나'의 정치윤리적 실재를 보증한다. 다음 장에서 상세히 언급하겠지만, '나'의 4대(고조모-증조모-조모-엄마) 여성들이 체험한 각종 역사 기록물을 접하는 일이 그리 간단한 일이 아님을 고려할 때, 예의 자기반성의 수행 속에서 길러지는 '나'의 윗 세대 여성들 역사 체험과의 공감과 그 정치윤리적 감응력을 각별히 주목해야 할 이유다.

그런데 이와 함께 우리가 예의 주시할 작품 속 언어 표징이 있다. 이것은 작품 곳곳에 잊힐 만하면 불쑥 개입하여 작품 전개를 이해하는 데 어려움을 준다. '것 같다'와 **'고 한다'**의 언어 표징이 바로 그것이다. 두루 알듯이, **'것 같다'**의 경우 어떤 사건이나 사안을 접한 주체는 그 해당 대상의 진위 사실 여부에 대한 책임성 있는 검토 필요 없이 그것의 상태나 조건 등 존재 자체를 막연히 추인하는 것을 나타내는 언어 표징이고, **'고 한다'**의 경우도 **'것 같다'**와 대체적 의미 맥락에서는 대동소이하되 이 경우 어떤 사건이나 사안을 접한 주체는 그것의 책임 여부를 이미 타자에게 전가해 놓은, 그래서 그것이 이미 타자로부터 (타자의 책임성 여부와 무관한 채) 어느 정도 검증을 통과했으므로 주체는 '있는 그대로/그 자체로' 직간접

인용 형식으로써 대상을 추인하는 것을 나타내는 언어 징표이다. 그러니까 '것 같다'와 '고 한다'를 통약하고 있는 언어 표징은, 세계와 심드렁한 관계를 맺든지 아니면 세계와 거리를 멀찌감치 두고 있는 주체는 세계가 어떻게 작동하든지 무심할 정도로 그 어떤 정치윤리적 책임을 회피하고 있음을 함의한다.

기실, 이것은 이 작품을 관통하는 작가의 문제의식으로 매우 의미심장하다. 작품의 시종일관 삽입구로 자리하여 가독성을 해치기도 하는, '것 같다'와 '고 한다'의 언어 징표가 포괄하는 것이 그렇다면, 판타지와 역사의 교차로 이뤄진 이 작품 속 모든 서사적 존재(인간과 비인간 포함)를 포함하여, 이 작품을 읽는 독자들마저 아울러 이 언어 징표가 겨냥하듯, 세계를 향한 자기비판적 풍자는 맵짜고 서늘하다. 그렇기 때문에 앞서 살펴봤듯이, '인간-나'가 비인간(릴리와 호랑이)과의 관계에서 수행한 인간 주체 중심에 대한 자기반성을 바탕으로, 윗세대 여성과의 역사적 교감 속에서 자연스레 형성된 비판적 역사 인식과 정치윤리적 감응력을 아무리 강조해도 지나치지 않다. 이것은 작가가 공력을 기울인 판타지와 역사의 교차에 대한 서사적 재현이 돋보이는 지점이 아닐 수 없다.

## 3. 여성들의 '말하기-듣기', 세계의 폭력을 응시하는

이 작품에서 판타지와 교차되는 역사는 '나'의 '고조모(헬렌)-증조모(라헬)-조모(데보라)-엄마(카렌)'가 유럽과 아시아에서 일어난 전쟁과 각종 분쟁 지역에서 직접 목도하고 체험한 대참사에 대한 그들의 기록물(비망록, 증언, 기록 사진 등)을 '나'가 읽고, 보고, 듣는 대목에서 재현된다. 그 첫 대목은 '나'가 데보라에게서 받아 온 라헬의 비망록을 보면서부터다. 그 비망록에는 라헬이 헬렌과 함께 찍은, 미군이 한국전쟁 당시 노근리 굴에서 한국 민간인을 집단학살 하고 매장하는 네 장의 사진 사본을 갖고 미군 당국자와 미국에서의 안전한 정착 생활(시민권, 집, 연금)을 얻어 내기 위한 접선 및 협상 기록이 일지 형식으로 기록돼 있다. 비망록과 관련하여 데보라의 증언에 따르면, 네 장의 사진에 담긴 진실이 영국 종군 기자의 당시 취재를 통해 이미 공론화되었다고 한다. 처형장에 남은 미국산 담배 갑과 총알 상자는 가해자의 국적이 바로 미국임을 명백히 증명하듯, "기자는 나치가 소련을 침공할 때 전투부대를 따라가며 시민 사이에서 유대인을 색출해 구덩이에 묻고 총을 쏘고 가스 트럭에 태워 죽인 이동학살부대, 아인자츠그루펜을 떠올렸다 했다."(155~156p) 그런데 미군의 한국 민간인 집단학살 만행을 알린 영국 기자에게 "가짜 뉴스라고 반박했"(156p)고, 그를 공산주의자로 몰아세우는 이념적 폭압을 가한 것도 모자라 영국 정부마저 "미국을 흠집 내면 그것이 바로 공산주의자라는 증거"(156p)로 간주하여 그의 귀국을 금지하더니 끝내 그는 조국으로 돌아가지 못한 채 타방에서 생을 마감한다. 그렇게 미군은 그 당시 "노근리굴 사건을 역사 속에 파묻었다"(156p)고 데보라는 '나'에게 들려준다. 따라서 미국에게 노근리굴 사건은 세상에 드러나서는 안 될 절대 감춰야 할 미국의 역사적 오점이자 정치윤리적 치부이기에 라헬의 비망록에 적혀 있듯이, 미군의 예의 민간인 집단학살 만행 사진이 공론화될 것을 극도로 꺼린 가운데 이 사진들의 역사적 진실을 봉인하려고 한 것이다.

그렇다면, 그들이 찍은 사진은 어떤 것이기에 미군 당국은 라헬 가족의 미국 이주와 정착에 대한 협상에 응했을까.

군복을 입은 지휘관 장교가 담배를 피운다. 눈을 모자챙으로 가렸다. 담배 피우는 장교 옆에서 사진병이 지휘자의 시선으로 사진을 찍는다. 사진병이 찍는 사진에는 한국인이 자발적으로 한국인을 사살하는 처형 장면이 담겼을 것 같다. 사진병은 미군을 프레임 바깥으로 빼낸다. 사진병의 사진에서는 사진을 찍는 미군이 사라진다. 지휘관이 사진병 뒤에 있기 때문에 살해를 누가 명령했는지도 감추어진다.

(중략)

나는 바라본다. 기도하는 사람, 죽임당하는 사람, 죽이는 사람, 죽임을 지휘하는 사람, 지휘자의 시선으로 현장을 찍는 사진병이 모두 담긴 사진을 바라본다. 프레임에 프레임이 담긴 사진.

구덩이 옆에서 불교 승려와 기독교 수사가 기도를 하고, 미군이 지휘하고 미군 사진병이 현장을 촬영했다. 누군가 그 모습을 큰 틀에 넣고 찍었다.(141p)

'나'는 비망록을 읽으면서, 사진을 보며, 데보라와 관련된 얘기를 듣는다. '나'의 '읽기-보기-듣기'의 모든 정보 습득을 바탕으로 '나'에게 포착된 것은 "프레임에 프레임이 담긴 사진"이다. 그 사진은 "한국인이 자발적으로 한국인을 사살하는 처형 장면"을 카메라 앵글에 담는 사람이 미군이고, 정작 "미군이 지휘하고 미군 사진병이 현장을 촬영"하는 큰 틀을 '나'는 포착한다. 처형 장면의 순간이 찍힌 이 사진은 영국 종군기자의 현장취재로 나중에 그 실상이 밝혀지지만 당시 '가짜 뉴스'로 취급된 채 역사의 진실이 가려져 자칫 역사의 미궁 속으로 은폐될 뻔했다. 하지만, 누군가 의도된 왜곡상(歪曲像)을 연출하지 않는 한 피사체의 물상(物像)이 고스란히 재현되는 사진 매체의 진실을 거짓이라고 타매할 수 없듯, 미군이 한국 민간인 집단학살에 직접 가담한 충격적인 노근리굴 사건이 찍힌 역사적 진실을 영원히 가릴 수 없는 것이다. 다시 강조하건대, 여기서 눈여겨볼 것은 작중인물 여성들의 역사 기록물에 의해 전쟁 와중 미국에 의해 일어난 역사의 폭력적 만행과 대참사가 또렷이 부각되는바, 작가는 여성들의 문자 행위와 구술 행위를 통한 서사적 재현으로 제국이 자행하여 그것을 숨기려고 한 역사의 진실을 드러낸다.

  그런데 이러한 역사의 진실을 드러내는 작가의 서사적 재현에서 예의 주시할 게 있다. 라헬의 비망록에서 촉발된 노근리굴 사건과 같은 역사의 폭력이 일어난 지역과 구체적 사건과 정황 등 그 세목은 다르지만, 20세기 전반기 유럽과 아시아를 집어삼킨 제국주의 간의 전쟁이 극명히 말해주듯 문명의 탈을 쓴 야만의 폭력은 흡사 팬데믹과 다를 바 없을 만큼 인간 존재에 두루 치명적 손상을 입힌다. 그래서 이 작품은 근대 폭력의 광기가 특정 지역에만 한정되지 않고 전 지구적 권역에 광범위하게 미치고 있음을, '나'의 윗 세대 여성들의 이주 및 이산의 경로에서 마주한 역사적 사건에 대한 '말하기-듣기', 즉 '구연적 재현-상상력'의 서사로 우리의 독서를 집중시킨다. 그들의 이주 경로에 따른 삶의 난경을 요약하면 다음과 같다.

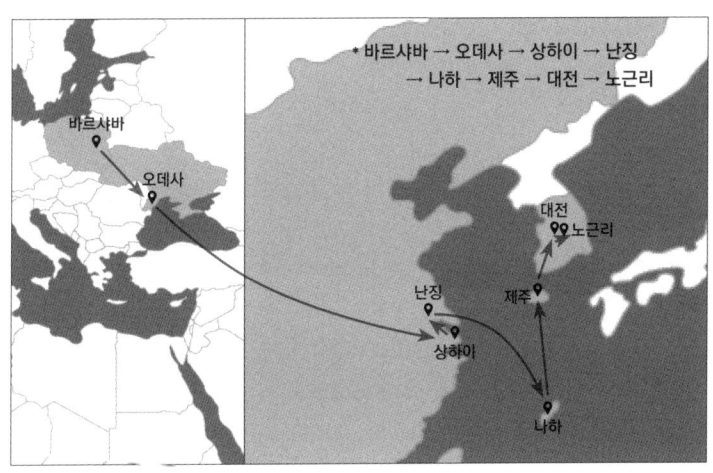

폴란드 유대인 게토에서 태어난 '나'의 고조모 헬렌은 비르샤바를 떠나 우크라이나 오데사로 간다. 헬렌은 기독교와 독립운동을 배우러 온 한국 유학생 사이에서 딸 라헬을 낳았고 남편 없이 홀로 라헬을 키운다. 그런데 소련의 스탈린 집권 후 이른바 블러드랜드(bloodlands, 폴란드 중부에서 러시아 서부, 우크라이나, 벨라루스, 발트해 연안국들 등지)에서 유대인 홀로코스트 포그롬을 피해 헬렌과 라헬은 오데사를 떠나 중국의 상하이로 이주한다. 당시 전 세계는 전쟁의 소용돌이에 휩싸여 있었고 헬렌은 라헬을 데리고 난징으로 출장을 갔다가 일본군의 중국 대륙 침략과 그 파죽지세(난징 대학살의 징후)를 목도하자 라헬에게 전쟁의 폭력을 피해 오키나와의 나하에 가 있으라고 한 후 중국을 겨우 벗어나 나하에서 라헬을 상봉한다. 하지만 그들의 나하 생활은 아시아태평양 전쟁을 일으킨 제국 일본이 막바지 패전에 몰린 전황에서 오키나와 전쟁을 피해 이번에는 제주로 이주한다. 제주는 한반도와 마찬가지로 아직 제국 일본의 식민주의 지배에 놓여 있다. 그런데 헬렌의 제주 생활 중 이후 제주에 엄습할 정치적 적대 관계를 극대화한 이념적 폭압의 징후를 작가는 주목한다. 헬렌은 신부와 대화 도중 교황청에서 일본 교단에 지시한 신사참배를 허락한 것은 우상숭배에 해당하는 게 아닌지 물음을 던지는데, 뜻밖의 말을 신부로부터 듣는다. 교황청은 전 세계에 사회주의가 퍼져 가고 있는 것을 극도로 경계한다고 한다. 왜냐하면 사회주의는 종교의 자유를 허락하지 않기 때문에 기독교의 세력을 약화시킬 것이므로 교황청은 "사회주의자를 몰아내는 데에 협업하기로 제국주의자들과 협약한 것"(345p)이어서, 약소민족의 탈식민 해방보다 반사회주의를 적극 동조 및 지지한다는 것이다. 하지만 여기에는 보다 근본적인 이유가 있음을 그들의 대화가 들려준다. 기독교가 반사회주의의 정치적 입장을 공고히 하는 데에는 타락한 세계를 변혁하려고 하는 사회주의는 혁명 주체가 새로운 세계를 향한 꿈을 꾸도록 하기 때문이다. 그것은 오랫동안 기존 체제의 안녕을 지탱하고 정치사회적 기득권을 유지하는 것을 토대로 종교의 세속적 권력을 굳건히 제도화하고자 하는 지배권력이 용납해서 안 되는 불온한 이념적 실재이기 때문이다. 이에 대해 헬렌은 자신과 사랑을 나눴던 유럽에 유학 온 한국 유학생의 서투른 말을 떠올린다.

독립운동은 돌아가자는 회귀 운동이 아닙니다. 새로운 것을 세워 침략을 받지 말자는 것입니다. 시오니즘은 돌아가자는 운동이지만 독립운동은 새것을 세우는 혁명입니다. 제국주의에 맞서는 길입니다.(346p)

헬렌의 기억의 잔상에 남아 있는 위 말은 스탈린 독재 이후 속류 사회주의로 퇴행하기 전 민족 모순과 계급 모순을 극복하는 역사 변혁의 전망을 꿈꿔 온 아시아의 피식민지 조선 청년이 "제국주의에 맞서는 길"(346p)을 표방한 것이다. 관련하여 우리는 조선 청년의 이 말이 유대인 디아스포라가 서방 제국들의 정치적 이해관계를 통해 팔레스타인과의 공존 대신 그들을 강제 추방시킴으로써 유대인의 나라 세우기를 목적으로 삼는 유대인 민족주의 운동인 시오니즘과 정치적 성격이 다르다는 점을 주목할 필요가 있다. 하지만 조선 청년의 이런 역사 변혁의 꿈은 신부의 말이 징후적으로 들려주듯, 일제의 패전이자 제2차 세계대전 종전 후 미국과 소련의 정치적 이념 대결 구도인 냉전 체제가 본격화되면서, 탈식민 해방 속 평화적 통일 독립 공화국을 세우기 위한 조선 사람의 정치적 열망을 분단의 시대 질곡으로 억압하게 된다. 그것의 정치적 폭력과 탄압은 '나'의 조모 데보라가 태어난 제주에서 자행된 4·3 사건의 언어절(言語絶)의 대참상인바, 거의 대부분 데보라 할머니가 라헬 할머니한테서 듣고 '나'에게 전해 준 이야기들이다. 우리는 익히 알고 있다. '나'의 할머니들이 체험하고 목도한 제주 4·3 사건에서 그토록 많은 제주 사람들이 숭고한 희생을 치르면서 추구하고자 한 것은 일본 제국주의로부터의 진정한 해방과 국제사회에서 민족의 평화적 통일 독립 공화국 수립을 통한 세계 평화와 인류 공생·공존·공영을 누리는 세상을 만드는 세계시민으로서 동참하는 것이다. 하지만 미군정과 이승만 정치세력은 제주 사람들의 이 같은 정치적 열망과 새 세상을 향한 꿈을 공산주의 및 사회주의 정치적 이념으로 재단하며 반인간적·반민중적·반민족적 폭압을 가했던 것이다. 제주에서 이 지옥도의 현실은 '나'의 할머니들의 역사 기록물과 생생한 증언에 의해 '나'에게 고스란히 전해지며 헬렌, 라헬, 데보라는 지옥도의 제주를 떠나 한국전쟁 발발 후 대전에 이르렀고, 앞서 라헬의 비망록을 살펴봤듯이 대전 외곽 근교에서 미군에 의해 자행된 노근리굴 사건을 카메라에 담았던 것이다.

이처럼 이 소설에서 판타지와 교차되는 역사는 '나'의 할머니들이 유럽과 아시아에 걸친 이주 경로에서 실제 벌어진 역사적 사건들이다. 그 사건들은 문명을 발달시킨 인간이 차마 범해서는 안 될 끔찍한 폭력과 악행으로 점철된 것이어서 '나'의 할머니들의 '말하기-듣기'로서의 서사적 재현에서 거듭 확인하고 싶은 테제가 있다면, "세계는 폭력으로 가득하다"(154p)이다. 그래서 결코 가볍게 치부할 수 없는, "모든 게 현실이고 모든 게 비현실!"(299p)이라는, 이 작품 전반을 꿰뚫고 있는 문제의식을 숙고하게 된다. 세계의 폭력은 결코 관념의 추상태가 아니라 인간 존재의 전부가 해체·부정·파괴·소멸되는 매우 구체적 양상으로 드러나기 때문에, 그것(들)은 인간이 감당할 수 없는 감각과 인지의 특이점을 넘어 다른 차원에서 존재하는 흡사 '초과현실(비현실)'과 조우한다. 이렇게 현실과 비현실은 어떤 명확한 경계 표징으로 구분 지을 수 있는 배타적 존재성을 지닌 것처럼 보이지만, 또한 순간 그 경계가 무화되는 가운데 서로 포개지고 와닿아 조우함으로써 '봉인-단절-구속'의 상태가 '해제-만남-해방'으로 급변전하여 진실에 이르는 정치윤리적 감응력을 공유할 수 있는 것이다. 이것이야말로 판타지와 역사가 교차하는 서사직 재현이 발산하는 이 소설의 매혹이다. 물론, 이것은 '나'와 할머니들의 '말하기-듣기'가 바탕을 이룬 역사적 기록물에 대한 작가의 '구연적 재현-상상력'의 창조적 소산임을 강조해 두고 싶다.

## 4. '봉인-단절-구속'에서 '해제-만남-해방'으로 만찬을 즐기는

이와 관련하여, 음미하고 싶은 소설적 전언—"너무나 우연이라고 할 수 있지만, 태양에서 보면 인간의 역사는 모두 작은 지구에서 벌어진 일이다. 별것 아니다. 힘을 쓰면 연결된다"(376p)—이 있다. '나'와 할머니들이 겪은 현실 같은 비현실, 비현실 같은 현실, 이 모든 것은 태양계의 지구 행성에서 벌어진 인간의 일이듯, 우리가 힘을 쓰면 지구상 모든 일이 연결돼 어떤 것의 '봉인-단절-구속'은 '해제-만남-해방'으로 전이되는 정치윤리적 감응력이 배가할 것이다. 그래서일까. 작품의 말미에서 '나'와 호랑이가 나누는 대화가 인상적이다. 호랑이는 그 대상이 누구며 무엇이든지 용기를 갖고 말을 건네라고 한다. 그러면서 호랑이는 '나'를 떠나며 "닿고 싶다고 말로 해 줘서 고마워"(393p)라고 마지막 인사말을 전한다. 그렇다. '비인간-호랑이'는 '인간-나'와 '말하기-듣기'의 형식을 통해 서로 "닿고 싶은"(393p) 것이었다. 인간으로 변신 가능하고 시공간에 구애됨 없이 이동할 수 있는 영험한 능력을 가진 호랑이는 인간의 '말하기-듣기'로서의 교감이 지닌, 타자와의 정치윤리적 감응력이 얼마나 신비한 힘을 수행할 수 있는지를 잘 알고 있다. 그래서 호랑이와의 교감을 가진 '나'는 이제 더 이상 '나'의 출생에 대해 궁금하지 않다. 엄마는 아버지 없이 태어났고, '나'의 할머니들 모두는 남편이 부재한 상태로 폭력의 세계에 살아남아 '그들-여성들'의 역사 기록물이 '나'의 '읽기-보기-듣기'로서의 서사적 재현으로 우리는 작중인물들과 또 다른 역사에 동참하며 세계의 폭력에 대한 비판적 성찰을 수행한다.

《믿음 소망 그리고 호랑이》는 기존 남성 중심의 역사와 폭력에 대한 계몽 이성의 서사와 다른 차원의 여성들의 교감과 정치윤리적 감응력이 배가하는 서사의 풍미를 제공한다. 이제 다 함께 작가 박금산이 차려 놓은 서사적 만찬을 음미하며 즐길 시간이다.

**믿음 소망 그리고 호랑이**

초판 1쇄 인쇄 2025년 8월 4일
초판 1쇄 발행 2025년 8월 20일

지은이 | 박금산
발행인 | 강봉자, 김은경

펴낸곳 | (주)문학수첩
주소 | 경기도 파주시 회동길 503-1(문발동 633-4) 출판문화단지
전화 | 031-955-9088(마케팅부) 031-955-9530(편집부)
팩스 | 031-955-9066
등록 | 1991년 11월 27일 제16-482호

홈페이지 | www.moonhak.co.kr
블로그 | blog.naver.com/moonhak91
이메일 | moonhak@moonhak.co.kr

ISBN 979-11-7383-015-0   03810

* 파본은 구매처에서 바꾸어 드립니다.